火凤凰

巴金

火凤凰新批评文丛

陈思和 ◎ 主编

大荒以西

张晓琴 / 著

山西出版传媒集团
北岳文艺出版社
BEYUE LITERATURE & ART PUBLISHING HOUSE

图书在版编目（CIP）数据

大荒以西 / 张晓琴著 . — 太原：北岳文艺出版社，2017.1（2023.6 重印）
（火凤凰新批评文丛 / 陈思和主编）
ISBN 978-7-5378-5071-1

Ⅰ . ①大… Ⅱ . ①张… Ⅲ . ①中国文学－当代文学－文学研究 Ⅳ . ① I206.7

中国版本图书馆 CIP 数据核字（2017）第 006798 号

书名：大荒以西　　　　　著　者：张晓琴　　书籍设计：张永文
　　　　　　　　　　　　责任编辑：刘文飞　　印装监制：巩　璠

出版发行：山西出版传媒集团·北岳文艺出版社
地址：山西省太原市并州南路 57 号　邮编：030012
电话：0351-5628696（发行部）　0351-5628688（总编室）
传真：0351-5628680
网址：http://www.bywy.com
经销商：新华书店
印刷装订：山西万佳印业有限公司

开本：700mm×1000mm　1/16
字数：250 千字　印张：16.75
版次：2017 年 1 月第 1 版
印次：2023 年 6 月山西第 2 次印刷
书号：ISBN 978-7-5378-5071-1
定价：58.00 元

本书版权为本社独家所有，未经本社同意不得转载、摘编或复制

总 序

为第二套《火凤凰新批评文丛》而作

去年，北岳文艺出版社社长、总编辑续小强先生来上海找我，希望我为出版社策划两套书，一套是贾植芳先生全集，另一套就是青年批评家文丛。对于前一套书我颇感兴奋，贾先生去世已经五年，再过两年就是他老人家的百年诞辰，北岳文艺出版社作为先生的家乡出版社，能够做此善举，是我极为高兴的事情。后一套书却让我多少有些感慨。小强先生希望我用"火凤凰新批评文丛"的名义来编这套书。"火凤凰"是我当年策划一系列人文批评丛书的品牌，但时过境迁，当初推出第一套"新批评文丛"已经是二十年以前的事情了。小强先生是"80后"的青年，他居然还能想到二十年前曾经在出版界发生过影响的一套丛书，希望能够接着这个出版道路走下去，激励今天的青年文学批评家。我觉得我没有理由谢绝他的这番好意。于是就有了这一套青年批评家的丛书。

我为此又特意翻阅了1994年出版的第一套"火凤凰新批评文丛"。前面除了有巴金先生的题词和任意先生设计的徽标以外，还有一篇徐俊西先生写的序言。序言里有这么一段话：据云，他们编辑《火凤凰新批评文丛》宗旨有二：一曰"在滔滔的商海之上"，建立一片文学批评的"绿洲"；一曰"文坛空气普遍沉闷的状况下"，弘扬当代知识分子的"人文精神"。徐俊西先生是我的老师，他这里所指的"他们"，就是我和王晓明两个策划者，这里所说的"宗旨"，肯定也是我们当时讨论的话题。但我现在一点儿也想不起来在哪篇文章里写过这样的话。我原先记忆里似乎为这套文丛写过一个卷头语，但现在翻阅一遍也没有找到，也许是我曾经写了，后来没有用上，只是给徐老师写序时做了参考。所以，徐老师文章里打了引号的那些意思，可以定论为我们当时筹办火凤凰学术著作出版基金、策划多种出版物的基本宗旨。

现在已经二十年过去了，我们整个文化工作在经济上是阔气多了，高校系统拨了大量的经费资助学术著作出版，各种文化基金、出版基金也都接受学术著作的出版补贴。所以现在高校里的青年教师要出一本书并不困难，但真正的困难还是存在的，我觉得最大的问题是，当前一本文艺批评的著作能否产生它应有的社会影响和学术影响。这个问题直接影响到青年批评家的专业思想以及价值观。

1980年代，文艺批评是显学，尤其是1985年以后，文艺批评承担了很重要的社会功能。当时整个文学艺术正处于一个逐渐摆脱政治体制制约，开始自觉、自主、自在的审美阶段。所谓自觉是指文学艺术审美价值的内在自觉，自主是指创作主体独立的精神追求，自在是指文学艺术作品在文化市场上接受检验、寻求合理生存的社会效应。这是中国当代文学艺术创作的重要转变，对后来的文学艺术发展产生了深远的影响。那时人们在主观上还没有充分意识到这一点，而转变中的文艺创作需要理论支撑才能显现出它的合法性。1985年的方法论热潮正是适应这样的文化形势的需要而蓬勃开展起来，一批年轻人懂外语，面向世界，如饥似渴地学习、引进西方各种理论思潮，消解原来一元化的"文艺为政治服务"的戒律，与文艺创作互相呼应，对实验性、探索性、先锋性的文艺创作给以及时的解读。记得我当时在《上海文学》杂志上发表过一篇《谈现代主义思潮在中国演变》的文章，从"五四"前后谈到当下西方现代主义与中国文化传统相融汇的可能性。那时我读书并不多，论述也有点勉强，学术性是谈不上的，但是在一批作家中间引起过强烈反响。有一个朋友说，那不是你的文章写得好，而是他们（指作家们）需要你这样的说法。我以为这个朋友说得对，文学批评理论就是要在时代、文化发生转变的时候，及时发现问题和提出问题，通过解读某些创作现象来阐释事物发展的规律。这样的批评才会引起社会的关注，1980年代刘再复先生的一本《性格组合论》可以成为畅销书，在今天真是不可想象的。

这样一种文艺创作发展的需要，使文学批评的主体力量从作家协会系统逐渐转移到高校学院，一批研究现当代文学、文艺理论的大学教师逐渐取代了原来作协的文艺官员、核心报刊的主编。本来文艺批评应该有更大气象产生，但新的问题也随之而来，随着1990年代初的政治空气和经济大潮的冲击，学院里从事批评的青年教师们遭遇到双重压力。当时真正的压力还不在主观上，因为学院批评与政治权力保持相对距离，在主观探索方面仍然有一定的空间，但是客观上却遭遇了市场的挑战。出版业的萧条和倒退，迫使原先构建的批评家工作平台纷纷倒闭或者转向，出版人仿佛在惊涛骇浪里行舟，随时都有翻船的恐惧。不赚钱的学术著作，尤其是文艺批评论文集，自然无法找到出版的地方。学术研究成果既然不能转换为社会财富，必然会影响主体热情的高扬和自觉，导致对专业价值的怀疑。那时候高校考评体制还是传统学术型体制，青年教师如果不能顺利出版著述，其职称评定、福利待遇以及社会评价都受到影响。我在1993年策划《火凤凰新批评文丛》就是建立在这样的客观形势之上，所谓逆风行驶。我当时就想试试，到底是读者真的不欢迎文艺批评，还是出版社被市场经济大潮吓慌了手脚而不肯作为？我与一些受到人文精神鼓舞的出版社同道们一起分担了这个实验，实践下来的结果是好的，书虽然有了一些经费补贴，出版社不至于亏损，但是销售和宣传的结果，反而有所盈利，《文丛》最后几本的出版已经不需要资助了。我比较看重的是这套丛书里几位青年批评家的著作，如郜元宝、张新颖、王彬彬、罗岗、薛毅等几位青年才俊的论文集，如果说，这套丛书多少为作为全国批评重镇的上海批评队伍建设做过一点儿贡献，也就是不失时机地稳定了这批青年评论家的专业自信。后来几年里我又策划了《逼近世纪末批评文丛》（山东友谊出版社），继续做了这样的工作。

现在回过头来看，这套丛书的意义还是超出了我当时的期望，不仅仅是对几位青年朋友产生影响，也不仅仅是对上海地区的文学批评产生影响。续小强先生在二十年之后还想借重这个出版品牌来推动青年批评家著作的出版，就是证明之一。不过如我前面所说，现在青年批评家面临的问题，与当年的问题并不相同，批评的处境也不同。现在，关于要加强文艺批评的主流声音一直不断，大媒体报刊也相应地设立批评专页的版面，稿费据说不菲，在高校、出版系统申请出版批评文集的经费也不特别困难。那么，今天的困难在哪里？我个人以为，恰恰是前面提到的编辑"火凤凰"的两个宗旨中的一个：批评家作为知识分子独立主体的缺失，看不到文艺创作与生活真实之间的深刻关系，一方面是局限于学院派知识结构的偏狭，一方面是学院熏陶的知识者的傲慢，学院批评无法突破知识与立场的局限而深入到真实生活深处，去把握生活变化的内在规律，而是把时间精力都耗费在轰轰烈烈的开大会、发文章、搞活动、做项目等等，尽是表面的锦团花簇而缺乏深入透彻地思考生活和理解生活。其实，批评家最重要的是需要有宽容温厚的心胸、敏感细腻的感觉，以及坚定不妥协的人文立场，才能发现尚处于萌芽状态的新生艺术力量，与他们患难与共地去推动发展文学艺术。在我看来，今天我们面临文化生活、审美观念、文学趋势之急剧变化，一点也不亚于1980年代中期的那场革命性的转型。但是，现在文艺探索与理论批评却是分裂的，探索不知为何探索，批评也不知为何批评，以其昏昏使人昭昭，文艺批评怎么能够产生真正的力量呢？所以我今天赞同续小强先生继续编辑出版《火凤凰新批评文丛》，但所希望的，不在多出几本批评文集，更不在乎多评几个职称，而是要培养一批敏感于生活、激荡于文字、充满活力而少混迹名利场的新锐批评家。

　　这是我的愿望。写出来与青年批评家们共勉。

陈思和

2014年3月3日于鱼焦了斋

代序

大荒以西的文学图景

2013年秋，张晓琴获得在北京大学中文系做博士后的机会，我是她的指导老师。此前，她曾在雷达先生门下攻读博士，师出名门，学术训练和批评文字都相当好。到北大后，晓琴十分用功，读书写作做事都用心用力。是年夏天，晓琴入站后，得知林建法先生约我做的学术年谱二年余未有进展，便自告奋勇承担此项工作。她表示过去读过我大部分的书和论文，也想借此机会再读读，这让我十分感动又不忍。因做这项工作要花费极多的时间，就是跟我读研究生多年的学生（从本科教到博士的学生也有多位），我都不好意思提出请他们帮忙。也是因此缘故，拖了数年，对建法先生一直没法交账。现在晓琴主动提出，我也就只好硬着头皮同意。晓琴做事认真，她硬是把我所有的书和主要论文又读了一遍，这项工作前后做了大半年。后来写出年谱，做得十分仔细，原稿有六七万字，在《东吴学术》上发表了三万多字，受到各方面好评。虽然我自己看得汗颜，视为是建法先生和学界同仁对我的鼓励和鞭策，也是对某种学术经历的总结，但对晓琴则多了一份感念。实话说，我至今没有要求过我的学生写一篇关于我的文字，晓琴实在是一个例外。我对晓琴的重视还在于她求学的精神和态度，她的好学、上进心和勤奋感动了我。此外，晓琴给我的印象，还有着一种西北女子特有的干练、坚决和侠义，对她性格和才情的感受，最早来自她的诗。那是写西北的诗句，宽广苍茫却又俊丽：

"北方的草原在前/一秋的露水在后/风过红色衣裙/回忆如盐,浸透血液……"(《致远方》)

她还能写出精致的意象,人世情感与历史沧桑在一个定格中显得如此沉静而决绝:

"打开门,等待/远征的兄长与丈夫/北斗星照耀归程/苍狼嗥叫,马匹安静/抵达的夜晚/醉倚祁连。"(《致远方》)

诗写得豪情满怀,有西北古意与雄峻之风,我想,有如此的情怀做学问也是有志向的,有作为的。晓琴在北大这二年,又受聘为中国现代文学馆的客座研究员,那是一个非常有活力的集体,他们相互切磋、比试,碰撞出诸多火花,成为文坛上一片耀眼的风景。晓琴也恰逢其时,显示出放马出关的意气。

不到西北,不能理解西北的大地荒漠、风土民情、人文气象。前年夏天,我与几个朋友一路驾车翻越祁连山,感受到古丝绸之路上西北大地的雄峻和壮烈。从兰州到凉州一路,在乌鞘岭上得见雪线,在凉州城头上体会唐代边塞诗人岑参的文人雅趣;然后去中国第一军马场——山丹军马场,穿过裸露的长城,被无边的油菜花击倒,在焉支山下穿越时空;过扁都口,在祁连山中怀想匈奴之歌,翻越祁连山后,在大通河边看见古老的放牧景象;夜宿西海小镇,仿佛伸手可触北斗星座;最后来到海拔三千米高的青海湖,为大西北的无边大自然所折服。湖与天,山与湖,一条道路望不见尽头,生也有涯,天地无限,在西北的大地上感受尤甚。西川在这附近写下《在哈尔盖仰望星空》:"有一种神秘无法驾驭/你只能充当旁观者的角色……"不用说,西北的神奇深远有地理、历史与文化做底,激发的思绪和想象大不一样。

醉卧沙场君莫笑,西出阳关有新人!晓琴作为西北70后一代青年学人的代表,给学界和批评界带来了一股塞外的清风。

综观晓琴的当代文学研究,可以看出,她对先锋一脉用力很深,此外以她的地利之便,当然也专注于西北文学的研究。这些年她涉猎了不少西北作家,常在她文章中论及的就有路遥、陈忠实、贾平凹、杨显惠、石舒清、刘亮程等。晓琴关注西北这块土地对作家的滋养,他们文化上的传承、地域的印记，他们特有的生命体验与情怀担当，还有他们突破樊篱的野性……所有这些，都给中国主流文学史，给现代理论范式，给文学上的现代主义和后现代主义提出了挑战，这些课题构成了晓琴持续写作的论题。在对现代性问题的思考中，她看到了现代性带给西北作家的更多的是反思性和批判性，看到了他们对还处于贫瘠状态中的人们的生存、迷茫和失落的忧思。晓琴还注意到，在诸多西部作家笔下，似乎总有一曲挽歌在吟唱，那是对游牧文明和农耕文明的追悼，他们为西部和自己的家乡辩护，为即将失去的文明刻碑立传。

晓琴的这些学术论文，流宕着浓浓的诗意，我们会看到，在她的笔下梳理着缓缓展开的两幅图景：一个是古老、浪漫、充盈着精神信仰的图景，另一个则是挣扎在现代文明冲突中的痛苦图景。她尝试去解释，前一种图景可以作为后一种图景的拯救。我也注意到，晓琴并不只是一个西北地域的文化优越论者，相反，她会关注那些客居在西北的作家，去审视他们的个性和艺术品性与西北的碰撞是如何生发出更为强大的艺术能量的。确实，西部文学那些标志性的作家、诗人都是外来者，如张承志、周涛、马丽华，这样的问题究竟应该如何回答？为什么他们在西部就能创造出比本土作家更大的成就？晓琴有一次对我解释说，他们不仅仅是用异乡人、他者的目光打量西部，同时，他们一定是碰触到了一个伟大图景，并被强烈地召唤。

这就是晓琴研究的课题。西部文学是一个特定时代的产物，它包括西北与西南，甚至北方广阔的草原。在1980年代，西部文学的那种苍茫、雄浑、激越的英雄主义暗合了时代狂飙突进的变革精神，它一度成为中国文学的抒情风格，但后来慢慢地成为一种地域文学。有人以为，提倡西部文学就是对西部作家与文学的窄化。也许这样一种认识有其理论的支撑，但是，就文学本身来说，如此来梳理一个地域的文学，不外是要与作家们所生活的地理与历史关联，是一种不得已的命名而已。西部文学的高与低，完全在于批评者自身的判断。作家若以西部自卑，则不愿意要这"西部文学"的标签；倘若作家想以西部而自豪，则会自我命名为西部作家。在这方面，陈忠实和贾平凹便是例子。他们从未因被命名为西部作家而自卑过。相反，在《白鹿原》中陈忠实还通过朱先生表达了对南方的轻视。另一个例子是张承志。张承志生于北京，但在其《告别西海固》中宣称，他所笃信的文明是以西海固为中心向世界展开的文化。他们以此而自豪。

晓琴的批评文字带着西北的凛冽与空旷，自有一种执着与坚韧，她并不寻求女性的温婉与柔媚，而是追求思想的抵达、文字的干练与灵动。晓琴有能力介入复杂的文本，也有能力把简单的文本挖掘出历史与理论的蕴含。当然，诗性与感悟是她的文学批评最有活力的要素，西北人的大情怀与她的敏感构成了她的批评文字的质地。

在西部文学提出之时，中国还没有提出"一带一路"的口号，还没有复兴古丝绸之路的构想，那个时候的西部文学，是面向中部和东部文学的（深层潜在的向往则是西方现代主义和世界主义），所以有"陕军东征"的说法。从这个意义上来说，西部文学一度在边远处徘徊。但中国有句古话，曰三十年河东，三十年河西。三十年后，当中国文学面临重构、突破和提升时，西部文学长风出谷，也不失为一种精神助力。如今民族国家的复兴强盛都在打西部的牌，"一带一路"不只是具有地缘政治经济的意义，它同时具有文化的和美学的意义。西部文学在中国文学中的引领意义正在突显出来，关于西部文学的研究和文学批评，无疑正面临一个新的契机。

这正是晓琴和西部众多的青年学人的机遇所在，他们站在这样一个时代的新起点上，也是站在文学批评的新的起点上。此次陈思和先生将晓琴的文章合集收入"火凤凰"新批评文丛系列，不仅是对她本人文学批评的肯定，也是对西部文学的支持，可敬可佩。

是以为序。

陈晓明
2016年1月13日

目 录

辑一 / 001

最后的水墨乡土
　　——贾平凹的《极花》 / 003
老生梦蝶几人醒
　　——贾平凹的《老生》 / 010
招不回的游魂
　　——庄之蝶论 / 021
悲怆的秦声
　　——重读《秦腔》 / 032
一灯难除千年暗
　　——贾平凹的《带灯》 / 046
小说家的秘密
　　——《高老庄》论 / 056
无敌之阵里的新故事
　　——读《怀念狼》 / 066
蝴蝶的轮回
　　——从庄之蝶到老生 / 074

辑二 / 083

四月的歌手
　　——重读《人生》怀路遥 / 085
人性的扑火者
　　——田小娥论 / 092
玄冥神秘中的矛盾
　　——论《狼图腾》 / 100

灵魂的洁净
　　——石舒清论 / 121
民间有月来几时
　　——读吕新的《下弦月》 / 132
张好好的布尔津 / 136
《空山》的悲与伤 / 148
极端的命运之书
　　——论东西的《篡改的命》 / 159
杜光辉的可可西里 / 171

辑三 / 175

偏执的美与失
　　——张承志《相约来世》及其他 / 177
《甘南纪事》：失乐园的隐痛 / 185
写作是一个悲喜交加的过程
　　——杨显惠访谈录 / 190
灵魂走过西藏 / 199
人对自然的初心正觉
　　——周涛散文走向一种 / 210
刘亮程的龟兹别志 / 217

辑四 / 221

大地逝世的悲歌
　　——于坚诗歌的一个侧面 / 223
穿透时间的方式
　　——彭金山其诗其人 / 230
从生命的记忆到思索
　　——牛庆国诗歌简论 / 233
离离的迷与痛 / 248

后记 / 250

最后的水墨乡土
——贾平凹的《极花》

贾平凹近年来创作状态颇佳。自2000年的《怀念狼》以来,他推出了一系列长篇小说,大多以商州故乡为背景,又每有新意生发,如《秦腔》《高兴》《古炉》《带灯》《老生》等,描述陕南古今,叙说乡土人生,细呈现代文明转型时期的乡村困境与乡土文明的式微,被誉为"乡土文明之碑""百年中国史录"等,贾平凹也因此获得很大声誉。细观贾平凹新世纪以来的长篇小说,显然是宏大的历史时代书写与精微的人物雕塑穿插而行的,在论者专注于贾平凹对百年中国甚至是更古老的中国历史的书写时,贾平凹却将墨力漫向底层人物,推出一部新作《极花》。

谎花的极花梦

极花是什么?是那种冬天是小虫子,夏天又变成草的植物吗?是那种被称作虫草的名贵药材吗?极花除了服用还能做什么?或者说,它还有什么特殊的寓意?在《极花》中,贾平凹不断地思索着,他站在现代文明转型时代的乡土上,向城市提出现实之问,然而,无人应答。乡村的困境、文明的消亡,都萦绕于他的心头。于是,贾平凹开始写作,这或许是他寻找未来的方法。

《极花》中的故事发生在大西北一个叫圪梁村的小山村,这里是当下中国最偏僻的乡村之一。与当前中国急速发展的城镇相比,这里堪称前现代社会，贫穷至极，连白面蒸馍都吃不上，更有许多原始的信仰和风俗，最重要的一个讲究是窑前不能栽木桩，有木桩就预示着这户人家将不会再有女人。之所以有这样的说法，主要是因为这里的男人已经没有办法娶到老婆，他们对此惧怕至极，为了延续香火不择手段，《极花》的主人公胡蝶就是被人贩子卖到了这里的。

　　胡蝶是贾平凹经唐宛儿、西夏、白雪、带灯后又一个丰澹灵动的女性。贾平凹对蝴蝶这个意象情有独钟，《废都》中的庄之蝶取名于庄周梦蝶，后来的《高老庄》《老生》等作品中均有蝴蝶意象出现，《极花》中的这个女孩直接取名胡蝶。胡蝶年纪很轻，美丽聪颖，上学时作文被老师当范文在课堂上给同学们念过，但为了照顾弟弟上学就辍学了，后来随捡破烂的母亲进城。胡蝶一心想做个城里人，而且她的长相气质都很像城市人。连房东老伯都不忍赞叹：胡蝶天生该城市人么！但胡蝶在第一次找工作时就被人拐卖给圪梁村的黑亮，后被强暴生子。她做了妈妈后被解救回城，在城里却遭受了更大的心理压力，成为被看的对象，没有退路的她只好又一次坐车去圪梁村。对于这样一个女性的悲剧，读者应会给予同情。哪怕她在圪梁村蛮不讲理的时候，我们仍然会产生同情和不安。

　　再看看小说中圪梁村的其他女性。难道她们天生该承受乡村的贫穷落后吗？这些女性可看作是胡蝶命运的共同体，她们往往有让人怜爱和尊重的一面，但又无法与强大的命运对抗。手巧心灵的麻子婶，她剪出的窗花就是对美好生活的渴盼，她同情胡蝶，甚至想帮她逃出村子，却因此招来灾祸。在城里做过小姐的訾米，也有敢作敢为的一面。三朵媳妇一到圪梁村就被打成了跛子，金锁的媳妇被葫芦豹蜂蜇死……其中最让人难过的却是黑亮的娘。这个女人的漂亮与温顺得到了所有人的称赞，她持家勤俭，有所信仰，在家里供奉"天地君亲师"和极花，并尽自己所能给未来的儿媳妇攒了十斤棉花。胡蝶到了黑亮家后，村里人因此纷纷模仿黑亮娘供奉极花。但是这个女人却过早地离开了人世。

如果仅仅把写作的重心放在拐卖女性层面，小说就难免落入我们可以想象到的套路。贾平凹的与众不同处就在于，他把思索的方向指向那些窝在农村的男人。黑亮的爹非常有责任心，也很要强，先是为弟弟的婚事付出巨大代价而未果，后来又因为儿子的婚事急得几近发疯。黑亮也非常勤劳有想法，而且有情有义，但也是通过买卖才完成了婚姻大事。贾平凹在小说后记中说："拐卖是残暴的，必须打击，但在打击拐卖的一次一次行动中，重判着那些罪恶的人贩，表彰着那些英雄的公安，可还有谁理会城市夺去了农村的财富，夺去了农村的劳力，也夺去了农村的女人。谁理会窝在农村的那些男人在残山剩水中的瓜蔓上，成了一层开着的不结瓜的谎花。"其实，这里的男人女人都一样，他们把自己开成了谎花，却无一不做着极花的梦，他们在山上挖极花，在家里供奉极花，只有一个目的，就是拥有属于自己的幸福，但这最基本的做人的权利也成了一种不能实现的梦。他们有令人同情的一面，却又做了伤害胡蝶等女性的帮凶。面对日渐空壳化的农村，贾平凹悲叹："或许，他们就是中国最后的农村，或许，他们就是最后的光棍。"

中国人最后的梦呓

《极花》中黑亮和胡蝶的一段对话很耐人寻味。黑亮给胡蝶讲了一些村子里的事情后，说："别的我不给你说了，你以后就全知道。"胡蝶大喊："没有以后！这里不是我待的地方！"黑亮说："待在哪儿还不都是中国？"这时出现在读者眼前的"中国"两个字，更准确地说就是中国的农村，尤其是那些偏僻得让城市人失去关注耐心的农村。当前中国农村与城市的差距之大已经无法逐一描述。贾平凹说："我关注的是城市在怎样的肥大了而农村在怎样的凋敝着，我老乡的女儿被拐卖到小地方到底怎样，那里坍塌了什么，流失了什么。"《极花》以胡蝶的视角展开叙述，触及当前中国最偏僻农村的角角落落，凋敝的山村、焦苦的生活、城乡的矛盾、人性的善恶……各种乱象在贾平凹笔下竟然变得井然有序，并最终指向无法逆转的现代文明进程。

胡蝶看到的圪梁村没有像样的房子，人住在窑洞里，窑里老鼠到处跑，窑外的树也少得可怜，树上飞的也只有乌鸦。而黑亮爹一直在刻石头，他刻男性的生殖崇拜，刻石头女人，为的就是村里男人能娶到媳妇。然而，村里的女人仍然少得可怜，几个男人甚至在一起谋划要抢女人，虽然后来他们的阴谋没有得逞，但这样的描述足以让人恐惧难忘。买了胡蝶的黑亮并不那么面目可憎，小说一开始，他在倒卖血葱，但因为可怜顺子爹，就停下了手中的活计，去帮顺子爹送葬，可见他是一个有同情心的人。小说中他第一次骂脏话时胡蝶以为在骂她，他却说："我骂城市哩！现在国家发展城市哩，城市就成了个血盆大口，吸农村的钱，吸农村的物，把农村的姑娘全吸走了！"他以为胡蝶是个城市姑娘，所以与人贩子交易时为胡蝶多掏了五千元钱，他却不知道胡蝶就是被城市吸走的农村姑娘。早在十年前，贾平凹就关注这个问题了，《秦腔》中，引生得知夏风娶了白雪后开始恨夏风："既然已经走出了清风街，在省城里有事业，哪里寻不下个女人，一碗红烧肉端着吃了，还再把馍馍揣走？"

按照黑亮的逻辑，农村凋敝的一个重要原因是被城市吸金后的贫困，而圪梁村一些人的生与死也都与城市有关，与现代文明有关。他们挖极花和种血葱都不是白己吃，而是为了卖给城市，得到少得可怜的钱，许多人还为此丢了性命。黑亮的娘就是因为挖极花时抬头看了一眼飞机，不小心滚了梁死了。金锁的媳妇被葫芦豹蜂蜇死，这件事情发生后，顺子不愿意再和媳妇上山挖极花，执意去城市打工，他一走就是四年，没有音讯。他的媳妇跟着一个来收购虫草的男人私奔，他年老的父亲觉得自己没有看好儿媳，也服毒自杀了。顺子进城后到底发生了什么无人知晓，这让人想起《秦腔》中的清风街，人们走出清风街就不想回来了，回来的，不是出了事故用白布裹了尸首，就是缺胳膊少腿儿。不免为顺子担心。贾平凹曾借君亭之口说："农民为什么出外，他们离乡背井，在外看人脸，替人干人家不干的活，常常又讨不来工钱，工伤事故还那么多，我听说有的出去还在乞讨，还在卖淫，谁爱低声下气地乞讨，谁爱自己的老婆女儿去卖淫，他们缺钱啊！"胡蝶被解救回城后，有人问她：那个男人是老光棍吗？残疾人吗？面目丑陋可憎不讲卫生吗？孩子叫兔子是因为是个兔唇吗？虽然黑亮是个年轻人，而且颇有可圈可点之处，但胡蝶没有办法解释，也不想解释，因为她遭遇了城市人对农村的偏见，而她本来就是个农村姑娘。胡蝶在火车上听见有人模拟火车的声音在讲笑话，讲甘肃、山西、河南、陕西，而她却没有笑，她说："在中国哪儿都一样。"

从某种程度看，《极花》就是《秦腔》的一个注脚，贾平凹说："如今，上几辈人写过的乡土，我几十年写过的乡土，发生巨大改变，习惯了精神栖息的田园已面目全非。虽然我们还企图寻找，但无法找到，我们的一切努力也将是中国人最后的梦呓。"

以水墨而文学

自《废都》以来，贾平凹有意向古典中国致意，他的每一部长篇的后记都是小说文本的一个补充，甚至可以看作文本的一部分。他在这些后记中提到不同时期的中国传统文学作品，从明清小说到两汉品格，从灵动华丽到海风山骨，更有古老的《山海经》，而这一次，贾平凹将目光投向了宋代。《极花》后记中有两处不容忽视，一是有关文学与水墨画的说法，二是最后的两句诗。

贾平凹在小说后记中坦陈，《极花》是他最短的长篇小说，但却让他"喜悦了另一种的经验和丰收"。这喜悦很大程度上来自小说的水墨写法。贾平凹认为："现在小说，有太多的写法，似乎正时兴一种用笔很狠地、很极端地叙述。这可能更合宜于这个年代的阅读吧，但我却就是不行。我一直以为我的写作与水墨画有关，以水墨而文学，文学是水墨的。""水墨文学"意味着什么？贾平凹自幼就写字画画，喜欢水墨，他说自己文学的最初营养，一方面来自中国戏曲和水墨画的审美，一方面来自西方现代美术的意识。贾平凹的书画在文坛上也自成一家，2012年还出版过书画集《海风山骨》，识者誉其画作"不拘泥于技法，不故意做作，拙中见巧，干净利落，力求简约，注重立意，行笔不拖泥带水，直抒胸臆"。这些特点完全可用来评价《极花》一书的写法。黄土高原上的圪梁村，贫瘠的硷畔，四棵白皮松，几只乌鸦，一群光棍汉，一架可怜的葫芦，孤独的胡蝶，还有一个坐在夜空下观星望天的老老爷。

当然，面对《极花》，不该拘泥于小说写法，更重要的是贾平凹对现实的关切。陈思和在论及《秦腔》时曾如是评价："贾平凹是一个有飞翔能力的作家，但他的飞翔，绝非飞在高高的云间轻歌曼舞；而是紧紧贴近地面，呼吸着大地气息，有时飞得太低而扫起尘土飞扬，有时几乎在穿行沼泽泥坑，翅膀是沉重的，力量是浑然的，在近似滑翔的飞行中追求精神升华。"《极花》又一次带来大地的气息与黄土高原上飞扬的尘土。这样方能理解贾平凹所说："当今的水墨画要呈现今天的文化、社会和审美精神的动向，不能漠然于现实，不能躲开它。"

就水墨本身的发展而言，"唐画山水，至宋始备"。宋代是中国水墨画的一个高峰时期，当时的水墨画题材广，技法亦出新，可谓名家辈出。宋代水墨不仅仅描绘山川之秀，更有文化底蕴和时代感受，通过画作表现画家的现实情怀。与画作的现实感相关的是，水墨画往往讲求寄兴，画风之高下并不局限于技法，更大程度上是画家修养性格的含蓄呈现。贾平凹如此陈述水墨的本质："水墨的本质是写意，什么是写意，通过艺术的笔触，展现艺术家长期的艺术训练和自我修养凝结而成的个人才气，这是水墨画的本质精髓。写意既不是理性的，又不是非理性的，但它是真实的，不是概念。艺术家对自己、感情、社会、政治、宗教的体验与内心的修养互相纠缠，形成不可分割的整体，成为内在灵魂的载体。西方'自我'是原子化个体的自我，中国文化中是人格，人格理想，这个东西带有群体性和积累性。"

说起中国文化的人格理想，贾平凹想到了苏轼，认为苏轼应该最能体现中国人格理想，其诗词文赋、书法绘画最能体现他的人格理想。小说后记中的两句诗都是宋诗中的名句，前一句出自苏轼，后一句出自石延年。石诗以我观物，物便著我之"乐意"，自然是一种理想境界的期望。而苏诗却是谪居儋耳时为当地酷爱读书的姜唐佐而写，也包含着希望。读罢《极花》，再读林语堂的《苏东坡传》，在自序中读到这样的句子："元气淋漓富有生机的人总是不容易理解的。像苏东坡这样的人物，是人间不可无一难能有二的。对这种人的人品个性做解释，一般而论，总是徒劳无功的。"贾平凹对苏轼的理解是相似的："他是超越了苦难、逃避、辩护，领悟到了自然和生命的真谛而大自在着，但他那些超越后的文字直到今日还被认为是虚无的消极的，最多说到是坦然和乐观。真是圣贤多寂寞啊！"今天的中国还能产生苏轼这样的人格吗？又有多少人呼吸着大地气息，在群体性、积累性的理想过程中建构个体的自我？而"水墨文学"又能在何种程度上实现这一理想？

老生梦蝶几人醒
——贾平凹的《老生》

一直以来,我对那些自我阐释能力很强的作家心存敬畏,甚至敬而远之,却又忍不住要走进他们的作品世界,并对他们的每一部新作翘首期待。贾平凹就是一位自我阐释能力很强的作家,几乎他的每一部长篇小说都有后记,2013年还出版过一部《前言与后记》[1],收录文章十八篇,其中后记十一篇、《浮躁》序二篇,间有其他五篇。这些文章可独自成篇,具有散文的魅力。它们最为重要的意义则在于作家文学观的阐发,与其所牵涉的长篇小说共同构成了一个独特的文学空间。然而,这些文章一方面给阅读与批评提供了重要的线索,另一方面却也带来了批评的难度。《老生》也不例外,后记中对于这部作品写作的初衷、历史与命运、故事与人物,甚至书名等细微之处都有不同程度的阐释。要深入阐述《老生》,就不能不考虑贾平凹本人的创作初衷,唯此方可看清其外在结构,进入其内里经纬。

一种小说中国的方式

贾平凹似乎决意要为《老生》设计一种精致高超的艺术结构。面对《老生》,我想起了纳博科夫那句有名的话:"风格和结构是一部

---

[1] 贾平凹:《前言与后记》,海豚出版社2013年版。

书的精华，伟大的思想不过是空洞的废话。"[1]2014年出现了许多在小说结构与叙事形式上创新的长篇小说，有人说这是一种巧合，而这很大程度上是作家们拥有文化自觉和文化自信之后，在如何传达中国经验、讲述中国故事时产生的形式方面的焦虑与探索，似乎现在最大的问题就是如何讲好中国故事。在这一点上，《老生》是成功的，它是2014年长篇小说最为奇异的收获。

《老生》是立体的。它的整体结构独特，内部采用多声部配合的结构方式，在叙事结构的转换方面同样精巧自然，这样的艺术结构与贾平凹以往的小说迥然不同。总体看来，《老生》主体部分由四个故事构成，同时又辅之以开头、结尾。每个故事的名称就是"第几个故事"，这些标题的名称都是用繁体字写的，字体也与正文不一样。其中每个故事长度大约七十页，第四个故事稍长，约八十页。开头不到六页，结尾约四页。这种凤头猪肚豹尾的结构是一种典型的中国古典小说的结构方式，但其内部却极为丰厚、复杂。

《老生》是时空交错的。四个故事在纵向的时间上交错，横向的空间中位移。小说中有两重叙事时间：一个是属于作者的叙事时间，这一时间共二十七天——老唱师不吃不喝二十天，放羊人的孩子回来又三天，又请来饱学之人讲《山海经》四天，至老唱师离开人世；另一个则是老唱师的叙事时间，大约一百年。也就是说，老师给孩子讲《山海经》的四天，老唱师讲了百年间秦岭不同地点的四个故事。

既然主体部分名为"故事"，那么谁来讲故事，讲什么故事？《老生》中讲故事的老唱师可以看作老生，他见证和讲述的百年中国的四个故事是小说的重心所在，老生的声音是小说最重要的一个声部。与此同时，小说又在每一个故事中间穿插了一位饱学之人给放羊人的孩子讲述《山海经》的声音，这是小说的又一个声部。这两重声音共同构成了《老生》的复调性质。当然，这只是就小说整体而言

---

[1] [美]约翰·厄普代克：《〈文学讲稿〉前言》，转引自纳博科夫：《文学讲稿》，申慧辉等译，生活·读书·新知三联书店1991年版，第12页。

的，具体到每一重声音内部，又由多重声音构成，比如《山海经》部分既有老师讲的声音，又有师生问答的声音。这种多声部配合的结构方式是一种文学对于音乐的移植，意在从复杂的声音中获得小说的丰富性与深厚性，获得普通的小说结构难以达到的戏剧性效果。

在多声部同时展开并配合的同时，贾平凹运用了一种巧妙的衔接来完成叙事结构上的转换。小说"开头"部分由秦岭山中的风俗到上元镇到石洞，再到与此相关的人物老生匡三、放羊人一家及饱学之人，在短短的六页之内完成如此多的转换，却又全无突兀之感。第一个故事里从正阳镇的三宗怪事起笔，迅速完成从猫到蛇到人的转换，引出匡三、王世贞、雷布、老黑等人。《老生》中较为独到的是对老生所讲的故事和《山海经》内容的精巧衔接。老生讲故事时的听众是潜在的，是读者，而当饱学之人给孩子讲《山海经》时，他又成了一个潜在的听众，他要讲的故事往往是因窑洞外师生有关《山海经》的对话而起。可以举几个例子来说明。《山海经》中讲到祭祀"白营为席"，孩子问为什么是白颜色，老师回答："白颜色干净，以示虔诚吧。"老生就以自己的不同理解而开始回忆："这不对吧，之所以丧事用白布用纸，是黑的颜色阳气重……"[1]第三个故事开头，师生对话中说到名分，老生立刻从名分想到自己在县文工团里多少年没有名分的生活。第四个故事开头，放羊人的孩子说"比如古人采草入药"，老生马上想到秦岭里的两千多种草能入药，又想到以药材而得名的村庄当归村，由此引出第四个故事。

除了这些明确的转换与衔接外，贾平凹在叙事视角上的转换往往不着痕迹，让人在阅读时惊喜又惊叹。最令人称道的是小说"开头"部分的最后，先是老唱师感觉到自己的身体变化，同时听见炕席下蚂蚁在爬，蝴蝶要出窑去。这是人物也就是老唱师的叙事视角，然后，孩子也看见了那只蝴蝶，起身要去逮，老师用钢笔在孩子的头上敲了一下，说："专心！"后又描述蝴蝶飞出窑门栖在草丛变成了一朵

---

[1] 贾平凹：《老生》，人民文学出版社2014年版。

花。这显然又变成了一种全知全能的叙述视角。

去年出版的《带灯》中，贾平凹已经表现出对叙事的重视，小说中已经出现了叙事的双重结构，对带灯生活的叙述中穿插了数十封带灯写给元天亮的信，二者间的转换主要通过书信的方式完成。但在《老生》中，叙事结构上的转换显得更加自然流畅，不着痕迹。如果说《带灯》的叙事结构转换是刚性的、直线性的，《老生》中的转换则是柔性的、曲线性的。《老生》结构复杂精巧，叙事形式自由多变，以一种奇特的方式实现了小说中国的初衷。

两重中国的历史空间

如果仅仅停留于小说形式和叙事上的努力，那就会走上小说的小道。贾平凹在进行叙事探索的同时，将小说的重心立于中国的历史之中，关注百年中国人的命运，这使得《老生》走在了小说的大道上。贾平凹在《带灯》后记里说自己"到了既喜欢《离骚》，又必须读《山海经》的年纪了"。《山海经》的反复阅读与百年世事的思考形成了一部宏大而诡秘的《老生》，前者以师生诵读《山海经》及其有关问答形成了一重远古中国的历史空间，而后者则以老唱师的回忆和讲述形成了一重百年中国的历史空间，二者遥相呼应，互为印证。

在四个故事中，饱学之人讲《山海经》，每日一次，每次两节。依次为《南山经》首山系、次山系、次三山系，《西山经》首山系、第二山系、次三山系、次四山系，《北山经》北山首山系，再加上"结尾"部分的《北山经》次二山系共九节。《山海经》中对这些山水的方位、矿产，以及其中怪异的花草树木、飞禽走兽的描述是百年中国故事的一个遥远的精神背景，是贾平凹的一次精神寻祖。

贾平凹借饱学之人之口说，《山海经》的"经"，不是经典的意思，是经历。是写人类的成长。《山海经》可以说是整个人类童年时期带着初心看世界的一部自然之经。《山海经》是九州定制之前的书，"那时人类才开始了解身处的大自然，山是什么山，水是什么水，山水中有什么草木、矿产、飞禽走兽，肯定是见啥都奇怪。""《山海经》可以说是写人类的成长，在饱闻怪事中逐渐才走向无惊的。"《山海经》中那些貌似荒诞不经的人类的"经历"，其实是早期人类看世界的历史，而这一历史时期是有神的。学生问："……这证明了人已经在那时在耕种、纺织、饲养、冶炼、医疗，那么，这些技能又是怎么来的？"老师答："是神的传授。"学生问："真有神吗？"老师答："……黄帝就是神，伏羲就是神，老鼠和牛也都是神。神或许是人中的先知先觉，他高高能站山顶，又深深能行谷底，参天赞地，育物亲民。"显然，《山海经》的讲解与师生问答是《老生》的精神背景，它的意义不仅仅在于小说结构上的丰富性，更在于地理历史文化的溯源和哲学思考。

老唱师讲述的四个故事发生地点分别是正阳镇、老城村（岭宁城）、棋盘村（过风楼镇）、当归村（回龙湾镇）。第一个故事大约起于20世纪初，止于1935年，秦岭里开始有了红色革命力量，但并不成气候，老黑和李得胜的陕南游击队最后以残败而告终。这是整部作品中写得最为惨烈的一部分，尤其是老黑的死。最后，陕南游击队也几乎全军覆没，只剩下匡三一个人去投奔二十五军。第二个故事虽然起于民国三十三年，也就是1944年，但重点写土改运动及浑水摸鱼的孤儿马生、丢掉性命的地主。这一时期徐副县长让唱师去了县文工团，此后几十年他没有再唱阴歌。中间又穿插了两个无辜者白土和玉镯的故事，这两个人都有痴的一面，他们避开世间纷扰，隐居首阳山至终老。第三个故事大体写解放后合作社道路时期以及其后的大饥饿、政治运动时期，各色人等上演悲喜剧及墓生的悲剧命运。第四个故事的时间大体是改革开放至今，老余、戏生为了村人致富不择手段，最后当归村的许多人死于一场外来瘟疫。

这是《老生》的一个百年大事年谱。贾平凹在《老生》后记中说："在灰腾腾的烟雾里，记忆我所知道的百多十年，时代风云激荡，社会几经转型，战争，动乱，灾荒，革命，运动，改革……太多的变数呵，沧海桑田，沉浮无定……而不愿想不愿讲的，到我年龄花甲了，却怎能不想不讲啊？！""这也就是我写《老生》的初衷。"贾平凹写的是百年中国历史。百年中国的四段历史时期，人面临的是不同的生存困境与精神困境，而第四个时期的人却遭遇了最复杂的时代和诱惑。当归村人一心想过上好日子，为此有人在镇上拾破烂，也有人相互残杀（双全和平顺）。戏生当村长出事被撤职，在矿区被人潜规则，接受性贿赂；为了村子的发展在秦岭山中寻老虎不遇，造假被揭穿，后领头种植当归，成了回龙镇首富。戏生一直想见传说中的匡三司令，终于见到后却被误会，极度失落中回当归村，死于瘟疫。这段历史中的一些素材来源于新闻或公众事件，但贾平凹却用一种巧妙的方式让它成为当代历史的一部分，避免了新闻拼接的陷阱，一个主要的内在原因是他对生活世界的重视与深掘。

贾平凹一直是擅长书写生活的。从陕南的游击队到迅速运转的经济社会，每一时期的国情、世情、民情，都是他要表达的内容。他说："当文学在叙述记忆时，表达的是生活，表达生活当然就要写关系。《老生》中，人和社会的关系，人和物的关系，人和人的关系，是那样的紧张而错综复杂，它是有着清白和温暖，有着混乱和凄苦，更有着残酷、血腥、丑恶、荒唐。"贾平凹在书写历史时用了一种真诚的态度，不戏说。正因如此，我们在《老生》中看见了百年中国的历史，也看见了百年中国人的命运。

三个讲故事的人

米兰·昆德拉在《小说的艺术》中强调："简化的蛀虫一直在啃噬着人类的生活，现代社会又可怕地强化了这一过程，一个民族的历史被简化为几个事件，而这几个事件又被简化为具有倾向性的阐释；社会生活被简化成政治斗争，而政治斗争被简化为地球上仅有的两个超级大国的对立。"[1]从这个角度看《老生》，它无疑是丰厚的，贾平凹没有简化历史中的生活和人。

---

[1] ［法］米兰·昆德拉：《小说的艺术》，董强译，上海译文出版社2011年版，第22页。

《老生》中人物众多，合上书，他们仍然活生生地行走在秦岭山间。老黑鲁莽残忍、果敢壮烈，白土玉镯善良无辜、远离尘世，戏生通透精灵、高歌呼喊，而更多的人奔走忙碌、逆来顺受……这些人物似乎决意要挣脱贾平凹这个创造者，急于成为一个"自由的人"。贾平凹在塑造人物方面与陀思妥耶夫斯基有相似性，恰如巴赫金评价陀思妥耶夫斯基："恰似歌德的普罗米修斯，他创造出来的不是无声的奴隶，而是自由的人；这自由的人能够同自己的创造者并肩而立，能够不同意创造者的意见，甚至能反抗他的意见。"[1]《老生》的所有人物中，老唱师和讲《山海经》的饱学之人是关键。这两个人都在讲述中国，但前者讲述自己百年亲历的人事，后者讲述远古祖先经历的山川河流和自然万物。

老唱师，也就是老生，是整部作品的灵魂。依书中信息进行推算，老生的年龄至少是在一百二十岁左右。老生每一次唱阴歌都有指向、有意义的。第一个故事结束时，老生为惨死的游击队员唱阴歌，却没有人听。第二个故事中，老生为八个人唱过阴歌，其中最后一个是被强行定为地主、死后也不甘心的张高桂。第三个故事中，老生被剥夺了唱阴歌的权利，在县文工团里度日如年。老生参加了革命工作，却演不了那些新戏，唱不了那些新歌，他的使命感和光荣感荡然无存。老生在这一幕中只唱了一次阴歌，他目睹墓生死后，忍不住唱起了阴歌，给自己唱，给墓生唱，却因此失掉了工作。此后几十年间再没有唱过阴歌。这让人自然产生了有关作家的隐喻联想，十七年与"文革"中的许多作家，就是不能唱歌的老生。第四个故事中，当归村死了太多的人，老生应荞荞之请为当归村唱阴歌。这是他人生的最后一次唱，他把自己会的所有阴歌唱了一遍，然后回到了自己的窑洞里，静静地离开了人世。

老生的更深寓意却是在中国传统文化深处，他唱的第一首阴歌

---

[1]　[俄] 巴赫金：《陀思妥耶夫斯基诗学问题》，白春仁等译，生活·读书·新知三联书店1988年版，第28—29页。

"人生在世有什么好，墙头一棵草，寒冬腊月霜杀了。人生在世有什么好，一树老核桃，叶子没落它落了……"显然是直逼《红楼梦》中跛足道人的《好了歌》。贾平凹的重要作品都与《红楼梦》有着不可分割的关联，这种关联是骨子里的，与某些形式上的学习模仿是不一样的。去年出版的《带灯》中，带灯喜欢看书，喜欢在山里跑，累了就在山坡上睡觉，这与《红楼梦》第六十二回"憨湘云醉眠芍药裀"的湘云，精神上是一脉相承的。老生的人生是一场梦，他讲述的故事也是时代的一场大梦。"这个人唱了百多十年的阴歌，他终于唱死了。"这是老生的墓志铭。小说后记中，更是直接表明没有人不死的，没有时代不死的，"眼看着高楼起，眼看着楼坍了"的蕴义也是传统的，与清代戏曲家孔尚任《桃花扇》中"眼看他起朱楼，眼看他宴宾客，眼看他楼塌了"异曲同工。这样的起落是小说第四个故事中戏生的人生起落，更是一种哲学观念。

讲《山海经》的老师是仅次于老生的一个形象，他貌似讲课，实则用另外一种方式讲故事。他对学生问题的某些回答其实就是贾平凹本人对这些问题的回答。"人史就是吃史""人只怕人，人是产生一切灾难厄苦的根源""神仍在""神是要敬畏的""当人主宰了这个世界，大多数的兽在灭绝和正在灭绝，有的则转化成了人""过去是人与兽的关系，现在是人与人的关系""现在的人太有应当的想法了，而一切的应当却使得我们人类的头脑越来越病态"……这显然是作者的终极思考。

除去上述两个文本内讲故事的人之外，还有一个隐藏得比较深的讲故事的人，就是作者。小说后记和封底上的那首诗的叙述者显然是作者。他想使故事的表达让人觉得这不是他在写故事，而是天地间就存在着这样的故事，就像摄影家在拍摄时极力隐藏自己在摄影。贾平凹认为，这样会使作品更长久些，而且也符合中国人的思维。回望贾平凹的长篇小说，许多人物身上有作家本人的精神影子，而且在同一篇小说中也会有两个人物同时具备这一特征，共同构成一种互补互动的张力，比如《秦腔》中的引生和夏风，比如《带灯》中的元天亮和带灯（带灯的精神困境与燃烧自身的追求与贾平凹有着某种同构关系）。在《老生》中，老唱师和讲《山海经》的饱学之人共同构成了贾平凹的复杂精神投影。《老生》中老唱师的唱和老师的讲都可以等同于作家的写，他们与作者一道讲述中国故事。正是在这个意义上，贾平凹说："我有使命不敢怠，站高山兮深谷行。风起云涌百年过，原来如此等老生。"

几个深远的意象

贾平凹往往以独特的意象推进小说发展、实现意义。《老生》中以下几个意象值得关注：倒流河、石洞、当归、鸽子花、发型、狗、梦、蝴蝶。

倒流河。河水流动，历史流动，逝者如斯。河水名曰倒流，即向着历史深处流去，向着生命源头流去。秦岭的风俗是要沿着这条河走，回岁。宋张栻云："律回岁晚冰霜少，春到人间草木知。"四季循环，律回自然。倒流的河水呈现出贾平凹独特的生命轮回意识，书中多次出现有关转世托生的描写是例证。

石洞。石洞位于上元镇，在空空山上。石洞太高，人上不去，鸟飞不进去，只有贵人来了才往外流水。地名上元，新的一年第一个月圆之夜，世人何尝不期盼着新的开始？山名空空，世事何尝不是空空洞洞？所以，当老生离开人世之时，石洞流了很大的水，一直流到了倒流河。一个生命的终结处，或是另一个生命的开端。

当归。贾平凹对当归情有独钟，在《带灯》中，带灯给元天亮开的每一副药方的第一味都是当归。当归，取女子思夫，望其当归之义。《老生》中一个村子的名字叫当归，可村子里所有的人都无比渴望外出，最后因瘟疫都离开了，没有归来。

鸽子花。雪白的鸽子花在小说中往往和死亡联系在一起。小说开头写放羊的父子去老唱师的土窑，"土窑外一丛鸽子花开了四朵，大若碗口，白得像雪"，而老唱师却是病了，这是他一生中唯一一次生病，也是离开人世前最后一次生病。另一次鸽子花的意象是在老生的叙述视角中出现的，他给惨死的游击队员唱完阴歌后，"山坳里就刮开了风，草丛里开着拳大的白花，一瞬间，在风里全飞了，像一群鸽子"。风吹白花，茫茫一片，灵魂飘逝。

发型。在合作社时期，冯蟹当上了棋盘村村长，墓生因为冯蟹的头不规则，就把四周的头发理短了，头顶上没有动。冯蟹突发奇想，把棋盘村的男人都理成这种发型，让墓生以后定期来棋盘村给他们理发。后来，棋盘村的女人们也统一了发型。发型在这里意味着权利和统治。当然，后来村里把服装也统一了。

狗。狗在《老生》中是一种不可或缺的动物。被老黑打死的狗是无辜死去的人的象征；玉镯想把黑狗洗成白狗是想找回自己的清白，她和白土死后，这条黑狗回村找人埋葬他们。在政治运动中，贾平凹表现出了一种黑色幽默气质。其中一个是霍火让墓生在狗头上剪毛试验，狗剪了毛后从镜子前经过，瞧见了镜子里的自己，"嗷"的一声就昏倒了。棋盘村每天学习和唱歌，狗去的次数多了，吠起来也是刘学仁讲话的节奏，夹杂着咳嗽，还学会了唱歌。狗就是被异化的人。

梦。《老生》的"开头"部分很短，不到六页，但信息量大，至关重要。老唱师说："人是黄土和水做的，这另一个家园就在黄土和水的深处，家人会通过上坟、祭祀连同梦境仍可以保持联系。"这里的一个重要关键词是"梦"。在《老生》中，梦又可分为两个层次：凡人之梦和老生大梦。前者充满了暗示与隐喻，后者蕴藏着历史和命运。

我做了一个统计，整部《老生》中有七次写到普通人物的梦。被押的四凤做的梦是一群猪狗在自家院子里说话，它们都是被四凤的哥哥三海阉割过的，这暗含着一种宗教上的现世报应。土改前孤儿马生梦见自己的牙齿掉了，暗示着他在土改运动中的"脱胎换骨"，其实是一种浑水摸鱼。张高桂拼了命修地是因为梦见他爹的质问和责骂，父子两代用性命换来的土地却在土改中被没收，且他本人差一点儿死无葬身之地。地主王财东梦见大海，然后被尿溺死。姓许的媳妇的死婴被人吃掉，她便经常梦见有婴儿咬她的腿。戏生梦见拍到老虎，老余就拿来老虎照片合谋造假。唱师梦见死去的张高桂在质问，隐喻张高桂有冤无处伸。

　　此外，老黑误杀了人后从来没有做过噩梦，间接呈现出他的勇敢鲁莽，做错事后心中没有悔恨。当归村的孩子不做跳崖的梦，就证明这个孩子不再长高了。梦是如此重要，所以棋盘村开展割资本主义尾巴活动没有人揭发时，刘学仁就在村里逐一让人说这七天里都做过什么梦，声称他搞一次调查。将政治运动变成了审梦，一个时代的荒谬感可窥一斑。

　　这些只是表象层次的梦。老生的故事是他躺在窑洞炕上回忆的，他做的是百年世事的大梦。由此，我想回到小说"开头"，寻找那只蝴蝶。即将离开人世的老生静静躺在炕上，听到蝴蝶的粉翅扇动了五十下在空中走过一步，飞出窑去栖在草丛里变成了一朵花。这样的情景不免让人想到庄周梦蝶的典故，又想到《废都》中的庄之蝶，也让人想到印度教的观念中，我们都是毗湿奴梦境的一部分而已。从某种程度上说，秦岭的百年故事就是老生的梦，而老生是贾平凹，又不是贾平凹。

　　读完《老生》，自然看到封底那首七言诗。在此，我也有七言四句，送给"老生"：

秦岭峰头河流倾，
石洞无端知晦明。
百年世事老生梦，
老生梦蝶几人醒？

招不回的游魂
——庄之蝶论

第一次读《废都》时我已经上大学了,那是一本借来的书,封皮破损,历尽沧桑。当时的《废都》尚处于被查禁的状态,现在已经不能确定那本《废都》是正版还是盗版,但书的封面是1993年初版的封面,里面也没有错别字。当时读罢这本书,印象最深的细节竟是庄之蝶和唐宛儿一起去西京城郊,庄之蝶问唐宛儿自己是不是坏人,唐宛儿说不是,庄之蝶要是坏人,她更是坏人,两个人就相对着跪在地上哭了。庄之蝶到底是怎样的一个人?回想《废都》出版时遭到的铺天盖地的批评,无非围绕庄之蝶这个人展开,他的颓废和堕落,他的女人和性。其实,世上从无庄之蝶此人,诸多批评家却痛恨此人,让他一次又一次立于世人面前,成为批评的对象和争议的焦点。此后,《废都》引发了许多话题:知识分子、颓废、性、与中国古典小说的关联、文学与现实生活,还有文学的传播等,不一而足。2009年,《废都》再版,这一时刻,曾经抨击过庄之蝶的一些批评家改变了态度,也仍有批评家与庄之蝶继续进行不懈的斗争。

贾平凹写《废都》时四十岁,他在后记中说自己在城里生活二十年却未写出过一部关于城的小说,"中国的《西厢记》《红楼梦》,读它的时候,哪里会觉它是作家的杜撰呢?恍惚如所经历,如在梦境。好的文章,囫囵囵是一脉山,山不需要雕琢,也不需要机巧地在这儿让长一株白桦,那儿又该栽一棵兰草的。这种觉悟使我陷于了尴尬，我看不起了我以前的作品，也失却了对世上很多作品的敬畏，虽然清清楚楚这样的文章究竟还是人用笔写出来的，但为什么天下有了这样的文章而我却不能呢？！"一个不惑之年的作家的雄心摆在这里，他要写一部关于城的、天然存在的小说。这部关于城的小说里天然存在着一个人——庄之蝶，所有故事都与他有关，他说不清道不明的灵魂的苦痛，他与景雪荫的一场难断的官司，以及与四位女性的情与性，这一切又和小说中的其他人物和事件层层相扣、相互衔接。

一

小说从西京城里的一桩异事开始。在探讨这桩异事之前，不由要先指出贾平凹叙事的独特。读者只知道这桩异事与两个人物有关，却不知道他们是谁，在后面的叙述中，才逐步知道他们是庄之蝶和孟云房。再看《废都》开头："一千九百八十年间，西京城里出了桩异事，两个关系是死死的朋友，一日活得泼烦，去了唐贵妃杨玉环的墓地凭吊，见许多游人都抓了一包坟丘的土携在怀里，甚感疑惑，询问了，才知贵妃是绝代佳人，这土拿回去撒入花盆，花就十分鲜艳。"于是两人也从杨玉环的墓地里刨了许多土，用衣包回，装在一只收藏了多年的黑陶盆里，土里竟然兀自长出谁也不认识的奇异四色花，引来观赏者无数。两人对这花异常珍惜，但其中一人不小心误把热水浇在花上，花死了，"此人悔恨不已，索性也摔了陶盆，生病睡倒一月不起"。这里的四色花是一种先兆，它来自唐代的墓地，包回后又放在黑色陶盆里，所有的信息与死亡有关，虽然奇异花美丽，但也迅速死亡。随后发生的故事与这桩异事的奇幻易逝多有相似。

需要引起注意的是这桩异事的起因，就是庄之蝶和孟云房的泼烦。"泼烦"是西北方言，在普通话里难以找到精准的词来替换。"泼烦"意指内心深处无名的、难以言说的痛苦和烦恼，也指活得艰难。就庄之蝶而言，他已经是西京城里的文化名人，生存层面不存在问题，但却活得泼烦。这泼烦其实就是一个当代知识分子的精神苦闷。庄之蝶在泼烦中喜欢上了城墙上的埙声。吹埙人周敏来自潼关，他和年轻美丽的唐宛儿一起私奔到了西京城，但一个月后，他便陷入了迷茫，觉得女人对于男人不过如此。西京城再大也不能实现他的愿望，得到他想要得到的东西。西京城里到处是新的东西，一样也不缺，却没有新的思想和新的主题。周敏在苦闷中打工，闲时去城墙吹埙。

庄之蝶也是从潼关到西京城的，他有名有利，却同样苦闷，他在妻子面前性无能，也没有后代，常和一帮文化闲人一起消磨时光。庄之蝶的出场是分别通过周敏和唐宛儿的视角实现的。先是周敏去文联大院找他，看到一个人趿了鞋出来，个头不高，头发长乱，穿一件黑汗衫，前心后背都印着黄色拼音字母，这个人竟然直接对着一头奶牛的乳房吮吸牛奶。周敏直觉好笑，却并不知道这个人就是庄之蝶。后是唐宛儿看见的庄之蝶，又瘦又矮，上身是一件铁红砂洗布短衫，下身穿一条灰白色长裤，没穿袜子，一双灰凉软鞋，关键是还骑着一辆女式"木兰"车。遇到唐宛儿后，庄之蝶的生命力突然得到一次爆发，但随后却开始了无原则的堕落。

庄之蝶之名源于庄周梦蝶的典故，小说里有一个细节强调了庄生晓梦迷蝴蝶之感。庄之蝶在街边看四个老太太玩牌，一个老太太先是说社会上出现的造假现象，后来又说庄之蝶："这人说不定也是假的哩！""庄之蝶听了，不觉也疑惑了，想起同唐宛儿的事，恍惚如梦，一时倒真不知了自己是不是庄之蝶？如果是，往日那胆怯的他怎么竟做了这般胆儿包天的事来？如果不是，那自己又是谁呢？！"然后，他在这样的想法中被自己的影子吓得半死，紧接着又被洗出的模糊照片所吓。贾平凹的叙事之妙在于他很少让庄之蝶独自面对读者，也很少让庄之蝶独自面对自己。这一次庄之蝶独自面对自己时完全丧失了存在感，对自己究竟是谁的追问让他非常恐惧，丢了魂。

顺着这样的线走下去，就能明白为什么庄之蝶对于哀乐情有独钟了。第一次听哀乐是在一家小酒馆，他正在慨叹自己活得太累太窝囊，甚至很卑鄙时，就听到了令他十分感动的音乐。这音乐"深沉舒缓，声声入耳，随着血液流遍周身关关节节，又驱散了关关节节里疲倦烦闷之气而变成呵的一个长吁。"于是，他把哀乐磁带买回了家。周敏到他家时，他要和周敏一起欣赏，认为哀乐比埙的味更浓，但是遭到了妻子的极力反对。这支由秦腔的哭音慢板改编成的哀乐在《废都》中反复回响。他给景雪荫写完信后又一次听起了哀乐，这个时候，唐宛儿来了，他和唐宛儿发生了一次极端的性行为。他说："宛儿，我现在是坏了，我真的是坏了！"他和唐宛儿都有一种强烈的毁灭感，他不知道自己在怨恨唐宛儿还是在痛恨自己和另外两个女人，他倒在那里了，深沉低缓的哀乐还在继续流泻。

小说还出现了一首孝歌。庄之蝶的朋友钟唯贤死后，唐宛儿在庄之蝶床边落泪。与其说她在哭钟唯贤的悲凄爱情，不如说她在哭自己与庄之蝶。牛月清发现了她的异常，她为了掩饰一时的失态，就说起了在潼关听过的孝歌："人活在世上有什么好，说一声死了就死了，亲戚朋友都不知道。"孝歌与小说里的埙声、哀乐共同奏出了一曲文化废墟上的哀歌。

让庄之蝶痛苦的不是他的堕落，而是他对堕落的清醒认识。庄之蝶自认为"声名是他奋斗了十多年寒窗苦功而求得，声名又给了他这么多身不由己的烦恼，自己已是一个伪得不能再伪、丑得不能再丑的小人了"。后来，当他身败名裂时，柳月说，作家到底还是以作品说话的，让他静下心来好好写作品，为自己正名，还可以产生更大更好的名声。而庄之蝶却大声说道："我不写了！我不要这名声了！"他一无所有地回到家，只有把哀乐放到最大音量，方能在床上静静躺下细想。

《废都》充满了浓厚的死亡气息：古城墙上悲凉的埙声、收破烂的老头的喊叫、钟鼓楼上的成百上千只鸟的聒噪、墓地、墓志铭、棺材、哀乐、孝歌，还有西天上的游魂……小说其实是庄之蝶们的精神挽歌，他们空有一身虚名，在一个欲望的废墟中挣扎，却唯有孤独苦闷。《废都》里封存着一把当代知识分子的解密金钥，这座城里的路却是一张不规则的网，当每一个进入《废都》的人试图寻找一条通往那把金钥的通道时,会发现不存在什么路的问题,而是不由自主随着贾平凹前行,甚至因此忘了自己的初衷。当年批评《废都》者大多是以知识分子自居,庄之蝶以一个知识分子的形象登场时让他们震惊愤怒。因为他们在庄之蝶身上发现了自己的某个影子,庄之蝶的颓败也是他们的颓败,而那时他们正发出重建人文精神的呐喊。于是,庄之蝶成了他们必须对决的一个人。

二

这部小说涉及庄之蝶与几名女性的情感与性的描写,书中一些情节和语言让一些人感到不适,更让一些人难以接受而又浮想联翩的是那些替代删去文字的方框。小说中的性描写被一些人看作是明清艳情小说的延续,更有人认为这部小说中表现出了强烈的男权思想,甚至有不尊重女性之嫌。当然,也有批评家认为小说中描写的性是一种无望的救赎。至于小说中的方框,《废都》出版十年后,贾平凹坦言其中的真相,说是受古典文学书籍删节本的处理办法的影响。小说中的方框有的是他实写一部分后,就没有再写了,就将未写出的一部分以方框替代,因为得考虑当时的中国国情。稿子到出版社后又被删去了一部分,编辑同样也以方框替代。更具讽刺意味的是,有些盗版《废都》中按盗版者的想法把这些方框填了起来,还有一些人见了贾平凹说对这些方框填了空,而且嘲笑贾平凹写性的那部分没有实用性。由此可见,且不说被出版社删节后放上的方框,仅就贾平凹本人所用的方框而言,并没有要引起人的欲望的意图,它更大程度上是一种书写方式,一种将小说的书写本质袒露出来的方式。

按时间顺序看,庄之蝶遇到的第一个让他动心的女性是景雪荫。景雪荫出身高干家庭,年轻时也很美丽,但是高傲自私。庄之蝶曾经与她笃好,虽内心如火但从未敢动过她一根头发,甚至正常的握手也没有。周敏的一篇文章《庄之蝶的故事》让庄之蝶和景雪荫再度发生交集,周敏写庄之蝶原本是为了在杂志社求得一席之地,未料其中写到庄之蝶年轻时的一段情感,虽然隐去了姓名,却冒犯到了景雪荫,她不但对号入座，还恼羞成怒把周敏和庄之蝶一起告到了法庭。这个贯穿《废都》始终的案件非常值得分析，因为这个案件和《废都》本身的遭遇很相似，同时这里面又牵扯到文学的本质问题。纳博科夫曾经说，文学是创造，小说是虚构。但文学作品常常被当作真实的历史来读。周敏写这篇文章时并没有见过庄之蝶本人，只是从孟云房那里听说了一些故事，就极尽渲染，连庄之蝶本人读了都觉得生动有趣。这只是一篇文学作品，而且取名为《庄之蝶的故事》，偏偏《废都》里所有的人信以为真。最令人匪夷所思的是，连庄之蝶本人读了以后都很慌张。注意，庄之蝶本人是个作家，他在看这篇文章前还在想：天下的文章都是作家编造出来的，却让这些读者喜怒哀乐。他的妻子牛月清知道他写文章的过程，所以看不上他的文章，却在看别人写的书时流过满面的泪水。但是当他看了周敏的文章后，却想到自己和景雪荫的家人看了以后会怎么想，会怎么样，于是立刻愁苦起来了。

打这场官司的过程中，庄之蝶与赵京五有关文学的对话很有意思。赵京五说："到底纪实性作品能不能集中概括和归纳，他们是门外汉，懂得不多，还要向一些文化界专家学者了解。"庄之蝶说："事情担心的也就在这里。严格讲，纪实性文章是不能当小说来写，集中概括和归纳是小说的做法。"然后，庄之蝶让赵京五找些西京的作家、批评家和大学中文系的教授写出论证意见交给法庭，直接影响审判员。后来，为了打赢这场官司，庄之蝶付出了沉重代价，包括让柳月嫁给市长的瘸腿儿子，但官司还是输掉了。庄之蝶对景雪荫彻底失望，他在梦中实现了与景雪荫结婚然后立刻解除婚约的愿望，这是梦，但庄之蝶却分不清楚这是梦还是真实的经历。

文学究竟是否意味着客观真实，文学有没有自己的创造权？最后作答的竟然不是作家、批评家和中文系教授，而是法官。同样耐人寻味的是庄之蝶为了让钟唯贤心灵上有所寄托，就假扮成钟唯贤一生最爱的女性给他写信。老钟死后，庄之蝶觉得此事和信件都很感人，想交付出版社出版，但是，牛月清却反对，认为会引来像与景雪荫的官司一样的麻烦。

再看后面的几位女性。妻子牛月清是一个式微的名门之后，贤惠但也世俗，对庄之蝶并不理解，他们没有孩子，婚姻名存实亡。其他三位女性都来自民间，其中最重要的是唐宛儿，她与庄之蝶的关系也最为复杂。《废都》里有明显借鉴中国古典小说的因素，比如叙事时对唐宛儿的称呼——妇人。细观之，"妇人"二字只用在唐宛儿身上，其他女性却没有用过，可见唐宛儿在小说中的位置之重。唐宛儿与庄之蝶是同乡，能做庄之蝶喜欢的家乡饭，能让庄之蝶恢复性与写作双方面的自信。从她的言语中可以看出，她把自己与庄之蝶的性行为并不看作偷情，而是一种为了让庄之蝶写出伟大的文学作品的献身，她认为自己给对方提供了灵感。而庄之蝶也说因为有了唐宛儿，自己才要写那部长篇小说。当然，他始终没有写。庄之蝶对这些女性的情感建立在一种向古代溯源的基础上，而这些女性也以自己与古代女性的相似而得意。唐宛儿一连数日不出门，在家读的书是《浮生六记》《闲情偶寄》和《影梅庵忆语》，读《影梅庵忆语》时，她联想庄之蝶如冒辟疆，而她如董小宛；她甚至联想到自己与董小宛的名字中都有一个"宛"字，便嫣然笑了。随后看见梨树又如黛玉般伤心落泪，这分明是个诗人。然而，她最后被自己的丈夫抓回潼关，处境惨不忍闻。柳月和唐代的侍女长得相似，阿灿和庄之蝶一起把《素女经》中读过的动作都试了。但是，庄之蝶和她们终归没有共同的世界。柳月在临出嫁前声讨庄之蝶，认为是他把她们创造成了新人，又毁灭了她们，庄之蝶在她的声讨声中猩悟了自己长期以来苦闷的根蒂。可以下一个结论：在《废都》中，庄之蝶虽然喜欢过不止一位女性，却和她们没有共同的精神世界，表面上他通过性来拯救自己，其实却被所有的女性抛弃，成为一个孤绝者。

庄之蝶动过一次真情，并且毫不掩饰，对方却是一个古代女性。他在清虚庵马凌虚的墓碑前读罢墓志铭，感情冲动，双目微红，慨叹马凌虚如在眼前，并对唐宛儿说自己好像是见过马凌虚的，全然忘了顾忌唐宛儿的感受。马凌虚是唐代一位才女，她原是一名道姑，不但"鲜肤秀质，有独立之姿；环意蕙心，体至柔之性。光彩可鉴，芬芳若兰",而且极有才华,但却在乱世"归我独孤氏独孤公",年纪轻轻"不疾而殁"。历史上真有马凌虚其人,但她还是让人想起了《红楼梦》中的妙玉。马凌虚的碑文引在《废都》里,似是无心,实则有意,表现出庄之蝶内心倾慕的仍然是古代那种有才的女性,喜欢她们的美丽与才华,不苟活于世的节气。庄之蝶对马凌虚的动情让唐宛儿心里很不是滋味,但庄之蝶一时竟然听不出她嗔笑中的醋意与讽刺,接着说自己若与马凌虚同时代,定要会会马凌虚的。现实中的清虚庵却不再有佛门的清静,年轻的慧明成了这里的当家人,大兴土木,结交社会各色人等,最让人意外的是,连她都堕了胎。这样就能理解为什么后来庄之蝶独自在马凌虚的墓碑亭下,手抚了碑文,泪水潸然而下。

三

贾平凹意欲写出一本让读者觉得其中的故事就在那里,而不是作家杜撰的书。既然如此,贾平凹自然也预料到此书可能给读者带来的误会——作品所写之事都是"真的"。所以,他在1993年就为此书做过一个说明:"情节全然虚构,请勿对号入座;唯有心灵真实,任人笑骂评说。"即便如此,还是有人在庄之蝶与贾平凹之间粗暴地画上了等号。虽然庄之蝶与贾平凹的关系就是庄周与蝴蝶的关系,然"周与胡蝶则必有分矣",庄之蝶与贾平凹也必有分矣。贾平凹在这本书的后记里自问:"这一部比我以前的作品能优秀呢,还是情况更糟?是完成了一桩夙命呢,还是上苍的一场戏弄?一切都是茫然,茫然如我不知我生前为何物所变,死后又变何物。我便在未做全书最后的一次润色工作前写下这篇短文,目的是让我记住这本书带给我的无法向人说清的苦难,记住在生命的苦难中又唯一能安妥我破碎了的灵魂的这本书。"这本书就有了双重意味,既是作家在一个特定时代的精神苦难之书,又是一本知识分子的安魂之作。然而,作品中更多的却是庄之蝶们的尴尬处境和失魂状态。

小说里有个细节,庄之蝶在饭店开人民代表大会,唐宛儿去找他,两人发生性关系后,庄之蝶说:"下午大会发言,我还是第一个哩。"唐宛儿说:"谁能想到一会儿你在台上庄庄重重发言,这会儿却在干这事!"庄之蝶和朋友们一起玩麻将时,唐宛儿也不留情面,说:"你们这些文人一整儿都堕落了,原说晚上来好好谈谈文学的事,却又打开麻将!"来自民间的唐宛儿只是轻轻一拨,一群文化闲人的虚伪面纱就被撕了下来。

　　这是一个作家泛滥成灾的年代。庄之蝶在街头遇到一个卖假石头眼镜的青年,这青年知道庄之蝶的真实身份后竟然给他敬了个礼,说自己从小就梦想当作家,市报上还发过他的小诗。庄之蝶又气又笑。细柳巷里也出了个作家,有十多个笔名,每个笔名都请人用蓝田玉给刻了章,发表过一些作品,还应书商之邀写过色情暴力的故事,但终究没有成名,为了生计,和亲戚卖蒸馍也赔了。给庄之蝶引来麻烦的周敏,到西京后无路可走就梦想当作家,这也是对这个时代的反讽。周敏为了爱情和唐宛儿私奔到西京城,却发现没有新的主题和思想。他想重新开始自己的人生,并为此付出全部代价,但迎接他的只有失败。《废都》里的主要人物都是从乡土进入城市的,他们在城市里都遭遇了失败。周敏为了报复打断了景雪荫丈夫的腿,而且让对方以为是被人错打。他以自己的方式报复了这个城市。他主动辞去了杂志社的工作,给社里的人一人一包香烟,说了感谢的话后又说:"现在我走了,请各位烟抽完就忘了我,我就是燃过的烟灰,吹一口气就什么都没有了!"后来,庄之蝶在西京车站又一次与周敏相遇,其实庄之蝶并不知道自己要去哪里,周敏说他要去南方,庄之蝶说:"咱们又可以一路了嘛!"也就是说,他们在这座城里曾经是一路人。周敏曾经写过一首诗,其中有这样的句子:"我走遍东西,寻访了所有的人。我寻遍了每一个地方,可是到处不能安顿我的灵魂。"这才是周敏与庄之蝶的共同之处——无处安顿自己的灵魂。作家已经失魂,又何谈作为知识分子的立场和担当?所以,庄之蝶决定不再写作,并写文章宣布自己正式退出文坛。

　　回过头思考一下,庄之蝶的文名如此之大,他的代表作品究竟是什么?小说里始终没有交代庄之蝶到底写过什么书,只知道他有一个长篇小说要写，但始终没有动笔。能够了解到的信息是，庄之蝶写过西京城郊101药厂黄厂长的报告文学，一个晚上就写好了文章。钟唯贤死后庄之蝶逐字逐句地改过悼词，连夜写了一篇悼文，又拟好了会场两边的挽联。还有市长要他撰写几篇西京古都文化节的文章，因为厌恶节徽大熊猫，就故意将孟云房的初稿改坏。这些似乎都不能算作作家的正式作品。小说里只暗示庄之蝶写过一组魔幻现实主义小说，但是小说素材却来自牛老太太。牛老太太以棺材为床，她只有这样才能找到自己的存在感，出门脸上要戴个纸做的面具。这让她的女儿牛月清觉得丢人，但庄之蝶却认为她有特异功能。庄之蝶想，不用学外国的魔幻现实主义小说，照直感写出来自然而然就是魔幻现实主义小说。老太太能看见鬼魂，西边天上忽现一片红光，老太太却看见一群饿鬼在打架，而且要抢她烧给去世的老头子的钱。她看见一个鬼魂去投胎，果然一个孩子就出生了。老太太半夜不睡觉看鬼打架，她看见满城的鬼比满城的人多，在她的眼里，西京城就是一座鬼城。在常人看来，牛老太太是犯病了，但她能清楚看见女儿牛月清的魂丢了，她通过自己的方式把女儿的魂招了回来。老太太对庄之蝶唠叨自己看见鬼打架的事情，庄之蝶来了兴趣，详细过问，又告诉柳月他要写一组魔幻现实主义小说。

不消说，马尔克斯的魔幻现实主义对1980年代的中国作家的冲击力是不容否定的。当时的魔幻现实主义意味着先锋，意味着和世界文学接轨，但是《废都》里庄之蝶唯一写过的这组魔幻现实主义小说却是来自于中国的老太太之口，或者说，来自中国民间。若非要以魔幻现实主义的标准看，《废都》中的许多情节都是符合这一标准的，比如小说开头的四色花、天上的四个太阳、每个人做的梦对未来的预兆，等等。中国民间的神秘文化和外来的魔幻现实主义在《废都》里达成了一种奇妙的契合。贾平凹的作品不乏民间神秘文化因素，陕西的奇人异事特别多，有个"神秘文化研究会"，贾平凹也在其中。神秘文化在贾平凹这里也有对生命万物尊重的意味。《废都》中的牛对庄之蝶很感激，又听他说"牛像个哲学家"，从此真的有了人的思维，以哲学家的目光来看这个城市了；只是不会说人的语言，所以人却不知晓。牛不但记得自己的前世，还记得柳月的前世。这是一种叙述视角的转换，也是一种万物有灵的体现。

贾平凹往往以小说解《红楼梦》，在他看来，好的小说就是人读时恍惚如所经历，如在梦境。《废都》终究是一场当代知识分子的梦。庄之蝶家里的一场筵席很有象征意味，古都里的一群文化闲人逐一粉墨登场，在筵席之后开始成语接龙，接不上者罚酒。每个人说的成语仿佛是谶语，从汪希眠老婆的"空谷箫声"起，唐宛儿说"声名狼藉"，庄之蝶则说"积重难返"。积重难返的是庄之蝶的灵魂，二十余年来一直游荡在废都上，等待有人为他招魂。

悲怆的秦声
——重读《秦腔》

加缪在《弗朗茨·卡夫卡作品中的希望与荒诞》中指出:"卡夫卡的全部艺术就是迫使读者反复阅读。它的结局,或竟无结局,暗示出一些解释,但都没有被清晰地显露出来,它们要显得凿凿有据,就要求从一个新的角度重读一遍。"[1]其实,古今中外的好作品都是这样,初读时有重逢感,重读时有新发现,它们经得起反复阅读。贾平凹长篇小说《秦腔》就是这样的一部作品[2]。陈思和说:"到现在为止,我一共读了三遍《秦腔》。每一遍阅读,都有一种撕裂心肺的震撼……"[3]作为一个听着秦腔长大的西北人,重读长篇小说《秦腔》,悲怆的秦声又一次响起,西北大地又一次山崩地裂。

一 秦腔

秦腔的历史可以追溯到周秦时代,学界有代表性的说法是,秦腔的形成大致经历了"秦风—秦声—秦腔"三个阶段。《诗经》十五国风中的秦风是秦腔的源头。先秦时期,秦人以秦乐、秦声吟唱秦风,秦风里一首《蒹葭》广为流传,伊人在水一方,千年后仍然美丽惆怅。然而,今天的秦腔在许多外地人听来并不那么好听,甚至有些刺耳,但这种剧目在西北大地上却一度拥有不可替代的位置。贾平凹

---

[1] [法]阿尔贝·加缪:《弗朗茨·卡夫卡作品中的希望与荒诞》,见《西绪福斯神话》,郭宏安译,生活·读书·新知三联书店2014年版,第149页。
[2] 贾平凹:《秦腔》,作家出版社2005年版。
[3] 陈思和:《论〈秦腔〉的现实主义艺术》,《中国现代文学论丛》2006年第1期。

1983年写过一篇有名的散文《秦腔》：

> 山川不同，便风俗区别，风俗区别，便戏剧存异；普天之下人不同貌，剧不同腔；京、豫、晋、越、黄梅、二黄、四川高腔，几十种品类；或问：历史最悠久者，文武最正经者，是非最汹汹者？曰：秦腔也。正如长处和短处一样突出便见其风格，对待秦腔，爱者便爱得要死，恶者便恶得要命。
>
> ……
>
> 秦腔在这块土地上，有着神圣的不可动摇的基础。凡是到这些村庄去下乡，到这些人家去做客，他们最高级的接待是陪着看一场秦腔，实在不逢年过节，他们就会要合家唱一会乱弹，你只能点头称好，不能耻笑，甚至不能有一点不入神的表示。他们一生最崇敬的只有两种人：一是国家领导人，一是当地的秦腔名角。即是在任何地方，这些名角没有在场，只要发现了名角的父母，去商店买油是不必排队的，进饭馆吃饭是会有座位的，就是在半路上挡车，只要喊一声：我是某某的什么，司机也便要嘎地停车。但是，谁要侮辱一下秦腔，他们要争死争活地和你论理，以至大打出手，永远使你记住教训。每每村里过红白丧喜之事，那必是要包一台秦腔的，生儿以秦腔迎接，送葬以秦腔致哀，似乎这人生的世界，就是秦腔的舞台，人只要在舞台上，生、旦、净、丑，才各显了真性，恶的夸张其丑，善的凸现其美，善的使他们获得美的教育，恶的也使丑里化作了美的艺术。
>
> 广漠旷远的八百里秦川，只有这秦腔，也只能有这秦腔，八百里秦川的劳作农民只有也只能有这秦腔使他们喜怒哀乐。秦人自古是大苦大乐之民众，他们的家乡交响乐除了大喊大叫的秦腔还能有别的吗？[1]

不把这些文字引出，难以说明秦腔在西北大地上的位置，也难以说明贾平凹对秦腔的情感，用他自己的话说，就是"爱得要死"的一

---

[1] 贾平凹：《秦腔》，见《贾平凹散文》卷一，江西教育出版社2012年版，第323-325页。

类。在八百里秦川，秦腔一度成了衡量人的重要标准，成了做人最体面的事，乡下人只有唱秦腔才有出人头地的可能，只要是个人才的都登过台唱过秦腔。然而，二十余年后，贾平凹写下长篇小说《秦腔》时，却怀着一种悲怆来祭奠。

长篇小说《秦腔》以秦腔为题，用简谱和锣鼓经将秦腔直接化用为小说正文，形成了一个独特的文本。秦腔在小说里有多重功能，它是人物心情的表达，高兴时有欢快的曲牌，伤心时有悲戚的调子。夏天智得知儿子夏风与白雪离婚后，在高音喇叭上放的是《辕门斩子》，表达他对夏风的失望与不再相见的决心。从更深层面看，秦腔是乡土文明的一个重要文化符号和象征，成了一个行将消亡的存在。

小说中的第一场秦腔表演是为了庆贺夏风和白雪结婚，真正的原因是夏天智酷爱秦腔。他在马勺上画了许多秦腔脸谱，被清风街的乡民一抢而光。演员们还未表演，清风街的人们已经按捺不住了，他们自己开始唱。这时候最出风头的却不是唱秦腔的人，而是夏天义家一条被唤作来运的狗，它伸长了脖子和着音乐高低急缓鸣叫，十分搭调。贾平凹笔下不时出现有灵性的动物，《废都》中的牛、《怀念狼》里的狗富贵和猫翠花，但是这些动物与《秦腔》中的来运一比就略显逊色了。一个地方连狗都会唱秦腔，秦腔在这地方的基础深厚可窥一斑。这个时候，夏风出场了，他说夏天智把啥事都弄成了秦腔会，可他就烦秦腔。这场秦腔表演很失败，唱了一辈子《拾玉镯》的演员因为清风街的人说她老了，心情不好，就穿着便装清唱，引起了清风街人的不满，全场大乱，最后靠老主任夏天义的威严才稳住场子。看戏的人对秦腔的讨论也说明秦腔在清风街位置的动摇。

夏风烦秦腔，他的新婚妻子白雪却是个秦腔演员。夏风长得丑，但有才，文章写得好，在省城工作，所以娶了清风街长得最"稀"的女人白雪。他想把白雪调省城，让她改行，白雪不愿意，夏风为此很不高兴。小说中的夏风是个自私的知识分子，他不止一次表现出对秦腔的蔑视，因此看不起白雪的同事，也不给白雪的同事面子。

秦腔艺术在这个时代开始逐渐式微。一个重要的事件是县秦剧团难以维持，分成了两个演出队。这时从清风街走出来的中星做了秦剧团的新团长，他把两个演出队重新合在一起，要排新戏。中星雄心勃勃，信誓旦旦要振兴秦腔，因为这个，中星不同意让白雪离开剧团，白雪自己也决意不去省城，这成了她被夏风抛弃的一个间接原因。耐人寻味的是，当了秦剧团团长的中星却根本不懂秦腔，连一些很常见的剧目都不知道。中星只是把剧团当作一个跳板，为自己积累了提升的资本后迅速离开了。他一走，剧团四分五裂，连折子戏都演不了，剧团的人成了到处给人助兴的乐人。

县剧团里有两个人秦腔唱得好。一个是白雪的老师王老师，她唱了一辈子《拾玉镯》，还有一个就是白雪。白雪练了十多年功夫，也在外面学习过，拿过市会演一等奖，中星说她人好戏好，色艺双全，更有忠实戏迷给她写了长篇诗赞。白雪不唱，台下的观众立刻减少许多。白雪对秦腔艺术的理解很深，她给秦腔脸谱写的解说词后来成了夏天智秦腔脸谱书的序言。但小说里白雪很少唱秦腔。剧团的人在清风街演出时，白雪没有上台，她说自己演得不好，不敢在自家门口丢人。她曾经接着君亭唱《石榴娃烧火》——这段戏文是一个叫石榴的女人在埋怨自己的丈夫——这是一次很随意的唱，算不上表演，但这段戏文却是对白雪命运的一种暗喻。夏风对白雪的态度越来越差，第二天，白雪要夏风陪她去剧团，夏风拒绝了。后来，夏风竟然把自己的亲生女儿扔了出去，在大年三十离开了清风街，再也没有回来。

白雪最终被夏风抛弃，离了婚。最让人吃惊的是，白雪和夏风的女儿竟然没有肛门。初读这一细节，很是意外，但仔细一想，显然是个隐喻。白雪虽然有工作，却始终没有离开土地，为了秦腔错过了调进省城的机会。作为一个优秀的秦腔演员无处表演，只能当乐人给人助兴，而夏风已经完全进入城市，他们的结合注定是个悲剧。这个残疾儿暗喻着秦腔艺术的逐渐式微，难有健康的继承者。秦腔的时代过去了。清风街的年轻人大都喜欢通俗歌曲，外来者陈星因为会弹吉他，通俗歌曲唱得好，就引来了许多年轻人的喜欢，在农贸市场的生意比别人好。

小说里白雪在台上只正式表演过一次，她唱的是《藏舟》："耳听得樵楼上三更四点，小舟内难坏了胡氏凤莲，哭了声老爹爹儿难得见，要相逢除非是南柯梦间。"这段戏文中胡凤莲丧父后内心悲痛，但因为田公子还在船上，所以是一种忍隐的悲痛。引生听得哭了起来。白雪表演静夜行船，走起了碎步，引生觉得满台上都是水，戏台下面也全是水了。白雪从来不在家里唱秦腔，但夏天智死后，她主动说要给爹唱，就唱起了《藏舟》，唱得泪流满面，身子也站不稳了。这是小说中唯一一次用简谱呈现白雪唱的戏文，这段戏文与白雪的心境极为相似。《藏舟》是一出唱给亡父的挽歌，《秦腔》整部书其实就是贾平凹唱给行渐消亡的乡土文明的一阕挽歌。

二　土地

《秦腔》中第一场戏上演时，有观众说秦腔"说到底也就是个农民的艺术么"，秦腔的爱好者确实以农民居多。《秦腔》的后记中，贾平凹说："做起城里人了，我才发现，我的本性依旧是农民，如乌鸡一样，那是乌在了骨头上的。"贾平凹有一本自传体长篇小说《我是农民》，他强调的不仅是自己的出身，更多的是对土地的复杂感情。小说开始不久，夏风发表对君亭和秦安的矛盾的看法，夏天智对夏风说："你在城里，你不知道，农村这事复杂得很哩……"农村的事情最复杂的是土地。正如贾平凹所指出的，农村有限的土地在极度地发挥了它的潜力后，粮食产量不再提高，而化肥、农药、种子以及各种各样的税费迅速上涨，农村又成了一切社会压力的泄洪池。

土地上的一切都在衰落，312国道改造的时候，清风街白果树上的鸟遭到灭绝，街上只剩下一头驴子在染坊里推碾子轧染料。这条国道贴着清风街背面直直过去，毁了四十亩耕地和十多亩苹果林，原来的老主任夏天义因此辞了职，他的本家侄子夏君亭上任。清风街的所有矛盾几乎都是因土地而起，君亭在许多方面比不上夏天义，他的威信也不如夏天义高，两个人在许多事情上观点不一致，但他们都有让清风街人过上好生活的理想。君亭新上任，清风街遇到了旱灾，他们一行四人去水库要水，君亭带着鸡和水库的人一起吃，但是没有实现目的；等在外面的夏天义用一种极端的方式威胁了水库的人，为清风街要到了水。这个时刻，夏天义的方法更有效，但面对经济改革，君亭的方法却更有效，他在清风街修市场，市场的生意很好。然而，这仍然挡不住清风街人强烈去外面的渴望。清风街人去外面打工，并没有很好的结果，有人在拾破烂，有人为200元钱杀了人，有女性在外面卖淫，也有人被抬回来时已经死了……

身处这片土地上的农民再有才华也得不到充分发展。刘新生极有音乐天赋，却只能在清风街种苹果。君亭读过夏风的书，能完整背诵夏风书上的诗。君亭也写过诗，上中学时非常喜欢普希金的诗，还常常用普通话朗诵给夏风听。他有发展清风街经济的理想，为了清风街的发展，他不惜牺牲自己的身体，拼了命喝酒。当然，因为观念不一致，许多人站在了君亭的对立面。

君亭和夏天义的矛盾起于清风街修市场的事。君亭认为清风街修农贸市场才有可能致富，但市场占地面积大，这让夏天义很不能接受，在夏天义看来，农民就是土农民，土农民离不开土地。

贾平凹把自己对土地的感情寄托在夏天义这个人物身上。夏天义当主任时威望极高，他从不假公济私，做事光明磊落。他一辈子热爱土地，经历了几十年中国的变迁，但从未离开过土地，无意中看到进城打工的俊德家的地荒着，就忍不住要种。他在某些时刻也非常支持君亭，比如去水库强行要水。在某种程度上，夏天义就是清风街的土地的守护神。所以，赵宏声为重新发现的土地神写了联要贴在土地庙时，引生一把抢了过去，贴在了夏天义家门口，这显然让夏天义具有了强烈的象征意义。在引生心中，夏天义就是土地神，而君亭不是，"君亭他如果是土地神，他能不淤地？"后来，夏天义在七里沟淤地时引生一直跟着他干。只有在这个意义上，才能明白为什么引生不止一次说自己是夏天义养的一条狗，和夏天义那条会唱秦腔叫来运的狗一样忠诚。但是夏天义自己的子女都不支持夏天义，也不孝顺，处处让他难堪。

夏天义到晚年成了人见人嫌的一个人，他一生的遗憾是七里沟淤地没有成功。他不顾子女和其他人反对，带着引生和哑巴，还有他的狗在七里沟淤地，最后因为山体大面积滑坡被埋在七里沟，挖不出尸体。这个清风街最热爱土地的人终于死在了土地之中。他死后，他的儿子儿媳竟然还因为丧葬的事情争吵，也不愿意出钱为他修墓碑。于是，他只能以山为坟墓，用了夏雨本来准备给夏天智的一块石碑，也找不出合适的碑文，只能被竖起一面白碑。"对于这样一个背时的、处处惹人厌的老一辈人物，最后埋葬于山体滑坡，连尸体都挖不出来，不仅仅算是厚葬，几乎是托体同山阿的颂扬了；连一块碑也是空白的，不仅仅算作无字碑，而是表达了作家对于农民传统生活方式及其伦理式微的无以言状之感情。"[1]

到了君亭做清风街的干部时，已经不能通过威信处理问题，而是采用阴谋或暴力。君亭让人以抓赌博的方式打败自己的搭档和对手秦安，秦安从此一病不起，成了一个痴傻的人。当乡干部为了纳税引发了集体事件，在这个时候，君亭和上善这些清风街的干部都躲了起来。清风街上的年轻人大都弃土地而去，奔向城市，当夏天智死后，清风街上能抬动棺材的人都不多了。而夏风这个清风街的儿子也回不来，当他赶到时，夏天智已经入土了。

可想而知，贾平凹在写这部书时面对土地的悲痛与无奈，他想回到故乡，却已经回不去了，故乡的土地被现代文明割裂破碎。贾平凹在此前的小说中表现出对自然的重视和一种明确的生态意识，《怀念狼》就是个典型。好的作家都会内心朝向自然，一方面是对大自然的尊重，一方面是对个人内心自然的偏重。贾平凹多次提到沈从文，而沈从文被称作"自然之子"，在沈从文那里，自然就是最好的启蒙者，《边城》中翠翠的一切就是来自自然。沈从文也在作品中表现出对现代文明的隐忧，在这一点上，贾平凹与沈从文是一致的。

《秦腔》是贾平凹以文字为故乡树起的一块碑子。只有理解贾平

---

[1] 陈思和：《论〈秦腔〉的现实主义艺术》，《中国现代文学论丛》2006年第1期。

凹对现代文明进程中土地流失的哀挽,才能深切体会他的悲凉慨叹:"树一块碑子,并不是在修一座祠堂,中国从来没有像今天这样渴望强大,人们从来没有像今天需要活得儒雅,我以清风街的故事为碑了,行将过去的棣花街,故乡啊,从此失去记忆。"

三 生活流

《秦腔》让我想起了左拉的《土地》[1],它是左拉系列长篇小说《卢贡——马卡尔家族》之一。小说主要写法国包斯平原上一个农民家庭的不幸和两代人的悲剧命运。富安老爹将自己全部的九公顷半土地分给三个子女后一无所有,受尽冷遇和虐待,最后被自己的儿子蒲多谋杀。左拉对物欲腐蚀下的丑恶灵魂和人性裂变进行了批判,同时也显现出农民对土地宗教般虔诚的矛盾心情。左拉是自然主义的代表作家,这本书中的自然主义色彩非常深厚。《秦腔》在写法、主题上与《土地》确实有相似之处,被一些批评家看作是中国当代的自然主义之作。但正如陈思和所说的,"左拉的自然主义的历史观是用当时流行的遗传学的科学成果来解释社会与人性的变化规律,仍然有主题先行的痕迹;贾平凹使用大量生活细节这一点上与自然主义文学相通,但是他的思想和历史观始终停留在生活细节的真实之上。"[2]

贾平凹曾不止一次谈到《尤利西斯》,当然,他从中汲取的可能是在一个小的时空中呈现和影射一个大时代的社会变迁与文化转型的方法,但《尤利西斯》给他提供的那种意识流的形态恰恰是一种写作方式。将意识流转化成一种生活原始样貌的呈现,这就是一种生活流的写作,而这种写作与左拉的自然主义是不同的。这种写作是有选择有难度的,作家要不经意地进入,要变换角色,控制叙述的缓急和节奏。

很多人在读这本书时心情复杂,他们喜欢贾平凹灵动优美的华

---

[1] [法]左拉:《土地》,毕修勺译,山东文艺出版社1993年版。
[2] 陈思和:《论〈秦腔〉的现实主义艺术》,《中国现代文学论丛》2006年第1期。

丽的小说,而对这种密实的生活流式的小说充满疑虑。对于这一点,贾平凹早有准备,他意识到自己可能因此失去一些读者,这种心理准备早在写《高老庄》时就已经有了。他知道"元气淋漓而又鲜活的追求,使我越来越失却了往昔的优美、清新和形式上的华丽。""我是失却了一部分我最初的读者,他们的离去令我难过而又高兴,我得改造我的读者,征服他们而吸引他们。"[1]这样的写法在《秦腔》里更加清晰。之所以选择这样的写法,是因为贾平凹面对现实时出现了矛盾和痛苦,他说:"我不知道该赞歌现实还是诅咒现实,是为棣花街的父老乡亲庆幸还是为他们悲哀。"

阅读这部作品时,很难找到一个明晰的主线,加之小说中人物众多,关系错综复杂,不得不记下一个人物谱。你会发现《秦腔》很像一部当代中国农村的家族史,但细思起来,小说真正的主人公就是这个叫清风街的地方,它的原型自然是贾平凹的故乡棣花街。贾平凹说:"我的故乡是棣花街,我的故事是清风街,棣花街是月,清风街是水中月,棣花街是花,清风街是镜里花。但水中的月镜里的花依然是那些生老病离死,吃喝拉撒睡,这种密实的流年式的叙写,农村人或在农村生活过的人能进入,城里人能进入吗?陕西人能进入,外省人能进入吗?我不是不懂得也不是没写过戏剧性的情节,也不是陌生和拒绝那一种'有意味的形式',只因我写的是一堆鸡零狗碎的泼烦日子,它只能是这一种写法,这如同马腿的矫健是马为觅食跑山来的,鸟声的悦耳是鸟为求爱唱出来的。"这种"鸡零狗碎"的生活难以找到一个主线,却又无穷无尽。

小说写清风街人在现代文明渗入后的日常生活时很有耐心。电压不稳换变压器,天旱去水库强行放水,君亭与三踅、与外来者马大中互相利用又斗争,夏风与白雪的婚姻,县秦剧团倒闭,人们怎样串门,怎样做饭,怎样看病,夏天义如何被凉粉吃醉,夏天智如何出秦腔脸谱书,夏家怎样过年,白雪去请本族的人时对方如何给白雪的女

---

[1] 贾平凹:《高老庄》,广州出版社2007年版,第285页。

儿压岁钱，沦落为乐人的秦腔演员如何在葬礼上表演，夏天义带领哑巴和引生在七里沟淤地，夏家四兄弟先后离开人世……但其中的大事件都是围绕土地展开的，君亭想建农贸市场发展经济，秦安反对，认为应该淤地。君亭原本想通过民主的方式决议，他激情澎湃地演讲，原以为自己讲完后大家会激动地附和，却遭遇了冷场。后来，他以一个阴谋让对方下台，实现了自己的目的。小说中还穿插了许多貌似很小但很重要的事件，这些事件的人物不是主要人物，出场也不多，却让人难忘。比如，白家的儿媳改改为了续香火超生，但被金莲等人抓到赵宏声的诊所后早产生出一个男孩，这时清风街突然停电，孩子的奶奶偷偷抱出孩子，救下了一条命。这是惊心动魄的，不敢想象，如果孩子没有被抱走，那迎接他的命运是什么？《秦腔》出版于2005年，四年后，莫言出版了《蛙》，这样的事件成为小说主题。

　　生活流意味着生活的流动，《秦腔》在这一点上与《红楼梦》是一脉的。《红楼梦》中的家务事、儿女情，都是流动的。何永康认为："在贾府的日常生活中，常常有这样的情景：人们分别在自己的'窝巢'里干着自己的事儿，这些事几乎在同一时刻发生，孤立地看并没有多少意思；然而，一旦将它们串连起来，就顿时闪射出奇异的光彩，使人们对这个封建世家的生活底蕴和运动节奏有更加真切的了解。怎样把这些齐头并进的生活溪流，巧妙地揽到一起来呢？曹雪芹多采用'渔舟逐水'法，即选择一个人，让他驾着流动的'小舟'，去浏览每条'小溪'、每一'港汊'的风光，最后获得一个完整的印象。"[1]贾平凹对曹雪芹这种流动的叙述手法非常了解，并成功运用在《秦腔》中。《秦腔》的叙述者是引生，引生就是驾着小舟在清风街的每一个巷道、每一块土地上浏览风景的人，清风街的完整印象就是通过他来获得的。引生说："清风街的故事从来没有茄子一行豇豆一行，它老是黏糊到一起的。你收过核桃树上的核桃吗，用长竹竿打核桃，明明已经打净了，可换个地方一看，树梢上怎么还有一颗？再

---

[1] 何永康：《红楼美学》，广陵书社2008年版，第92页。

去打了，再换个地方，又有一颗。核桃永远是打不净的。"这种永远打不净的核桃就是生活的溪流。引生又是个疯子，他的叙述常常有意识流的特点，他让《秦腔》具有了精神性叙事的品质。

四　疯癫

福柯在《疯癫与文明》中指出疯癫与疯人有着悠久的渊源，"疯癫在各个方面都使人迷恋，它所产生的怪异图像不是那种转瞬即逝的事物表面的现象。那种从最奇特的谵妄状态所产生的东西，就像一个秘密、一个无法接近的真理，早已隐藏在地表下面"。福柯说："这是一个奇特的悖论。"[1]的确，是引生的疯癫让《秦腔》摆脱了日常生活的泥沼。

引生是叙述者，正是因为疯癫让他获得叙述上的绝对自由，他可以灵魂出窍，想去哪里就去哪里，他可以看见普通人看不见的东西，这比普通的全知全能的叙述更丰富，更自由。他的叙述貌似不可靠，实际上一针见血，最为准确。自现代文学以来，疯癫者的叙述视角并不罕见，但引生作为清风街的一个重要的人物，超越了叙述本身。他的心自始至终没有离开过清风街，他热爱土地，他对夏天义的忠诚（动辄自喻为夏天义的一条狗）其实是对土地的忠诚。正是对土地的挚爱让他拥有了常人所不能及的理性，有时，只有他敢说真话，但这真话却又被看作是疯话。最典型的是挖苦楝树时挖出了一对土地神，大家皆以为是天意，并决定将其抬进土地庙供奉。连夏天智也目瞪口呆地看着神像，半天才说："神归其位，神归其位啊！"清风街所有的人都认为君亭要修农贸市场时挖出土地神是好兆头，这个时候只有引生说了一句：说不定是君亭事先埋在那里的！这句疯话恰恰可能是唯一的真话。所以，夏天智紧张了，他立刻批评引生没有原则。夏天智深更半夜在自家院前院后埋"固本补气大力丸"，这一举动的意图

---

[1] [法]米歇尔·福柯：《疯癫与文明》，刘北成、杨远婴译，生活·读书·新知三联书店1999年版，第19页。

大家弄不明白,包括他的儿子夏雨,但引生却一眼看穿了夏天智的心思,夏天智要给夏家壮阳气。引生只笑不说,因为天机不可泄露,说出来后就不灵了。当君亭要用七里沟换水库的四个鱼塘时,清风街的人敢怒而不敢言,只有引生用尽心思写了一份小字报反对。本来说要和他一起写的赵宏声不敢动笔,一起去贴时也半路而逃。引生心想赵宏声自以为是清风街最有文化的人,文化人咋这么软蛋?引生还为自己小字报上的四六句没有写好没有展开而遗憾,但他想:"清风街这么多人独独是我写了,我一想起来,我都为我的勇敢感动得哭呀!"

这就是引生,一个勇敢和理性的疯癫者。他就是福柯所说的:"他不再是司空见惯的站在一边的可笑配角,而是作为真理的卫士站在舞台中央。当所有的人都因愚蠢而忘乎所以、茫然不知时,疯人则会提醒每一个人。"[1]引生疯癫的一个表征是他对白雪的痴恋。小说的第一句话就是:"要我说,我最喜欢的女人还是白雪。"有人劝他说:"引生,不该你吃的饭,人家就是白倒了,也不让你吃的。"但细想一下,清风街只有引生对白雪的爱情坚定专一,其他人的爱情与婚姻似乎都不堪一击。庆玉和黑娥背叛了各自的家庭,结合在一起后不敢见人。陈星和翠翠的爱情因为后者去了城市而结束,最让人难以接受的是翠翠在夏家老人的丧礼上出来和陈星发生性关系,之后两人为钱起了争执,因为翠翠把自己和陈星的关系当成一种交易。引生因为爱白雪,偷了白雪的内衣却马上被人发现,他感觉所有的事物都在骂他,他深感羞耻,于是拿起剃头刀割掉了自己的生殖器。引生因羞耻而自残,他的疯癫是因爱得过度而失望的爱情引发的,引生别无出路,只有诉诸疯癫。他自残后第一次见到白雪时的紧张给人印象深刻:"我一下子浑身起了火,烧得像块出炉的钢锭,钢锭又被水浇了,凝成了一疙瘩铁。那时不知道说什么,嘴唇在哆嗦,却没有声,双脚便不敢站在路中,侧身挪到路边给她让道。"然后引生不小心掉

---

[1] [法]米歇尔·福柯:《疯癫与文明》,刘北成、杨远樱译,生活·读书·新知三联书店1999年版,第10—11页。

进了水塘，白雪一关心他，他立刻故意倒在水里。白雪不再理他，走时留了一颗南瓜。引生知道这南瓜是白雪送给他的，他说："白雪，白雪！"

引生的自残显然有更深层次的意义，陈晓明认为引生的阉割的意味就是历史与美学的终结，这个阉割的动作是对贾平凹的写作史的一次割断，对过去历史的阉割。"无根的欲望无论如何是值得同情的，是可以放开来表达的。这个割舍是把《废都》做了彻底的了结，在了结的同时，也把《废都》的冤屈做了了结，'现在割掉了它，还有什么可说的呢！'这是终结，也是开始……现在《废都》的恩怨可以一笔勾销了吧！"[1]就小说内部而言，引生的自残则是一种去身体化的精神之恋的开始。引生时常生活在幻觉中，赵宏声告诉他手帕上有了一些东西后就能让女人失去意识，引生就照着去做，并产生幻觉：白雪随他回家并躺在他的被子里。这一幻觉被夏天义发现后打了他一个耳光，他立刻明白了真相，哭了起来。可见，引生自残后对白雪的爱不但没有消失，还越来越强烈，这是《秦腔》中的纯精神爱恋。在小说最后，引生看到的白雪是一尊菩萨：

我一抬头看见七里沟口的白雪，阳光是从她背后照过来的，白雪就如同墙上画的菩萨一样，一圈一圈的光晕在闪。这是我头一回看到白雪的身上有佛光。我丢下锨就向白雪跑去。哑巴在愤怒地吼，我不理他，我去菩萨那儿还不行吗？我向白雪跑去，脚上的泥片在身下飞溅，我想白雪一定看见我像从水面上向她去的，或者是带着火星子向她去的。白雪也真是菩萨一样的女人了。她没有动，微笑地看着我。

紧接着是山崩地裂的场景，引生因为奔向自己的菩萨而躲过了被山体滑坡活埋的命运。夏家的上一代人全部离开人世，最爱土地的夏天义被活埋在了土地之中。中国的农村经历了一个巨大的变革后步入

---

[1] 陈晓明：《本土、文化与阉割美学——评从〈废都〉到〈秦腔〉的贾平凹》，《当代作家评论》2006年第3期。

另一个时代，许多地方几乎已经成了个空壳。《秦腔》是贾平凹为自己故乡树起的一块碑子，就像夏天义的那块无字碑，凝聚了贾平凹对当代乡土中国的全部血泪般的理解，难用一言两语总结。《秦腔》是一曲悲怆的大秦之声，白雪唱的那一出《藏舟》，是对最后的土地和逝去的乡土文明的哀挽。

一灯难除千年暗
——贾平凹的《带灯》

> 我相信全部中国文化是一个整体（至少其各部门各方面相连贯）。它为中国人所享用，亦出于中国人之所创造，复转而陶铸了中国人。
>
> ——梁漱溟：《中国文化要义》

《带灯》是一个复杂矛盾而又浑然一体的文本：直录与隐喻、现实与虚幻、暗夜与光明、温暖与疏离、卑微与高蹈、尖锐与混沌……《带灯》呈现的是中国文化深刻影响下的当代中国农村，其中的矛盾和人的行为都刻着中国文化的印记。贾平凹通过小说呈现社会，提供了一个中国经验的世界，并以此思考中国文化之特质。在写法上则直录史实，以细节推进整部作品，细密却不乏深厚，写实却不乏隐喻。《带灯》裹挟着尖锐之声，在暗夜里发出微明，在困境中寻找方向。

带灯还是幽灵？

带灯是贾平凹小说世界中寓意最为丰厚的一个女性。《坛经》有云："一灯能除千年暗，一智能灭万年愚"，而带灯能否用自己的心灯照亮有限的空间？这是一个悬念，也是小说真正的主线。进入《带灯》，你会发现——带灯在寻找，在等待，但结果是无，一无所有的"无"。所以，带灯身上的光越来越弱，最后几乎幻化成一个夜游的幽灵。

带灯的人生似乎特殊，却又普遍。她美丽聪慧，敏感诗意。大学毕业后到樱镇政府工作，镇政府的人觉得她不适合这个工作，因为她太美丽；村民们也觉得她出现在樱镇不合时宜，分明是一朵鲜花插在了牛粪上。事实上，带灯在樱镇遭遇了人生的种种挫折：婚姻的失败、工作的失败、爱情的渺茫、社会的残酷……

带灯本名萤，她从古诗词中无意中发现"萤虫生腐草"，便对自己的名字心生不满。随后，亲历镇政府强行到一位农村妇女家为其进行结扎手术的过程，她在尖锐的冲突中心慌不已，躲到了麦草垛中，却看见一只萤火虫明灭不定地飞过，她一方面怨恨萤火虫，一方面却发现萤火虫夜行时给自己带了一盏小灯，于是第二天就将自己的名字改成了带灯[1]。

带灯充满诗性。她喜欢看书，喜欢在山里跑，累了就在山坡上睡觉，犹如《红楼梦》中的憨湘云醉眠芍药裀，四面芍药花飞了一身。带灯眼处则是盈川的烟草在风里满天飞絮，无数的小路牵着群峦，乱云随着落日把众壑冶得一片通红；北山的梅树大如数间屋，苍皮藓隆，繁花如簇；南沟天降五色云于草木，云可手掬，以口吹之墙壁而粲然可观。带灯的身上既有中国古典气质，又有西方思想的滋养。比如，她在给元天亮的信中说人实在是一株有思想的芦苇，这显然是从帕斯卡尔处得来的。她在说空话大话的会议上记的是孔子、庄子、耶和华、爱迪生、虚云和尚、王国维等人之事之理。《提了一篮子的水》一节是诗性的极致，带灯极为欣赏竹篮打水的小姑娘，空篮而回，一路上将水喂了花，喂了草。带灯赞曰："这过程多美妙的！"这种空的美妙，实在是一个有诗性的人才能懂的。

然而，现实却在等她。带灯是樱镇政府综合治理办公室主任，主要职责之一是维稳，比如阻止上访、处理纠纷，这工作是"泼烦的"，也是很能考验人的智慧和耐性的。带灯的精神世界与现实格格不入，但她仍然在尽力工作。时间久了，她有了一套自己的工作方

---

[1] 贾平凹：《带灯》，人民文学出版社2013年版。

法和处世方法,她想尽一切办法为得了职业病的村民寻找治病和赔偿的机会,她甚至可以自如地应对"一院子的上访者"。这人生是中国式的人生,是"向里用力之人生"。带灯在这个社会中,各种关系从四面八方包围了她,她似乎有无尽的义务,摆脱不得。她只能向里用力,也就是"只有自责,或归之于不可知之数,而无可怨人"。[1]长此以往,她的神经变得脆弱,身形消瘦,开始夜游。虽然带灯"向里用力",但她为人处事时也有另一面,为了维稳,她不得已时也会恩威并施。甚至为了阻止王后生的行动,让陈大夫吓住王后生。竹子给带灯的纸条中即写,萤火虫虽然表面柔弱,却是个食肉动物,猎杀蜗牛时既巧妙又恶毒,显然是对带灯行为的一种暗喻。虽然带灯凡事竭尽全力,但往往以失败告终。

  一个人在不断的挫败中仍然要发出向上的光芒才是最难的。刘秀珍活着的希望是她的儿子,书记镇长活着的希望是不出乱子、干出政绩后被提升,竹子希望得到爱情,元氏兄弟梦想发财,但带灯找不到希望。她的婚姻名存实亡,尽力工作却事业无望,所以,就出现了一个热爱与倾诉的对象——元天亮。这个人更大程度上是带灯的阳光、信仰。带灯不停地给元天亮写信,所有的信都情深意切,构成一个与带灯的现实生活迥然不同的情感空间。她说:"我看见你坐在金字塔顶上,你更加闪亮,你几时能回樱镇呢?闲暇时来野地看看向日葵,它拙朴的心里也藏有太阳。"在我看来,元天亮是个隐喻,类似于海子的远方。海子说:"远在远方的风比远方更远。"然而,"远方除了遥远一无所有"。元天亮对带灯的信偶尔会简短回复,但更多的时候并不回复,带灯刚工作时远远看见过他,但他在小说中却再也没有出现过。

  《带灯》的下部名为《幽灵》,带灯在无数次的挫败后开始夜游,并和疯子一起奔跑、一起行动,俨然一个现代农村的幽灵。陈晓明就此阐发得十分彻底,他认为带灯是社会主义新人的幽灵化,"她

---

[1] 梁漱溟:《中国文化要义》,上海人民出版社2011年版,第185-187页。

是夜行自带灯的萤火虫；她有着'不可告人'的历史性——在这一意义上，她具有幽灵重现的意义"[1]。他认为贾平凹试图以带灯重建社会主义的新人形象，但带灯的品格却找不到政治的源泉，转向了其他方向。我以为，这其中似乎以宗教为最，从带灯的名字到她的言行，都是如此。"带灯大哭"一节中，带灯仿佛一个顿悟的修行者，她说，"我曾经悲伤然而今晨我又醒悟虚化是最好的东西"，"或许或许，我突然想，我的命运就是佛桌边燃烧的红蜡，火焰向上，泪流向下"。

带灯（萤）就是千万普通人中的一个，生于腐草，却用生命发出向上的弱光。所以，才有了小说结尾处的萤阵，只有众多的微光汇聚在一起，才会有真正的明灯。"一只一只并不那么光明，但成千的成万的十几万几十万的萤火虫在一起，场面十分壮观，甚至令人震撼。""……萤火虫越来越多，全落在带灯的头上、肩上、衣服上。竹子看着，带灯如佛一样，全身都放了晕光。"

一个优秀的小说人物一旦产生，作者往往会受其牵引而行。带灯的内心与现实之间的巨大落差与矛盾，导致贾平凹在对待这个人物时不由自主地产生了矛盾的情怀。带灯是一只在暗夜里自我燃烧的小虫，一颗在浊世索求光明的灵魂。她想带着一颗微弱的心灯向上飞翔，遭遇的却是无情的现实社会。于是，她虽然带着心灯，想要飞翔，现实中却只能在腐草上行走，幻化成一个夜游的幽灵。

重复还是转身？

《带灯》一出版就毁誉参半，贾平凹对此有足够的心理准备。事实上，几乎贾平凹的所有作品都面临了这样的遭遇，他本人也说别人老觉得他一些地方不好，恰恰是他一直坚持创作的一个重要原因。在一次采访中，贾平凹说："我一定要写得更好，这种气还在，这是促使我写作的动力。"《带灯》引起争议的一个重要原因是它的写法问

---

[1] 陈晓明：《萤火虫、幽灵化或如佛一样》，《当代作家评论》2013年第3期。

题。若以小说的故事性论,《带灯》的故事性确实不强,也不是以好看的故事吸引人的小说。这并不是说贾平凹不会讲故事,而是他有意识的一个转变。

贾平凹自语:"到了这般年纪,心性变了,却兴趣了中国西汉时期那种史的文章了。它没有那么多的灵魂和蕴藉,委婉和华丽,但它沉而不靡,厚而简约,用意直白,下笔肯定,以真准震撼,以尖锐敲击。"他说自己写《带灯》就是"有意地学学西汉品格了,使自己向海风山骨靠近。可这稍微地转身就何等的艰难。写《带灯》时力不从心,常常能听到转身时关关节节都在响动,只好转一转,停下来,再转一点,停下来,我感叹地说:'哪里能买到文学上的大力丸呢?'"[1]

的确,对于一个已经成熟的作家来说,稍微转一下身就很艰难。《带灯》是一部成功的转身之作吗?还是如一些评论家所说,只是"贾平凹对其以往旧作的自我抄袭和重复书写"呢?[2]客观看来,《带灯》与《秦腔》《高兴》《古炉》等作品既有相似之处,又有新的变化。它依然书写秦地文化,依然关注这片土地上那些渺小的人物,小说中细节的河流依然在涌动,文字依然绵密而细碎……但变化同样明显:直录无隐的文风、不露声色的锋芒、以小见大的构架、不避小事俗事、兼采奇闻异说。《带灯》宛如中国古代文人笔记,文直而事核。

贾平凹的许多重要作品都有后记,读后记会让人更容易理解作品。在《带灯》的《后记》中,有许多问题值得思考,就写法上,贾平凹以巴塞罗那足球自喻。巴塞罗那足球给贾平凹一种感悟,他们的踢法带给贾平凹小说创作上的自信。巴塞罗那以细腻的脚法而闻名,他们的每一个球员都可以是进攻主力。《带灯》显然运用的是巴塞罗那足球的方法——细腻,力气用在每一个细节上,由这些细节共同推进整部作品向前,最终汇聚成一股强大的力量。

---

[1] 贾平凹:《后记》,见《带灯》,人民文学出版社2013年版,第361-362页。
[2] 唐小林:《〈带灯〉与贾平凹的文字游戏》,《文学报》,2013年2月21日。

说到细节，好的小说必然有让人难忘的细节。《带灯》则是一条完全由细节的浪花汇成的河流，它们又往往呈现出隐喻的气质，使得小说在直录无隐的同时寓意无穷。

　　先说虱子。小说第三节就开始写"虱子飞来"，接着写"虱子变了种"，后又写"还是虱子"。高速路修进秦岭时，樱镇飞来了新的皮虱。樱镇的虱子是白色的，外来的是黑色，外来的与樱镇的虱子杂交产生了灰色的。樱镇人不怕虱子，因为这是一种古老的虫，唯一怕虱子的是带灯，她来到樱镇最让她紧张的不是工作而是虱子。她喜欢洁净，极力抵抗虱子，甚至想动用政府的力量灭虱。但灭虱的事到底不了了之。小说结尾处，带灯不可避免地染上了虱子并终于习惯了这种古老的虫，还笑说："有虱子总比有病着好。"竹子说："我想，真要到没有虱子的时候了，樱镇人还会怀念虱子的。"而曹九九的老爹九十多了，竟然因为自己身上有了一只白虱子嗬嗬地笑，他发觉自己心里仍还有着一种怀念老虱子的感觉。虱子隐喻樱镇古老守旧的一面，个人的力量与此难以抗衡，带灯的妥协是个明证。

　　再说药方。药方是另一个隐喻。带灯会开中药药方，她给村民开，给自己开，同时也给元天亮开。问题是，她没有治好自己，而元天亮有没有吃她开的药则不得而知。中药在小说中含义丰富。"茵陈"一节，带灯通过茵陈表达她对元天亮的心意；"当归"一节则更进一步，带灯对当归这一味药情有独钟，用得多，名字也好，且"有思夫之意"。她给元天亮的两副药方的第一味药都是当归，然而，元天亮并未归乡。传统的中国药方是否能对现代文明冲击下的中国起到疗救作用呢？贾平凹说，"医不自治"。

　　天气。天气就是天意。《带灯》中，有关天气的笔墨较多，有着特殊的意义。带灯每晚必看中央电视台的《新闻联播》和《天气预报》，而竹子则非常关注樱镇历史上的天气记录。竹子夜里翻阅县志，想从中寻出天气变化和社会发展的关系，却发现了其中记载的祥异。小说中则同样将天气与社会联系在一起。连续两个礼拜三十八度的高温后竟然又是暴雨，灾情严重，其后樱镇则发生了一场惨烈的群体械斗事件。

　　故乡。故乡也叫血地。小说中元天亮在他的书里说，你生在那里其实你的一半就死在那里，所以故乡也叫血地。随着现代文明的入侵，故乡越来越脆弱乏力。尽管带灯给元天亮开了当归的药方，但元天亮却久未归乡。

　　埙。在樱镇人纷纷涌向歌厅的时候，带灯却专注地吹起埙来。她吹得很投入，众人皆以为是鬼哭之声，听了感伤，她只好到河滩山坡上吹。但后来，带灯的埙竟然不知去向。这隐喻着古典文明在现代工业文明挤压下的不知所踪。

　　还有蜘蛛。这个意象是贾平凹小说中一个独特的意象。《秦腔》中的引生疯癫，却能将自己变幻成蜘蛛去自己想去的地方，听自己想知道的事。《带灯》中的蜘蛛略有不同。元天亮谢绝了带灯要寄地软的好意后，带灯失意之时看到一只背上有人脸的蜘蛛，她把这只蜘蛛当成了元天亮心意的化身。自此，人面蜘蛛的出现对带灯来说就是喜悦之事。蜘，即知，知晓心意之隐喻。

　　贾平凹在《带灯》中极尽隐喻之事，细节如此，整个结构亦如此。小说由三部构成，就整体构架而言，是个典型的凤头猪肚豹尾结构。上部《山野》只有四十页，高速路修进秦岭，意味着现代文明闯入秦岭，山野开始面临破坏，而带灯就在这个时候来到了樱镇。中部《星空》是主体，将近三百页，除去带灯写给元天亮的信，其余全是直录樱镇最基层民众的生活：他们的生存，他们的利益，他们的易于满足，他们的相互斗争，带灯的菩萨心与复杂的社会格格不入。下部《幽灵》则只有十五页，一盏心灯沦为一个幽灵。

尖锐还是混沌？

　　有人指出《带灯》的一些内容与新闻信息的内容很相似，以至于对作品的意义提出了质疑。这种质疑事实上不仅仅针对《带灯》，而是针对小说存在的质疑。米兰·昆德拉说："假如小说的存在理由是要永恒地照亮'生活世界'，保护我们不至于坠入'对存在的遗忘'，那么，今天，小说的存在是否比以往任何时期都更有必要？"[1]这段话放在今日中国同样适合。

贾平凹说："我想要说的是，围绕在带灯身边的故事，在选择时最让我用力的是如何寻到这些故事的特点，即中国文化特有的背景下的世情、国情、民情。"的确，《带灯》呈现的是中国在发展中的困境，"中国基层社会出现的种种矛盾和人的各种行为，它是带着强烈的中国文化特点的"[2]。《带灯》确实实现了贾平凹的初衷：沉而不靡，厚而简约，用意直白，下笔肯定，以真准震撼，以尖锐敲击。在细节的洪流中，贾平凹不虚美，不隐恶，其尖锐之声就隐藏在一种表面的混沌之下。

《带灯》中，贾平凹以尖锐敲击社会现实。带灯给镇长反映了樱镇的赌博、办沙厂、维稳的事情后，镇长的眉心就挽了绳，说："这社会是咋啦，这么多的事！"带灯则说社会是"陈年蜘蛛网，动哪儿都落灰尘，可总得动啊"！在面对这张陈年蜘蛛网时，只有樱镇书记是成熟老到的，他处理问题的老辣令人吃惊。在面对选举事件时，他借塔山阻击战说明自己的要求："啥叫成功？没有上访就是成功！"他为了自己的升迁不惜一切力量，甚至想打元天亮的牌。在面对即将爆发的群体性事件时，他能迅速地稳住群众；在上报灾情时，他能将死了十二人的灾情迅速地转化成只死了马八锅和她孙女两个人，且将马八锅报成抗洪英雄。镇长从他的身上明白了什么是政治家。书记处理几次突发事件的圆滑老辣，带灯对村民的恩威兼施，镇政府工作人员应对上级的方式，都是中国式的思维方式与应对方法。

基层工作者面对着无数的问题与无奈。贾平凹认为："正因为社会的基层问题太多，你才尊重了在乡镇政府工作的人，上边的任何政策、条令、任务、指示全集中在他们那儿要完成，完不成就要受责挨训被罚。各个系统的上级部门都说他们要抓的事情重要，文件、通

---

[1] [法]米兰·昆德拉：《小说的艺术》，董强译，上海译文出版社2011年版，第23页。
[2] 贾平凹：《致林建法的信》，《当代作家评论》，2013年第2期。

知雪片似的飞来,他们只有两双手呀,两双手仅十个指头。而他们又能解决什么呢,手里只有风油精,头疼了抹一点儿,脚疼了也抹一点儿。他们面对的是农民,怨恨像污水一样泼向他们。这种工作职能决定了它与社会摩擦的危险性。"正是基于这样的一个认识,《带灯》中才有了那一场恶斗。这场爆发在元氏兄弟和拉布换布兄弟之间的恶斗因利而起,元老三的眼珠子吊在脸上,河滩里的苍蝇聚了疙瘩。马连翘也被打,而且奶头子也被拧掉了。其后,拉布换布兄弟又分别手持钢管菜刀和元黑眼等人展开了一场恶斗,带灯和竹子冒着生命危险拉架。这样凶恶的场景在贾平凹的小说中极为少见,其描写非常惨烈极端,读来实在是惊心动魄。回望1980年代贾平凹的静虚村与商州,再来看樱镇的这场恶斗,实在是天悬地隔。社会经济的发展带来了意想不到的另一面——人性深处的恶由利而萌发并迅速膨胀。在这场全县十五年来特大恶性暴力事件之后,樱镇的书记和镇长没有承担任何责任,只是需要"认真反思",带灯和竹子则受了处分。所幸的是,人性的善尚未泯灭,带灯的老伙计为她和竹子做了饭来安慰她们,让她们回家时把烦恼挂在树上。但从此带灯和竹子身上虱子不退。尽管竹子把自己的名字改成了笛子,仍无法发出悠扬的声音,这也意味着她对带灯人生的一种重复。于是,萤不止一个,而是两个,或者更多。有诗性的心却只能生活在腐草中,一心想飞翔却只能逆光行走,人生的悲剧莫过于此。

贾平凹在《带灯》的《后记》中说,写《带灯》的过程也是他整理自己的过程,他通过写《带灯》进一步了解了中国农村,了解了那里的生存状态和生存者的精神状态。他说"我的心情不好",因为他看到了基层社会的问题,各级组织也都知道这些问题,却又很难解决。《带灯》中几乎涉及了中国基层社会的所有问题:选举与对抗选举、上访与阻止上访、半隐蔽半公开的赌博、无处治疗的职业病、无人敢言的恶势力、自古至今的自然灾害、民众对政府的不信任和易于满足……虽然贾平凹写得较为隐忍,但其中的殷忧和愤怒却是显而易见的。这样的书写难道还不够尖锐吗?

《带灯》是贾平凹写得颇为艰难的一部作品，因为其中渗透着他对乡土中国以及其间生命的深切的爱与恨。在写作过程中，一个声音来自天空来自内心，他对贾平凹说："突破那么一点点提高那么一点点也不行吗？"于是贾平凹伏在书桌上痛哭，痛哭之后继续琢磨，作家与一个时代的关系应该是怎样的，作家应该怎样去做？《带灯》就是一份答卷，它已经在这里了。《带灯》是中国式的"带灯"，它提供了一份重要的当代中国经验。

　　贾平凹以文观察世间，又敢担当。2013年5月25日，在西安的《带灯》研讨会上，雷达如是说："有些人说写得很混沌，没有思想，有些人说写得不疼不痒，我认为，贾平凹的尖锐思想就裹藏在混沌中。贾平凹是少量敢于直面时代的人，我们处在这个时代，但无法言说这个时代，贾平凹试图这样去做。"

　　梁漱溟说，"生命是什么？就是活的相续。活就是向上创造。向上就是有类于自己自动地振作，就是活；活之来源，则不可知"[1]。虽一灯不能除去千年暗，但其弱光却已然存在。或许，我们也该像带灯一样，带一盏心灯，观人世沧桑，用生命发出向上的微明。

---

[1] 梁漱溟：《人生的三路向》，当代中国出版社2010年版，第174页。

小说家的秘密
——《高老庄》论

在中国，高老庄三个字妇孺皆知，它是《西游记》中的一个地名，是猪八戒下凡后生活的地方。猪八戒凡心很重，下凡后并没有太多苦恼，在高老庄拼命为高家干活，还想娶高家的女儿为妻。后来，他在取经路上一遇到困难就想回高老庄去过他的舒适日子，好像他的故乡是高老庄，而不是高远的天庭。显然，《西游记》中的高老庄意味着一种世俗生活，可是猪八戒是怎么也回不去了。20世纪末，贾平凹以高老庄为题写了一部长篇，写的是一个叫高子路的知识分子还乡的故事，小说中又涉及"一群社会最基层的卑微的人"和"蝇营狗苟的琐碎小事"。当然，如果小说仅是这样，就会流于琐碎。贾平凹让所有的人和事"无序而来，苍茫而去"，因为他的初衷是尽量原生态地写出生活的流动，行文越实越好，但整体上却极力去张扬意象。而且他很清楚"这样的作品是很容易让人误读的，如果只读到实的一面，生活的琐碎描写让人疲倦，觉得没了意思，而又常惹得不崇高的指责，但只谈到虚的一面，阅历不够的人却不知所云"。最难理解的莫过于小说中虚的一面。一个作家务虚时往往是意象超越了意象的使用者，作家在无意识中会呈现出更多的内容。读《高老庄》意味着同时面对生活的流动和象征性的意象，这种时候，与其主动触发意象或者试图寻找作品中的主旨，不如接受作者的设置与规则，然后才有可能在某一刻与贾平凹隐藏在小说中的秘密相遇。这个秘密就是他营造的载体之上的虚构世界，这恰恰是他的本真。

知识分子还乡的可能

很多人读《高老庄》时的心情很复杂。作品让一些读者想到自己的还乡和遭遇，想到知识分子面对现实社会的无力和无奈。书中还乡的人叫高子路，高子路原本不叫子路，因为自己读了书，觉得应该有个像样的名字，而孔子的学生叫子路，他就把自己的名字改成了子路。子路这个名字当然有向传统靠拢的意味，但孔子弟子三千，《史记·仲尼弟子列传》中有"孔子曰'受业身通者七十有七人'，皆异能之士也"的记载，为什么贾平凹单单从孔子众多弟子中选子路作为《高老庄》中人物的名字呢？这让人想到与子路有关的两段文字。一是《仲尼弟子列传》中的："子路性鄙，好勇力，志伉直，冠雄鸡，佩豭豚陵暴孔子。孔子设礼稍诱子路，子路后儒服，委质，因门人请为弟子。"孔子说："自吾得由，恶言不闻于耳。"可见子路成了孔子的保护者。二是《论语》中子路、曾皙、冉有、公西华侍坐那一段。子曰："以吾一日长乎尔，毋吾以也。居则曰；'不吾知也。'如或知尔，则何以哉？"子路率尔而对曰："千乘之国，摄乎大国之间，加之以师旅，因之以饥馑；由也为之，比及三年，可使有勇，且知方也。"夫子哂之。这两段文字中的子路性格是一致的：勇、直。子路最终死得很惨烈。

《高老庄》中高子路认为他有文化了，也该叫子路的，但他的性格却与历史上的子路没有多少相似之处。小说是从高子路决定回乡开始的，"子路决定了回高老庄，高老庄北五里的稷甲岭发生了崖崩"。高子路已经好几年没有回过故乡了，所以，对他来说，回故乡是一件大事。就在他决定回乡时，高老庄出现了异象，偏僻的高老庄出现了一个椭圆形的飞形物，接着一声巨响，崖崩就发生了。迷胡叔认为那是飞行的草帽，草帽一出现就会有灾难，当年他看见草帽后就在白云湫杀了人，而镇长认为这或许是飞碟。

《高老庄》的小说情节是具有隐喻性质的，所以我们先有必要探究一下小说情节，然后再在一个高于情节的层面展开分析。子路老家有三个人：他的母亲、前妻和儿子。前妻菊娃和他过着离婚不离家的生活，他们的儿子石头从小瘫痪。当子路带着他的第二任妻子西夏回家时，菊娃只好去了她开的小店暂住。小说一开始没有说子路长什么样，却说他和西夏一起在车站买票时，他的个子小，挤不到售票窗下，又不想从那些人的胳膊下钻来钻去，西夏就长胳膊长腿地去了。这个情节貌似很普通，却有隐喻意味。一个乡村的男人在城市生活，是个大学教授，买一张回乡的车票却很艰难，要他的妻子去给他买。随后，子路与西夏回到高老庄，为父亲准备三年祭仪，其间他们与高老庄的人发生了许多事情。虽然小说叙述的时间仅仅是子路回乡的一段时间，却把一个文明转型时期的乡村的世事人心和人情百态呈现到了极致。

子路还乡最重要的事情是为父亲去世三周年祭祀。高老庄的人认为人死后三周年就会有变化，灵魂要么转世，要么升为神祇。子路是研究古汉语的，他太懂得中国的神秘文化，他相信以他父亲阳间的德行，灵魂会升化为神祇的。祭祀仪式之后，子路在父亲坟头祈祷，他祈祷的都是家人的平安，家人好了，他就可以潜心做学问了。

高老庄发生的所有事情都让子路非常不快。高老庄的街道上尘土很深，一走进去就扑扑腾腾起烟。儿子瘫痪在床，性格古怪，对他这个父亲一点儿也不亲。他已经和前妻离了婚，却不乐意她和其他异性有来往。他想帮助高老庄的人，却没有任何办法。当他要面对重要的事情时，总想让西夏帮助他。高老庄在这个时代一切都在变化，最重要的是许多事情要通过钱和权来解决，而子路对此无能为力。他在城市里的优点在高老庄慢慢地不见了，缺点却在高老庄慢慢地显现出来。他原来想在高老庄让西夏怀孕，却也没有实现，而且，他回乡后渐渐地丧失了性能力。这意味着一个知识分子回到故乡后被去势的命运与状态。小说最后，高老庄发生了一次群众冲突事件，在这个事件中，子路躲了起来，而西夏却站了出来。西夏要帮助喜欢子路前妻的蔡老黑，她想去派出所为老黑说情，如果不顶用，她就到县上去，如果老黑被逮捕，她就找律师为他辩护。这让子路非常不快，他独自一人回省城，西夏却留了下来。

中国现代文学自鲁迅起就有了知识分子还乡的主题，如《故乡》《祝福》《在酒楼上》和《孤独者》等，视角往往由还乡的知识分子对故乡的世事人情进行叙述或审视，小说的结构一般是"离去—归来—再离去"，这一类小说被称作"还乡小说"。在中国现代文学史上，一部分还乡的知识分子往往是启蒙者的代表，他们对故乡叙述是带着自己的价值观展开的，他们对故乡人的态度曾经是"哀其不幸、怒其不争"的，比如被闰土叫了一声老爷后，"我"似乎打了一个寒噤。还乡小说中传达出新知识分子与旧的社会环境的矛盾，当然也有现代性焦虑在里面。贾平凹在还乡的书写方面却更多地与沈从文比较相近。沈从文的湘西世界中更多的是原始自由的人性，沈从文说他"只建希腊小庙，这庙里供奉的是人性"。贾平凹不止一次说起沈从文，他认为沈从文虽然师承废名，却与废名有本质不同，废名的作品是内敛的，往回收的，沈从文的作品是喷发和扩张性的，所以沈从文的成就高于废名。从某个侧面看，贾平凹与沈从文形成了一种默契，他们以对人性的书写实现与现代性文明对抗的目的。《高老庄》虽然也有乡村的破败与人性的失衡，但是蔡老黑、苏红等人仍然具有顽强的生命力，无法面对故乡的不是这些人，而是知识分子高子路。不同之处在于，沈从文的湘西世界更具精神还乡的可能性，而贾平凹笔下的高老庄却是一个荒芜的精神家园。

子路在高老庄遭遇了精神困境。子路和西夏在高老庄分别搜集不同的东西，西夏搜集整理高老庄的历代碑文，子路搜集整理高老庄的方言土语，但子路在临离开故乡时却把整理方言的笔记本撕了。子路撕掉的不只是故乡的方言土语，而是与故乡的关联。子路临走前到他爹的坟上去磕头告别，他说："爹，我恐怕再也不回来了！"他的眼泪流了下来。西夏不知怎么也伤感起来，她过去抱住了子路，喃喃地说："子路子路，你要理解我。"拔掉了他头发中的一根白发。子路不是年轻人了，他感到自己没有面对故乡的力量，就此逃离。对于知识分子高子路来说，这是一次彻底失败的还乡。

"纯汉族"的文化殷忧

人类学家列维·施特劳斯在《种族与历史》中认为，"人并不是在一种抽象的人类中实现他的本性，而是在一些传统的文化里。在那里，那些最革命的变化之后，依然留存下整块整块的传统。而且这些变化是根据一种时空中严格被界定的情势得到解释"。贾平凹在小说中将高老庄设置为一个相对封闭的文化系统，这里的人以自己是纯种的汉人为荣，名为西夏的女人和她每天搜集整理的碑文构成了一个拥有巨大张力的文化空间。人种与历史、古代与当下，这些问题让《高老庄》成为一个具有文化阐释空间的文本。

子路之所以喜欢西夏并娶她，并不是因为她是个城里人，而是因为她的高大，在子路看来，高大漂亮的女人就是唐代的大宛马。子路在大学讲授古代汉语时因此讲起了大唐壁画，对那个时代推崇备至。马是大宛马，人不是纯汉族人。西夏也不是这个女人的原名，是他们结婚后子路给她改的名字。西夏是中国古代北方少数民族的一个国名。西夏的长相也不像汉族人，充满异域气质，她自己也觉得自己可能是胡人的后代，或者是胡汉的混血。子路的体型却完全相反，他有着高老庄男人特有的矮体短腿，在这种特有的体型带来的自卑中奋斗，在省城读完大学成了大学教授。子路和前妻生的孩子是瘫痪的，他与西夏的结合就带有要改良后代的意思，他们本来的打算就是回高老庄期间要一个孩子，但终未成功。

小说中不止一次出现有关高老庄人的祖先为了保全种族的纯正而做出的努力，还有他们的脚趾甲的特点。但是，这一群血统纯正的汉人却因为近缘婚育而明显退化，他们无一例外地变成了矮子，他们消化功能不好却喜欢吃动物内脏，他们想一夜暴富却能力有限。子路回到高老庄后迅速变成了和他们一样的人，他变得自私自利、胆小怕事、不讲卫生。更为过分的是，由于高老庄人时时提醒子路这样的人在旧社会就应该是三妻四妾的，所以，他在这里重新捡起了男尊女卑的思想，甚至想把前妻菊娃带到省城去一起过。但是，高老庄的大部分人在经历着生命力衰退的痛苦。庆升的事情是一个极端，却是高老庄人生命力衰退的征兆。庆升和妻子一直没有生成孩子，要么流产，要么怪胎，无奈之下就想借外地人的种。同时，子路也听到其他的乡人不行了的消息，他自己回到高老庄也不行了，他就想，回来怎么就不行了，是水土发生变化的缘故吗？如果是水土所致，那么再过十年、二十年，高老庄的人最大的困境倒不是温饱，而是生育了。

小说中的焦虑从生育而起，逐步走向文化。两种焦虑的见证者却是来自城市的西夏。西夏在小说里是一个理想化的人物，她的职业是临摹壁画，她是个现代都市女性，却能和高老庄的人打成一片。她在高老庄搜集画像砖，也搜集整理高老庄的碑文。小说里出现了大量的碑文，这让一些读者产生了阅读障碍，却拓展出一个高老庄的幽深历史空间。这一历史空间与高老庄当下的生存困境形成对照。西夏在高老庄看到的第一个碑额是"永垂不朽"，碑立于清代嘉庆年间，记录了高老庄人为防御匪寇修寨堡的事迹。与抵御匪寇有关的碑不少，如记录同治年间遭遇匪寇时的事情，"我族人不唯不供，且责以大义，詈以恶言，遂撄贼怒而架草木熏灼洞内人，于是无噍类焉"。这些碑文里记载的高老庄祖先一个个有节有气，不畏强暴。但是，这些碑如今却在高老庄人的厕所门口、鸡棚旁边，甚至用在厕所做尿槽子，可见祖先留下的一切已经不为高老庄人所重视。也有为了保护山林而专门记下警戒人行为的碑文，不许人砍伐偷窃、放火烧山。"故为犯者，罚戏一台，酒三席，其树木柴草依然赔价。"这一段碑文很有趣，对人的惩罚方式是戏和酒，体现出高老庄祖先的原则与幽默。碑文里的高老庄和当下的高老庄的民风形成了一种对比。西夏看到一个明万历年间"高志孝五世一堂"的碑子，立刻感慨一代不如一代，祖上五世同居共一炊烟，说子路和其他几个兄弟是一个爷爷却不和。

高老庄祖先爱立碑，但他们的后代却没有一个人重视这些碑，西夏作为一个外来者却在抄录。子路认为把碑文录下来，就知道高老庄的伟大了。"物本乎天，人本乎祖。天者人之始，祖者人之本也。莫不念祖是必溯流以穷源，莫不报本而必由来以追本。"碑上说的话今天已经没有人在意，高老庄人说起祖先只说自己的纯正汉族血统，祖先的精神却被忘得一干二净。何止精神，就连体格特征也在退化。西夏从高老庄的画像砖和碑文中发现高老庄的祖先们是高大的、孔武有力的。但他们纯种的后代却一个个身材矮小，而且大多胆小怕事。西夏从碑文和家谱中得知高老庄出过一个烈女，也出过一个被沉河的女子。前者是义女抗贼，后者却是因遭南蛮强奸后生的孩子是个杂种被沉河。从祖先的贞烈到当下为了积累财富而出卖肉体，从祖先对异族血脉的对抗到当下的借种，高老庄的式微与衰败已经无法阻挡。

贾平凹和《高老庄》编辑孙见喜闲谈时这样表达自己的追求："即是聪明绝顶的作家，他笔下的故事无论多么美妙，也不及上天安排的真实人间那么大和谐大有序，这是历史的大壮大美。我总是想偷偷接近这个境界。"这个境界既是一个作家面对人间现实时的勇气，也是一个作家对自己所处的民族文化的焦虑。高老庄在自己的封闭世界中已经难以延续，一方面难有健康的后代，一方面则在文化上彻底割断祖先留下的传统。高子路还乡最重要的是祭祖，他在这一过程中看到高老庄的文化颓败，即使是文化中的闪光之处，在高子路这里也是问题。高老庄人的观念已经受到了市场经济浪潮的冲刷。苏红曾在大城市打拼，为了积累财富出卖过自己的青春和肉体，她回高老庄后善于通过经济手段发展事业，也做过一些善事。在西夏眼里，苏红甚至有点女英雄的气质，但在高老庄人的落后观念和无原则的报复方式面前，她失败了，丧失了做人的基本尊严。蔡老黑既侠义专情又自私残暴，但他对菊娃的感情打动了西夏。这一切在子路眼里都是问题，所以，当西夏为了高老庄充满感情地给省城她熟悉的单位和朋友写信时，子路却一口气列出了高老庄的无数问题。这些问题是高子路眼中高老庄的问题，更深一些看，其实是贾平凹对当前中国文化的殷忧。

来自虚构世界的本真

对贾平凹来说,《高老庄》别具意义。从某种程度上来说,贾平凹就是那个在虚实之间游走的人,他力图打破虚实之间的界限。这似乎是一个悖论,然而,他却对此充满信心:"现在我写《高老庄》,取材仍是来自于商州和西安,但我绝不是写的是商州和西安,我从来也没承认过我写的就是行政管理意义上的商州和西安,以此延伸,我更是反对将题材分为农村的和城市的甚或各个行业。我无论写的什么题材,都是我营造我虚构世界的一种载体,载体之上的虚构世界才是我的本真。"

首先是日常生活的实的一面。贾平凹强调,"我的出身和我的生存的环境决定了我的平民地位和民间视角,关怀和忧患时下的中国是我的天职"。《高老庄》在很短的时间里把世纪之交中国农村的社会问题深刻地呈现出来,高老庄人违法砍伐山林、砸抢地板厂、与白云寨人的战争等都是当时中国农村问题的缩影。小说对高老庄日常生活的再现堪称精妙,尤其是子路父亲祭日的一场祭祀仪式,是作家对民风民俗的再现,同时让高老庄的重要人物都在这里登场,人物各自的性格、身份及相互之间的交锋集中展现。这样的写作确实是实现了作家尽量原生态地写出生活的流动的初衷,行文非常实。

与此同时,小说又张扬出许多意象。这些意象是作家实践某种观念的产物,包含了一个作家对世界的追问,也隐藏了作家的秘密,形成一种虚的存在。

作为意象而存在的有白云湫、飞碟、石头、迷胡叔。小说中出现的第一个意象是白云湫。西夏还没有去高老庄就知道了白云湫。西夏在车站碰到一个女人,她说自己有亲戚在高老庄,她告诉西夏,高老庄有个白云湫,是个湖,有神仙也有魔鬼,是天下最怪的地方,但是她没有去过,很遗憾。后来,西夏到高老庄后知道自己在车站遇到的那个女人是个已经死去的人。这个地方没有人敢去,一般人去白云湫都不会活着回来,只有迷胡叔活着回来,可是整个人却疯了。所以西夏一直想去白云湫,她一直想让蔡老黑陪她去,在她看来这个人勇敢有血性，可是最后与她一起去白云湫的人却是迷胡叔和苏红。与西夏一样对白云湫充满好奇的是读者。小说写西夏和苏红、迷胡叔一起去白云湫的一段是很巧妙的，但是贾平凹却就此打住了，他没有揭去白云湫的神秘面纱，让它就那样神秘地存在于传说和民歌之中。西夏还没有进白云湫就丢了鞋子失败而归就是理所当然的了。白云湫是个象征，它是一个让人无比向往却永远不能到达之处，它是高老庄人的敬畏所在，是高老庄传统文化的神秘源头，对外来者来说则是一种神秘的诱惑。这种虚实相生的写法让这部小说充满奇特的张力。小说开始和结尾都出现了飞碟，飞碟是地球之外的神秘事物，但凡飞碟出现，高老庄就会有不好的事情发生。这分明是一种超自然的忧虑，高老庄对外来事物的恐惧，或者说外来事物对高老庄的破坏是无形的，但又是巨大的。

路与前妻子所生的儿子石头是个瘫痪的孩子，他性格怪异，甚至有残忍的一面；但他有特异功能，能预测将要发生的事情，能召唤蝴蝶来去，能闻到油炸果子的花果香，也能预知亲人的生死。他最初对西夏极为排斥，后来似乎慢慢接受了西夏。石头是子路在高老庄真正的唯一的后代，他却是先天不足的，这本身就具有一种象征意义。

迷胡叔是个悲剧性的荒谬存在，他在白云湫杀过人，却杀下了一个垧圹壳，为此发疯。他成天骂顺善偷他粮食，又拉胡琴唱民歌。他只唱一首民歌："黑山哟白云湫，河水哟朝西流，人无三代富，清官哟不到头！"这似乎是高老庄文化的写照。小说结尾，迷胡叔的琴声又一次在一摊积水前响起，说不清那水是琴声在漫，还是琴声是水而摇曳。迷胡叔的琴声中有恐慌焦虑，这也是作者的文化焦虑，这种焦虑又与小说写作时的世纪末情绪相关。贾平凹在后记中多次提到世纪之末，"在世纪之末写完《高老庄》，我已经是很中年的人了。人是有本命年的，几乎每一个中国人在自己的本命年里莫不是恐慌惧怕"。此时，贾平凹快要步入"很中年"的那个本命年了。"世纪末的情绪笼罩着这个世界，于我正偏偏在中年。"中年的他又一次提到了《红楼梦》《聊斋志异》，他发现自己在世纪之末的中年里才理解了作者胸中的块垒。他也提到了《老人与海》和《尤利西斯》，这些作品感动他的，"已不再是文字的表面，而是那作品之外的或者说隐于文字之后的作家的灵魂"！

《高老庄》就是贾平凹世纪末的灵魂笔录，它记录作家对一个民族在特定历史时期的恐慌与痛苦。这恐慌与痛苦又与作者的情绪达成契合，这种情绪又不能被搁置在异乎寻常的人生和命运之上，而是在一种日常的社会生活之中，于是，小说就成了一出沉默而隐忍的悲剧。这种悲剧比那种激烈的社会矛盾冲突中的悲剧更加让人痛苦，承担这痛苦的人就是高子路。贾平凹写下这个人物时没有置身事外，一个被琐碎的生活流淹没的人，会产生强烈的摆脱这种生活的想法，而这种想法却多少显得有些荒谬；因为表面上遇到危险的是西夏、苏红，以及蔡老黑等人，无论环境怎样变化，高子路都是安全的，但恰恰是这种安全让他走投无路。他的归来又离去，他在高老庄的一切都让人有一种沮丧，他在绝望时竟然发不出一声呐喊，只能低声说自己再也不回来了。子路的灵魂彻底被袒露，置于祖先的神灵的案前，我们也会和他一样，这一刻，承担悲剧的就不仅仅是高子路。

贾平凹以实写虚，使日常生活的原始流动本身具有了意象功能，就像加缪评价卡夫卡时所说的："象征最显见的特征恰恰就是自然性。"这样的写作往往能在意象之外表达更多的内容，而心安静的人总会在这样的作品中发现隐藏在本质之下的秘密。

无敌之阵里的新故事
——读《怀念狼》

纳博科夫在《优秀作家与优秀读者》中举了那个著名的"狼来了"的故事来说明文学与非文学的区别:"一个孩子从尼安德特峡谷里跑出来大叫'狼来了',而背后果然紧跟一只大灰狼——这不成其为文学,孩子大叫'狼来了'而背后并没有狼——这才是文学。"[1]新世纪之初,贾平凹却讲了一个全新的"狼来了"的故事,并让狼真的出现,实在是一个关于狼的故事的新讲法。

自古至今,有关狼的故事实在是太多了,贾平凹之所以选择狼,"正因为狼是以一种凶残的形象存在于人的印象中,也恰恰是狼最具有民间性,宜于我隐喻和象征的需要。人是在与狼的斗争中成为人的,狼的消失使人陷入了慌恐、孤独、衰弱和卑鄙,乃至于死亡的境地。怀念狼是怀念着勃发的生命,怀念英雄,怀念着世界的平衡"[2]。《怀念狼》的故事发生在商州,讲故事的人"我"却是个从大城市到商州的知识分子高子明。小说一开始,高子明对城市生活产生了十二分的厌倦,"岂止是商州,包括我生活的西京城市,包括西京城里我们那个知识分子小圈子里的人人事事,任何题材的写作都似乎没了兴趣"。所有的景象都呈现出城市人生命的委顿。"清晨对着

---

[1] [美]弗拉基米尔·纳博科夫:《优秀读者与优秀作家》,转引自《文学讲稿》,申慧辉译,上海三联书店2005年版,第4页。

[2] 廖增湖:《贾平凹访谈录——关于〈怀念狼〉》,《当代作家评论》2000年第4期。

镜子梳理，一张苍白松弛的脸，下巴上稀稀的几根胡须，照照，我就讨厌了我自己！遗传研究所的报告中讲，在城市里生活了三代以上的男人，将再不长出胡须。看着坐在床上已经是三个小时一声不吭玩着积木的儿子，想象着他将来便是个向来被我讥笑的那种奶油小生，心里顿时生出些许悲哀。"最悲哀的不是这些，而是"无敌之阵里，我寻不着对方"。这是一个无敌之阵，是一次没有敌人的战斗，贾平凹有意无意间道出几个字："我寻不着对方。"人没有对方就失去了向上的力量。在一个寻不着"对方"的世界里，生命就只能继续走向委顿，"我的生命也从此在西京坠落下去"了。"是狼，我说，激起了我重新对商州的热情，也由此对生活的热情，于是，新的故事就这样在不经意中发生了。"[1]于是，一个无敌之阵里的新故事开始了。

小说中人与狼的关系是一个重要的内容。狼是凶残的，它们居然可以攻陷城池。在商州南部，"匪乱和狼灾毁灭了一个县城，而其中的某个家庭遭受了悲惨的命运，翻开商州南部各县的志书，这样的例子几乎随处可找"。"我"的舅舅傅山就是一个世代受狼所害的家族的后代，他怀着一颗复仇的心当上了猎人，并且成为一名出色的猎人——商州捕狼队队长，半生杀狼无数。但舅舅在四十二岁时失去了捕狼的权利，担任起了普查商州狼的数量的任务。失去了打猎权利的人竟然同时得上一种怪病，精神萎靡，浑身乏力，视力减退，脚脖子手脖子发麻，日渐枯瘦。所以，当傅山遭到一只狼的羞辱后，终于再次穿起了猎装，背上猎枪，带上猎狗和护身纸符出门，准备再次去一趟商州真正的狼窝看看。故事就这样开始了，接下来的故事可简单概括为：傅山打死了商州境内仅存的十五只狼，却比此前更加委顿，最后和故乡的人一起变成了人狼。

《怀念狼》让人想起挪威哲学家阿恩·内斯的观念，他提出了"深层生态学"，并发展了"非人类中心"(non-anthropocentric)的意识形态。阿恩·内斯认为地球是一个"活的实体"，而人类只是

---

[1] 贾平凹：《怀念狼》，作家出版社2000年版。

它的一部分或者一个要素。所有的要素都具有其固有的内在价值，而不仅仅是在人类认为它有价值的时候才有。不只是动物和植物，包括自然界非生命的要素在内，人类都要带着尊重之心来对待，因为它们都是地球的一部分，而地球则是给每一个要素赋予了意义的一个整体。[1]贾平凹不是一个深层生态学者，但他显然对人类之外的其他生命充满尊重。"上帝创造了人的同时也创造了众多的生命，若上帝的子孙们都死了，上帝将不再护佑我们。人的生存不能没有狼，一旦狼从人的视野中消失，狼就会在人的心中依然存在。这部小说肯定是隐喻和象征的，隐喻和象征是人的思维中的一部分，它最易呈现文学的意义。"[2]显然，《怀念狼》中的狼具有强大的隐喻功能。狼曾经是人在自然中的敌人，有狼时，人的生命力是相当旺盛的，有狼，人在自然中就有了"对方"；一旦狼灭绝，人就生活在一个无敌之阵里，生命力自然日渐衰落，最后被异化，彻底委顿了。人一旦孤独地存在于世界，生命力便会退化；大自然的生物链一旦破坏，人作为其中之一员生存定然受到影响。《怀念狼》中不止一次出现因为狼的减少，黄羊的数量增加后对庄稼的严重破坏，人们对此无能为力。在这个时候，人们就会想起狼的好处，想着"狼怎么就不来吃了这些祸害"！

对于狼来说，生态系统的恶化使它们的生存困难重重，而对于人来说，没有了狼，就没有了对手，没有了对手，就没有了英雄。小说中的傅山当猎人时是出色的，受人尊敬的，是真正的英雄。但狼越来越稀少，竟然成了商州的保护动物，于是，傅山的英雄身份的存在意义被彻底解构，他的精神马上溃败下来，这个为狼而生的人竟然遭到了狼的嘲弄。开始寻找狼后，傅山其实是开始了重新确立自己英雄身份的过程。他终于打完了商州境内最后的十五只狼，这时，他真的无狼可猎了，与雄耳川人一起变成了人狼。一个英雄就此不但失去了英

---

[1] 曾思育：《环境管理与环境社会科学研究方法》，清华大学出版社2004年版，第121页。
[2] 廖增湖：《贾平凹访谈录——关于〈怀念狼〉》，《当代作家评论》2000年第4期。

雄身份，更失去了做人的可能。

贾平凹关注的不只是人类的生命的委顿，还有自然中各种生命的退化。"我"听了大熊猫繁殖的艰难后大为震惊，首先想到了狼，接着就想到了人，人类有一天会不会也沦落到这种境地呢？"我"真真切切地感到了一种恐惧，加入了大熊猫生产基地的施德的小组，并详细地记录了一只名叫"后"的大熊猫的生产过程。贾平凹花了大量的笔墨，像科学家一样对大熊猫的生产进行了观察记录式的描述，他借专员之口说："大熊猫之所以成为国宝，就是因为它逐渐失去了对生存环境的适应能力，缺少性欲，发情期极短，难以怀孕，怀孕又十分之九难产。你想想，现在人越来越多，森林覆盖面积越来越少，原本对狼的生存带来了致命的危机，若要继续捕猎下去，终有一天狼也会同大熊猫一样的，所以我们颁发了禁止捕狼的条例。"雷达说："整个九十年代，贾平凹都在思索生态问题，他的人物无不处在生存危机和精神危机这双重危机之中。"显然，在贾平凹看来，生命委顿的一个重要原因是现代文明对人的异化。贾平凹此前的商州系列小说塑造出一个文学的商州世界，《怀念狼》中却以一种毁灭性的姿态呈现出一个生存与精神双重困境的商州。这种对现代文明的警惕与沈从文极为相似。沈从文自称乡下人，贾平凹自称农民，在与李遇春的对话中，贾平凹说："沈从文给我最大的影响是在文体，至于文化立场，则是我能理解他，认同他。"[1]这种文化立场包含了对现代文明的排斥和对传统文明的留恋。

新故事里还有捕狼队所到之处，野物要么闻风而逃，要么纠集报复的一幕幕壮烈又有趣的故事。这些故事原本是在民间传诵，现在却成了一个知识分子"我"的亲眼所见。故事中所有的生灵都拥有人一般的灵气。"我"顺手掐掉一株月季花茎，那整个月季一个剧烈的摇动，断茎变粗变黑，盛开的花朵紧缩，花瓣一片一片脱落下来。商州

---

[1] 李遇春、贾平凹：《传统暗影中的现代灵魂——贾平凹访谈录》，《小说评论》2003年第6期。

人祖祖辈辈痛恨的狼也有报恩之心,它们力所能及报答自己的救命恩人老道士。而相比之下,世上的有些人却丧失了为人的善良与人性。《怀念狼》中有两个动物形象贯穿始终,一个是傅山的狗——富贵,一个是烂头的猫——翠花,它们非常有灵性。富贵与主人一样,不打猎就萎靡不振,一打猎就精神抖擞,能看主人的眼色行事。一个细节是,傅山要离开,烂头却不想走,富贵用嘴叼了铺盖卷就走。而翠花总能在主人头痛时给主人挠头,安慰主人;当狼藏在缸里时,翠花能及时发现,避免灾难的发生。

小说中的人和动物可以相互幻化。这样的观点在贾平凹此前的小说中出现过,《废都》中的智祥大师夜里静坐禅房忽有觉悟,自言道如今世上狼虫虎豹少,是狼虫虎豹都变了人而上世,所以丑恶之人多了。《怀念狼》中的狼变成杀了四十八个半人的尤文,变成推孩子撞车诈钱的郭财,最为奇幻的是,他们死后又可以复归为狼。傅山杀死二号狼时,它的魂又附入人体成为新的婴儿,一出生就浑身是毛,嘴里还长着牙。不但狼和人可以互相幻化,其他的生灵也同样可以与人互相幻化。小说中让人难忘的是,山区集市上,一个美丽的金发女人叩谢傅山的情节。在山区的四月天,是没有桃子的,可是金发女人却从怀里掏出两个大而红润的桃子谢傅山。傅山一时想不起她是谁,却因为一根断了的中指想起这个女人是一只金丝猴,曾经被傅山救过,变成一个女人来报答他。"我"不由感慨,"这次进商州,给我留下深刻印象的事情太多,但令我思维发生改变的莫过于野兽是可以以人的面目出现"。这呼应了"我"在小说一开始对生命的追问:"万事万物都是有着生命和灵魂吗? 遂想:所谓的灵魂本来是什么?奶奶生前常说的轮回又是什么?……生活在这个地球上的一切都平等,我这一世是人,能否认上一世不是猪吗?而下一世呢,或许是狼,是鱼,是一株草和一只白额吊睛的大虎。"

说到"我",不得不说贾平凹在《怀念狼》中的叙事立场问题。"我"是个知识分子,讲新的故事的人是"我",贾平凹却以知识分子的叙述视角传达出一种民间的生命观和对现代文明的隐忧。"我"的生命力不旺盛,脸上胡须很少,在城市里还好,"我"的妻子喜欢白净的男人,但"我"自己不喜欢,并且为未来城市里的男人不会长出胡须而悲哀。到了商州山区,"我"因为没有胡须遭到山民们的嘲笑,"我"第一次为我的奶油面色和没有胡子感到了羞耻。有关胡须的不同看法也是个隐喻,是现代文明与传统文明的不同,也是知识分子和民间的不同。"我"与舅舅傅山在许多事情上的不同观点其实是知识分子与民间两种话语系统的不同。带舅舅看流星雨的时候,"我"只是把流星雨当作一种千年不遇的自然奇观来看,并且拍摄照片;而傅山却紧张地发抖,在他看来,"天上落一颗星,地上就要死一个人的,这么多的星星在落哩,这是要发生什么灾难吗?""我"在疑惑中想,天上的星星在这个时候雨一样落下,预示着一种什么灾难呢?"这是舅舅他们神经质了呢还是我们身心麻木?!"紧接着,果然看到了接二连三发生的灾难,果然死了许多人。

　　事实上,"我"对民间的生命力和民间文化的喜欢是显而易见的。最初和穆雷,也就是烂头认识时,烂头大声叫嚷的说话劲儿让"我"喜欢。后来,当烂头带着猫加入行动时,烂头为自己的猫的名字费了神,最后给这只母猫起名叫翠花。富贵和翠花是厮配的,虽然没有生猛的气象,但民间俗味儿很浓,凭这一点,"我"越发喜欢烂头了。"我"喜欢的,就是烂头身上的民间俗味儿,这也是知识分子对民间的偏好。"我"想了解狼时,就抱回了一堆有着狼的故事的小说,重读《聊斋志异》的一些章节,读鲁迅的《祥林嫂》、杰克·伦敦的《热爱生命》,但是却遭遇到了来自舅舅的狼皮的异样动静。"我"想给商州山区最后十五只狼拍照立档案,但最终没有成功。当然,"我"也看到了民间的残酷与血腥,割活牛肉吃的、喝蛇血的,甚至卖淫赌博的。"我"跟着舅舅回到与"我"的血脉有关联的舅舅的故乡雄耳川,最终却因为和故乡的人对狼的观念不一致而遭到了驱逐。"我"从民间学来了一首葬礼上的孝歌,贾平凹在书里把这首孝歌用简谱的方式写了下来，并在老道士死后唱给了老道士。"为人的在世喂，哎什么好喂，说声死了就死了，亲戚的个朋友都不知道哎……"悲凉的调子反复回旋，使得这部书不仅仅是一个怀念狼的故事，更是一个对逝去的一切美好事物的哀悼的故事，哀悼人也就是唱孝歌的人其实是一个向往民间却又不能回归的知识分子。"我"回雄耳川的失败经历就是知识分子无处可去的隐喻。

隐喻之外，贾平凹在这部书中更多运用了魔幻的叙述手法。一个具有魔幻性质的符号是金香玉。舅舅的金香玉来自于红岩寺里的老道士，而老道士的金香玉则来自于狼，他救过狼，狼为报恩就送金香玉给老道士。后来舅舅的金香玉碎为两块的事情几乎就是贾平凹的亲身经历，但仍然有魔幻气质。小说中动物与人的变幻，动物寻常的灵性，山里埋了多少古时军队的喊杀声仍然时时作响，老道士与狼的和平共处，狼的感恩，相机关键时刻莫名其妙地出毛病……无一不具有魔幻性质。"必须承认，从题材的选取、思路的转换、意境的独特、人物的怪诞、情事的奇异以至在文字的运用上，《怀念狼》都达到了一种新的境界。"[1]贾平凹欲借狼来匡时济世，拯救人类，这是一种抽象精神的呼唤，就不可避免地带上某种魔幻的气质。

贾平凹借魔幻的手法让"狼来了"的故事以新的面目上演。"我的记忆深处出现了在上小学时读过的那篇《狼来了》的故事，是一个放羊的孩子在高高的山上恶作剧的喊：狼来了——"这个故事里，狼真的来了，它们原本可以躲进深山老林里更安全的地方，但是，它们来到了雄耳川，以一种自杀式的悲壮姿态，引来人类的杀伐，全军覆没。这是全书的结局，也是全书的高潮部分：雄耳川人对狼的恐惧与期盼，狼和人双方的仇恨与斗争，天上下起了疯狂的大雨，而人却不停止对狼的猎杀，狼变幻成老者、变幻成去配种站的猪，但最后无一幸存。"我"也在子夜时分离开了雄耳川。这个时候，再也没有狼了，"我"要为狼建立档案而成为了不起的摄影家的幻想破灭了，将

---

[1] 雷达：《长篇小说笔记之五——贾平凹〈怀念狼〉》，《小说评论》2000年第5期。

在省城里更加百无聊赖了。"舅舅从此将真真正正的不是了猎人,同施德主任他们一样,他活着的意义又将在哪里呢?这个时候,在我的心里,我也感觉到在舅舅的心里,我们都是在真切地怀念狼了。"在小说结尾处,"我"像古老的"狼来了"的那个故事里的孩子一样呐喊,不同的是,那个孩子喊的是:"狼来了——","我"喊的是:"可我需要狼!我需要狼——"

蝴蝶的轮回
——从庄之蝶到老生

1993年，贾平凹的长篇小说《废都》仅在中国大陆发行量就近百万了，其盗印本也遍布大街小巷的书摊，究竟这本书的读者有多少已经难以计数。随后，《废都》被译成法文、日文、俄文等，并获得1997年法国费米娜文学奖。贾平凹因此书声名大振，然而，就当时中国大陆的情形而言，激赏者有之，激愤者更多。当年批评《废都》者大多是以知识分子自居的，他们仿佛从庄之蝶身上看到了自己，又仿佛知识分子的颓败都集于庄之蝶一身，有人甚至以为庄之蝶就是贾平凹，于是，贾平凹和庄之蝶一起触犯了知识分子的尊严，成为那个时代知识分子们重建精神大厦时必须对决的人。

庄之蝶到底是谁？

庄之蝶之名源自庄子《齐物论》，"昔者庄周梦为蝴蝶，栩栩然蝴蝶也。自喻适志与！不知周也。俄然觉，则蘧蘧然周也。不知周之梦为蝴蝶与？蝴蝶之梦为周与？周与蝴蝶则必有分矣。此之谓物化。"这样的幻化是中国式的，李义山亦有"庄生晓梦迷蝴蝶，望帝春心托杜鹃"之句。从前人掌故中不难看出，这是一个哲学命题——关于人、人与物、人的身份，即"我是谁，从哪里来，到哪里去"之类的诸多疑问的思索的中国版。在《废都》里，庄之蝶听了一个老太太的话后，不觉疑惑了，想起同唐宛儿的事，恍惚如梦，一时倒真不知自己到底是不是庄之蝶？由于庄之蝶与贾平凹在职业、外形等方面的相似性，《废都》里幻化的关系由庄生与蝴蝶的关系变成了贾平凹与庄之蝶的关系，于是，一部虚构的小说一度成了真实的证词。殊不知庄之蝶与贾平凹必有分矣。

到底是什么激怒了当年的知识分子？是庄之蝶和多个女性的关系吗？显然不是。庄之蝶是一个被去势的知识分子。他是西京城里最有名的作家，却"伪得不能再伪，丑得不能再丑"，成了性无能，也没有后代。小说里的性描写显然不是目的，而是隐喻，是拯救。庄之蝶的性无能就是一个知识分子被去势的象征。他喜欢过的景雪荫出身高干家庭，但是这个女性对他根本没有一丝情义，为了一篇文章和他打起了官司，不依不饶。妻子牛月清是西京城名门之后，却也失去了生育能力。庄之蝶最喜欢的唐宛儿来自潼关，其他几个和他有关联的女性如柳月、阿灿都来自农村或是尚不发达的地方，略微做一个转换，这些女性都来自民间。作为知识分子的庄之蝶只有在民间才能找到生命力和自信，或者说，知识分子希望从民间寻找拯救自己的良方。来自民间的唐宛儿一针见血地指出了西京城里这群知识分子的堕落。她美丽，生命力旺盛，闲时喜欢读书，富有诗意，连庄之蝶都不忍赞叹说她可以做诗人的。然而，唐宛儿终究也不能拯救庄之蝶，柳月嫁给了市长的残疾儿子，阿灿不知所踪。在小说快近尾声时，庄之蝶又一次回到了被去势的状态。随即唐宛儿被她的丈夫抓回潼关囚禁虐待，庄之蝶为此无限痛苦却又无能为力。

《废都》是1990年代知识分子的一首哀歌，小说的结构、行文、语言、人物关系、意象，乃至人物的生活方式等却与《红楼梦》极尽相似。当然，有些地方可以窥见《金瓶梅》的影子，但却是一部现实社会之书。贾平凹写这部书时身体和精神上均经受了一些苦难，他将一个时代的废墟揭开，并且在梦与醒之间看穿一个时代知识分子的灵魂。在废都这座大厦行将倾覆之时，庄之蝶梦见四人扶乩，沙盘上出现的话是警语，而梦见与景雪荫结婚又离婚，却可以看作是对现实一种纠结不清的反抗。

庄之蝶自然不能完全等同于贾平凹。小说中没有出现，甚至没有暗示过名气极大的庄之蝶的代表作是什么。有个细节很有趣，妻子牛月清总看不上庄之蝶的文章，却在看别人的书时流过满面的泪水，因为她知道庄之蝶写文章的过程。小说中强调了庄之蝶对哀乐的迷恋。他先是喜欢听周敏在西京城墙上吹埙的呜咽幽怨的调子，并录下来反复听。后又偶遇一场葬礼，喜欢上了葬礼上吹奏的由秦腔哭音慢板的曲牌改编的哀乐。别人觉得哀乐不吉利，庄之蝶却不管，他在家里动辄就听哀乐，甚至会随着哀乐唱起来。小说中的哀乐是一种暗示。在这哀乐声中，庄之蝶欲离开西京这座废都而不能，却死在了车站。庄之蝶的死是否意味着他所代表的一种存在方式的彻底终结？答案是否定的，这个式微文人死后并未远离，他经历了一次次轮回，以不同的生命状态讲述当下中国现实。

先是化成一个研究古代汉语的教授高子路。他原本不叫子路，读了书之后把自己的名字改成了子路，与孔子那个有名的弟子同名。高子路与高老庄的妻子离了婚，娶了个城市女孩并为其更名西夏。《高老庄》写高子路带西夏回家乡高老庄祭祀父亲离世三周年的遭遇。这部小说虽然实写的时间跨度不大，却极尽所能呈现当时中国社会的方方面面。小说有实的一面：高老庄的日常生活、乡民选举中的恶性竞争、乡民和外来企业主因为赔偿的事情恶斗、原生态的生活流动；也有虚的一面：传说一般从来没人真正去过的白云湫、高老庄多少代人的纯正汉族血脉、有特异功能的孩子石头、能听从石头召唤的粉蝶、不时出现如草帽一般的飞行物……

高子路已经蜕变成城市里的知识分子，他对市场经济大浪席卷下的家乡的许多东西不能接受，回到家乡变得十分无能，儿子石头不愿理他，前妻与其他男性的纠葛让他痛苦，面对群众冲突事件唯恐躲避不及，关键时刻总要西夏帮助。贾平凹对女性的偏爱在《高老庄》里得到进一步体现，高子路面对家乡出现的一切都不知所措，总要让西夏出面。小说中一再强调高老庄人的纯正汉族血统，但是这些纯正的汉族后裔却一律身材低矮。高子路喜欢西夏的主要原因不是她是城市女性，而是因为她个头很高。小说中不止一次强调西夏的民族相貌特征，这暗示着所谓高老庄的纯正汉族血统的终结。同时，高老庄也出现了纯正血统的汉族人不能正常生育，只能从外地人身上借种的故事。这些纯正的汉族后裔为了生存艰难地活着，每个人都为自己的纯正血统而骄傲，但却对祖先的文明没有任何兴趣。祖先留下的砖瓦、碑子在他们这里只是起到一个实用的功能——要么砌墙，要么摆放花盆。对这一切产生了兴趣的却是外来者西夏，她想把高老庄所有的碑文抄录存留。小说中大量的碑文让人产生时空交错之感，小说空间由此得以延伸。西夏这个人物就有了一种隐喻功能，她身上有一种现代文明的特质，她来到高老庄就是现代文明进入民间社会的隐喻，她对民间的东西的喜欢胜过一切。

　　高子路的生命力在城市时还相当旺盛，但回到家乡后变得越来越弱，竟然还逐渐失去了性能力。他与妻子两个人出现分歧是因为对待家乡的人和事的不同态度。最后，高子路在失落难过中独自离开家乡回省城，西夏却还没有走。他在家乡搜集整理了许多方言土语，全部记在一个笔记本上，西夏把这个笔记本装进提兜，他却掏出笔记本撕了。接下来的一个细节至关重要，高子路到他爹的坟上去磕头告别，西夏听见了他的话："爹，我恐怕再也不回来了！"他的眼泪流了下来，西夏也伤感起来，抱住他，拔掉了他的一根白发。高子路已经不再年轻，他无力面对巨大变化中的家乡，只能逃离。伴随他回到家乡和逃离家乡的都是悲凉的胡琴和沙哑的民歌。小说中不时出现的那只粉蝶让人无法不想到庄之蝶，大的社会变革时期，知识分子进入民间竟然是如此乏力，庄之蝶们又一次以惨败的形象退席。

　　世纪之交，贾平凹写下了一篇出人意料的长篇小说《怀念狼》，貌似一部生态文学作品，实则意味深长，充满隐喻与象征。来自城市的知识分子高子明与曾是猎人的舅舅傅山一起行走商州山区，为这里的最后十五只狼拍照立档案。猎人傅山不能打猎，充当起了保护狼的角色，但最终家乡人一起把狼猎杀殆尽，随后，这里的人被异化，变成了人狼。显然这个小说充满了寓言性，传达了对自然的忧虑。高子明对现代文明充满厌恶，认为城市是个无敌之阵，是狼重新唤起了他的生命热情。狼在这部小说中具有强大的隐喻功能，它是人的敌人，有狼，人在自然中就有了"对方"，生命力就很旺盛；没有狼，人就生活在无敌之阵，生命力日渐衰落，最后委顿。这种复杂微妙的关系与扬·马特尔小说《少年Pi的奇幻漂流》中Pi与老虎Richard Parker的关系极为相似，当然，老虎也是个隐喻。人的生命中应该有"对方"。

《怀念狼》是紧随《高老庄》写下的，高子明的名字让人想起高子路，他们仿佛是兄弟。他行走商州，无疑是知识分子的又一次还乡。然而，高子明的还乡已经远了一层，他要去的是舅舅傅山的家乡。他在这里先是因为没有浓密的胡须遭到耻笑，后又被怀疑是在雄耳川投放新品种狼的罪魁祸首，他与乡民们处处意见不合，眼睁睁地看着所有的狼被杀却无能为力。"谁也没有想到，我回到了我梦寐以求的雄耳川竟是这样仓皇而逃，更没有想到，与舅舅神话般地相遇又要神话般地离开了。"这个时候，高子明拥抱舅舅，舅舅并不习惯他的举动。月色苍茫中，高子明从一条独木桥上趔趔趄趄地走过，他再也不可能回雄耳川了，因为这里的人全变成了人狼，要变成一个禁区。高子明回雄耳川的失败经历是知识分子向往民间却无法回归的一个隐喻。

小说以高子明的叙述视角展开，呈现出对生命委顿的隐忧与对民间生命力和文化的欣赏。贾平凹用了大量笔墨写大熊猫脆弱的生命与艰难的繁衍，这种动物的生存力让高子明恐惧而不屑，这与《废都》中庄之蝶对大熊猫的不喜欢一模一样。高子明从民间学来了一首葬礼上的孝歌，极为喜欢。作者在书里把这首孝歌用简谱的方式写了下来，这让人不得不重视。这首孝歌与《废都》中的哀乐一样回旋："为人的在世喂，哎什么好喂，说声死了就死了，亲戚的个朋友都不知道哎……"就是这样一部作品，贾平凹也不忘向《红楼梦》致意，孝歌明显有《好了歌》的影子。金香玉的故事与作者真实经历相似。熟悉贾平凹的人都知道，他原来佩有一块金香玉，20世纪末在北京时不小心摔碎，当时贾平凹闭上眼睛说："六块！"因为当时有六个人一起吃晚饭，众人一看，果然是六块，每人分得一块。虽然有这个真实的分香散玉的故事，小说里的金香玉仍然让人联想到贾宝玉之玉。孝歌声让《怀念狼》不像是有关狼的故事，而是一个有关哀悼的故事。高子明是传统文明的哀悼者，他与庄之蝶的相似性不是偶合，而是必然——某种程度上，他就是庄之蝶的一次再生。

高子明虽然生命力衰退，但毕竟还以叙述者的身份出现，到长篇小说《秦腔》里，知识分子的形象几乎消隐了。《秦腔》出版于2005年，贾平凹凭此书获得第七届茅盾文学奖。秦腔是陕西特有的剧种，古老悲怆。早在1983年，贾平凹就写过散文《秦腔》，称其为"历史最悠久者，文武最正经者，是非最汹汹者"，字里行间可见他对秦腔的情感。然而，二十余年后，长篇小说《秦腔》却是一首秦腔的挽歌，也是以秦腔为代表的传统文明的挽歌。"《秦腔》写的是一堆鸡零狗碎的烦泼日子"，铺陈当前琐碎的乡村生存与生活，没有戏剧性很强的情节，却以事而起，牵出乡村各色人等。作品中的清风街是中国当代农村的缩影。社会转型期农村的生态、生存都发生了很大变化，《秦腔》深掘出现代文明进程中传统文明遭受到的冲击，被誉为"中国当代乡村的史诗"。

小说以痴傻的引生为主要叙述视角，一方面让叙述得以更加自由地进行，一方面能以虚代实。引生被人看作是个疯子，他认为清风街上只有自己深爱白雪，但是白雪与夏风结了婚。引生的想法和行为常常很有诗意，他能听懂动植物的话，能变成蜘蛛听人说话。他如此思考人的轮回转世："各人以各人的修行来决定托变的。所以我说来运前世是个唱戏的。所以我老觉得我和白雪在前世是有关系的，我或许是一块石头，她或许是离石头不远处的一棵树。"他对自己与白雪的前世想象几乎就是贾宝玉和林黛玉的前世，但他却自宫而残。这个情节初读让人惊讶，细思却是一个传统文明被无情阉割的象征。贾平凹对现代化进程中传统文明的危机体会深切，小说中的白雪是唱秦腔的，她也是传统文明的化身，在现代文明进程中不可避免地受到伤害，她被夏风抛弃不说，还生了一个没有肛门的孩子。秦腔这种艺术形式的式微就是传统文明式微的一个标志，白雪的孩子残疾意味着传统文明难有健康的继承者。

夏风是《秦腔》中唯一一个知识分子，他在小说里出现很少，可以用缺席来形容。清风街的人以他为荣，认为他是百年一出的人才，是清风街的名片。他很少回清风街，最后背叛了妻子白雪，其实也是一个知识分子对传统文明的背叛。夏天智去世后，夏风奔丧，路上却先后遭遇车违停被拖走、借来的车莫名其妙发动不着，身为长子的夏风赶到时早已棺木入室、坟土壅实了。夏风离开清风街的时候，曾说要给他爹墓前竖一个碑子，概括一句话刻上去，但他却一直没有回来。于是，土石崖前就竖起了一面白碑子。真正竖碑子的人却是贾平凹。他说："当年动笔写这本书时，我不知道要写的这本书将会是什么命运，但我在家乡的山上和在我父亲的坟头发誓，我要以此书为故乡的过去而立一块纪念的碑子。"《秦腔》就是贾平凹为故乡竖起的一块碑子。因此，诸多论者认为夏风是贾平凹的影子，其实，只有引生和夏风合二为一，才是贾平凹的精神投影，或者是庄之蝶遁走之后的前世今生。

庄之蝶从贾平凹的小说里渐渐退去，2013年的长篇小说《带灯》中的元天亮与庄之蝶有几分相像，却几乎从来不回家乡。带灯的丈夫也算个知识分子，却从来不与带灯一起生活，夫妻相见几乎不相识。在这部小说的《后记》里，贾平凹说自己"到了这般年纪，心性变了，却兴趣了中国西汉时期那种史的文章了。它没有那么多的灵魂和蕴藉、委婉和华丽，但它沉而不靡，厚而简约，用意直白，下笔肯定，以真准震撼，以尖锐敲击"。以真准震撼，自然意味着对现实的关注。《带灯》中的农村与此前完全不一样，市场经济在发展，人性深处的恶因为利益而萌发并迅速生长。小说中一场因利而起的恶斗的描写，让人不忍卒读。有人眼珠子吊在脸上，河滩里的苍蝇聚了疙瘩；有女人被打，乳头也被拧掉了。而无论发生什么，主人公寄托了所有期望的省城的元天亮却根本不出现。带灯给元天亮开药方，每次的第一味药都是当归，元天亮这个应当归来的知识分子却根本没有归来。

2014年，贾平凹写出了一个重要的文本——《老生》，《老生》中无论是人物还是叙述者，知识分子身份彻底消失了，叙述者成了一个专门给人唱阴歌的老唱师。《老生》一开始就出现了蝴蝶。即将离开人世的老唱师静静躺在炕上，听到蝴蝶的粉翅扇动了五十下，在空中走过一步飞出窑去，栖在草丛里变成了一朵花。蝶化为花，或是花化为蝶，都是一样的。与其说老唱师是真的看到了蝴蝶，毋宁说是他梦到了蝴蝶。梦蝶的人由庄之蝶变成了老唱师。人不免心生疑惑：究竟是老唱师梦蝶，还是贾平凹梦蝶？《老生》的封底有四句诗："我有使命不敢怠，站高山兮深谷行。风起云涌百年过，原来如此等老生。"原来，老生是老唱师，也是贾平凹。

老唱师的一生是一场梦，他讲述自己亲历的百年中国世事更是一场大梦。小说中，他唱的第一首阴歌是，"人生在世有什么好，墙头一棵草，寒冬腊月霜杀了。人生在世有什么好，一树老核桃，叶子没落它落了……"与《怀念狼》中的孝歌相比，这首阴歌显然直逼《红楼梦》中跛足道人的《好了歌》。老唱师最痛苦的日子是不让他唱阴歌的日子，他在县文工团里没有了名分，成了一名后勤杂工，演不了新戏，也唱不了新歌，度日如年。他无意间被任命为秦岭革命斗争史的编写组组长，但是遇到孤儿墓生死去，忍不住唱起了阴歌，为此失掉了工作，回到了正阳镇做农民。老唱师的墓志铭是："这个人唱了百多十年的阴歌，他终于唱死了。"这个墓志铭自然隐藏着作者的雄心。贾平凹近年堪称高产，2011年以来，几乎是每年创作一部长篇小说，以文字刻下我们这个时代的文明危机与生活在其中的人的灵魂。

除了老唱师之外，还有一个给学生讲《山海经》的饱学之人，他与学生诵读《山海经》及有关问答构成了一个较远的历史空间；老生对百年秦岭的世事的回忆和讲述则是一个较近的历史空间，二者共同构成一个丰厚复杂的文本。贾平凹说自己到了既喜欢《离骚》，又必须读《山海经》的年纪了。《山海经》是中国先秦古书，作者和成书时间都不确定，是人类童年时期带着初心看世界的一部自然之经，主要记述古代神话、地理、动植物、宗教、历史、民俗等内容，其中怪异自然的描述是可以看作百年中国故事的一个遥远的精神背景。这个讲《山海经》的饱学之人在小说中的位置仅次于老唱师，他对学生问题的某些回答其实就是贾平凹本人的终极思考。比如："人史就是吃史""人只怕人，人是产生一切灾难厄苦的根源""神仍在""神是要敬畏的""当人主宰了这个世界，大多数的兽在灭绝和正在灭绝，有的则转化成了人""过去是人与兽的关系，现在是人与人的关系""现在的人太有应当的想法了，而一切的应当却使得我们人类的头脑越来越病态"……毫无疑问，这个饱学之人身上有贾平凹的精神投影，他与老唱师一起共同完成讲述中国故事的使命。

《老生》中有贾平凹对自己六十年来的历史和命运的思考，更有对百余年来中国世事中那些以前自己不愿想不愿讲的内容的讲述和思考，他说："这就是我写《老生》的初衷。"然而，贾平凹在《老生》中竭尽全力隐藏作为知识分子的叙述者，比较清晰地让叙述者出现的只有小说的《后记》和封底上的那首诗，他让老唱师的唱和饱学之人的讲来替代自己的写，这实在是一种以拙代巧的方式，也是一种独特的讲述中国故事的方法。

从庄之蝶到老生，知识分子的形象和叙述者逐渐消失，贾平凹想把叙述者隐藏起来，仿佛天地间就存在着这样的故事，他认为这样会使作品更长久，也符合中国人的思维。正是由于贾平凹的叙述姿态、小说语言和精神关怀等充满中国传统气质，所以他被一些论者指认成一位具有传统文人气质的当代作家。当然，贾平凹的小说中有对中国传统文人小说的延续，但究其根本而言，贾平凹小说的河床是古典的，上面流动的水却是现代的。他说，我们一定要有现代的东西，但也一定要写出中国人的味道来。在这个意义上，贾平凹通过小说中国化的方式实现了自己的初衷。

四月的歌手
——重读《人生》怀路遥

车从延安开出,往东北走,走河谷,走山路。路的右边正在修高速,然而慢有慢的好,这一路,只有慢,才能看到一些事物,才能更靠近这些厚重黄土上的生命。路边有旧窑洞,也有新修的砖瓦房。砖瓦房子前墙仍然造成窑洞的样子,青白相间,仿佛在感怀纪念它们身后那些废弃的前身。

这是四月,我知道必然要与黄土上盛开的桃花相遇。其实,我一直期望与她相遇。转头向河对岸看,树很少,草也不盛,突然见一株粉红的桃花,树身很矮,似乎用尽了全部的生命能量,才开出一身的花朵。这是世上最厚的黄土所在之处,天蓝得苍茫,空气干燥,裹挟着浓浓的黄土气息,而桃花兀自绽放,与她身后的背景依旧格格不入。与其说瞬间击中我的是黄土上的桃花,不如说是那个看见桃花流下眼泪的黄土的儿子。

王安忆在路遥生前来过陕北,她在文章中忆及一个细节:当她和友人听闻陕北的贫困闭塞后,对路遥提出一个建议说,把人们从黄土高坡迁徙出去,路遥说:"这怎么可以?我们对这土地是很有感情的啊!初春的时候,走在山里,满目黄土,忽然峰回路转,崖上立了一枝粉红色的桃花,这时候,眼泪就流了下来。"四月是一个残忍的季节,桃花刚刚整理好自己的嫁衣就匆忙奔赴死亡。这片黄土上,桃花的生命更加不易,她的绽放让四周的黄土更加苍凉。于是,桃花的灼灼其华就显出了悲壮的意味。一路上不时地峰回路转，不时地遇见桃花，花鲜艳而怆然，甚至让人有种不真实的感觉。

过延川了。路遥七周岁时第一次出远门，从清涧王家堡到延川郭家沟，赤脚而行，用了两天时间，随父亲步行一百六十里路。深秋的路上，少年路遥看见了什么？他明知要被父亲送给伯父家了，心里难过，眼泪直流，却咬着牙没有跟父亲回家，就是为了在伯父家里能上学。一个从少年时期就为生存而隐忍的人，对他生长的这片黄土会有多深的感情！对人生会有着怎样深刻的理解！

走清涧，重读这部诞生于三十多年前的《人生》，分明看见荒凉厚重的黄土上生命的力量。它们远远超出了文学本身，成为古老的神话与悲伤的传奇。

高加林是《人生》的主角，他被人们一说再说。他有着英俊的外表、强健的体格、天然的才华，是天生要将自己的未来交给城市的一个人。然而，他却生在农村，虽然极力奋斗，却一再地被迫回到黄土地。高加林是《人生》中第一个出场的人，小说一开始就写因为同村的高明楼有权势而"下"了他的民办教师，他为此悲伤和愤怒。因为他是农民的儿子，知道在这贫瘠的山区当个农民意味着什么。路遥忍不住让高加林感慨："农民啊，他们那全部伟大的艰辛他都一清二楚！"这句话让人想起柳青《创业史》第一部开头的话："庄稼人啊！在那个年头遇到灾荒，就如同百草遇到黑霜一样，哪里有一点抵抗的能力呢？"这种抒情方式在今天看来或许太过直接，但是念及路遥走过的人生路，这样的抒情就顺理成章了。路遥曾经将柳青当作自己的人生楷模，《人生》扉页上就引了柳青的话："人生的道路虽然漫长，但紧要处常常只有几步，特别是当人年轻的时候。"高加林怀才不遇，不甘认命，以至于把劳动当成了反抗命运的途径，手上鲜血直流也不停歇。高加林决定在精神上、在社会面前和高明楼他们比个高低。唯一的机会来自他的叔父，叔父并没有要刻意帮助他，他却因为叔父而进城工作。

从路遥在《人生》中对高加林的不惜笔墨，可以看出他对高加林的欣赏。高加林进城后立刻成了一个引人注目的人物，他的各种才能很快在这个天地里施展开了。他能文能武，堪称县城里的一颗新星，许多陌生的姑娘也在一些场合给他飘飞眼，千方百计想接近他。然而，他与黄亚萍的恋爱是建立在拆散了黄亚萍和张克南爱情的基础上的，张克南的母亲不依不饶，查出高加林是走后门进城工作的并告发了他，高加林一无所有地回到了农村。那时的社会现实与今天不同，没有进城打工的说法，所以，高加林没有别的选择。高加林因为身世的原因有着强烈的难以克服的自卑，并且表现出过分的自尊。这种自卑源自他的出身，源自他无法改变的农村故乡。故乡是一个人的血地，高加林无法改变他的血脉。

爱情在《人生》中是紧紧被现实追赶的。即使在县城生活，浪漫因素也不多。张克南为了让黄亚萍开心，请她看电影，黄亚萍心不在焉，但是听到电影的名字是《永恒的爱情》，就答应了。而《人生》中永恒的爱情又在哪里呢？

巧珍在《人生》中有强烈的符号性。她美丽善良，为了爱情不惜牺牲一切。她对高加林的爱慕中有对现代文明的向往，因为自己不识字，她对有文化的高加林有爱，有崇拜。为了高加林，她可以做任何事情。她说："加林哥！你如果不嫌弃我，咱们两个一搭里过！你在家里待着，我给咱上山劳动！不会叫你受苦的……"然而，这一切在高加林进城后全成了梦。

多年前第一次读《人生》，读到巧珍刷牙一节，眼泪就落了下来。因为高加林一句话，她开始刷牙了，刷得血沫子直流。而当时的农村，有文化的人才刷牙。为此，她遭受村人的嘲笑，遭受父亲的打骂，但一切都动摇不了她对高加林的爱。《人生》中显然有鲁迅笔下看客的影子。巧珍刷牙时的被看，高加林和巧珍一起骑车时的被看，都让人想到鲁迅笔下的看客。但路遥笔下的看客多少有着善良的心，当刘巧珍被高加林抛弃，他们都是同情巧珍的；当高加林一无所有地回到家乡，他们同情他，安慰他。

让人不忍卒读的还有巧珍去县城看望高加林的情景。她说什么高加林都很不耐烦，因为高加林刚刚和黄亚萍海阔天空地讨论过，而面对巧珍所说的狗皮褥子、水井、老母猪下了几个猪娃的事情，不免烦躁。巧珍发觉自己想叫他喜欢却又不知道怎样才能叫他喜欢。她拿出自己的钱，让高加林用。这时候，鼻子发酸的不是巧珍而是高加林了。

巧珍的心就像金子一样。她单纯善良，但在高加林的眼里也很单调。她对高加林的爱是无私的、无条件的，但这样的爱容易失衡。当她说让高加林在家里而她在外面干活的时候是真诚的，但是，这样的爱难免会让被爱的人产生强大的压力。她认为自己配不上高加林，原因是自己没有读过书，而这恰恰是她自己所不能决定的，无法改变的。她被高加林抛弃后迅速地嫁给马栓，她的生活表面上是平静的，既没有新嫁娘的喜悦，也没有受伤后的悲痛。她自己遭受了这样深的伤害，心里却仍然深爱着高加林，仍然不愿意高加林受一丝一毫的伤害。

高加林在刘巧珍和黄亚萍之间的抉择，其实也是不甘命运安排的抉择。刘巧珍的生活是他所不愿意过的，极度想摆脱的。黄亚萍显然代表了一种高加林向往的生活，虽然《人生》中的城只是县城，但已经让他无比热爱。他到县城工作的第一天，长时间坐在东岗上看县城的全貌，天黑后才下东岗，一路上，他忍不住狂热地张开双臂，面对灯火闪闪的县城，嘴里喃喃地说："我再也不能离开你了……"他与黄亚萍的交往多半是因为她身上有来自南方都市的独特气质，她有文化，生活中充斥着强烈的现代气息，连穿衣打扮也要从上海来的才行。在高加林和黄亚萍的交往中，黄亚萍的那首小诗是至关重要的。其一，她是高加林生活中遇到的唯一会写诗的姑娘；其二，诗里将高加林比喻成一只大雁，要自由地爱蓝天，找到适合自己生存的土壤，这样的理解和爱情显然是高加林想要的。这个时候的他和黄亚萍已经有各自的恋人了，于是，一场内心的艰难抉择在所难免。

黄亚萍也爱高加林，她把自己的工资全花在了他身上，把高加林打扮成个华侨的样子，给高加林买当时县委书记都不常吃的东西，买三接头高级皮鞋。但是她任性虚荣，行事高调不计后果。为了考验高加林是不是听她的话，竟然让高加林在工作期间请假冒雨去找一把根本没有丢失的水果刀，这让高加林火冒三丈。黄亚萍对高加林的爱是有条件的。当她指责高加林与巧珍相恋是自我毁灭时，高加林极为愤怒，发火说自己那时黄尘满面，平顶子老百姓一个，你们哪个城里的小姐来爱我？而巧珍对高加林的爱则是无条件的。抛弃巧珍后，高加林双手蒙面，像个孩子一样大声号啕起来，对自己仇恨而且憎恶！因为他知道他失去了最爱自己的人。此后他和黄亚萍在一起时，只要想起巧珍，他的心顿时像刀割一般疼痛。当失去工作后，他知道他和黄亚萍没有任何希望了，脱下了黄亚萍给买的三接头皮鞋，穿上了巧珍给他做的布鞋，泪水止不住从眼睛里涌出来。而这时的巧珍已经嫁作他人妇了。

　　《人生》的故事并不复杂，其中的人却让人难以忘怀。除了高加林和刘巧珍，最出彩的是德顺老汉。他一生未婚，原因是他心爱的人被父亲嫁到远方去了，从此他孤独一生。他的幸福就是种树让孩子们吃到他栽的树上结出的果子。他为巧珍和加林的爱情而高兴，他开心地唱信天游。当巧珍被弃时，他和高加林的父亲一起到县城去劝说高加林。当巧珍嫁给她不爱的人时，全村的人都去参加婚礼，只有德顺老汉一个人躺在炕上流眼泪，他为巧珍伤心，为加林难过。这个人的重情义与无私的品质在《人生》中很显眼，这样一个善良、专情的人却孤老终生，没有后代。小说结尾处，他开导高加林的话里面，有几句像是从路遥口里说出来的："就是这山，这水，这土地，一代一代养活了我们。没有这土地，世界上什么也不会有！"

　　陕北的黄土高原，路遥生于斯，长于斯，黄土上的一切都是他珍重珍爱的。信天游在《人生》里是黄土高原上的文化因子，更是表情达意的文本结构因子。当巧珍对高加林有爱而不能表达时，她站在玉米地里唱信天游，"上河里（那个）鸭子下河里的鹅，一对对（那个）毛眼眼望哥哥……"1984年，吴天明导演的电影《人生》上映，这首歌曲一时之间传遍中国大陆。德顺老汉回忆自己年轻时的恋人时，也是通过信天游《赶牲灵》《走西口》来表达心境，加林和巧珍的爱情让他由衷高兴，他就唱："哎哟！年轻人看见年轻人好，白胡子老汉不中用了……"当高加林被除职，从县城回到农村时，突然有个孩子在对面山坡上唱起了信天游："哥哥你不成材，卖了良心才回来……"高加林知道这古老的歌谣是唱给他听的，歌声中有深沉的谴责力量，虽然出自孩子之口，仍然让他惊心动魄。他在悔恨中回来，古老的黄土和其上的人无条件地接纳了他，他背叛过的巧珍仍然力尽所能地保护他，去求高明楼让他再去做民办教师。所以，在小说最后，高加林扑倒在德顺爷爷的脚下，两只手紧紧抓着两把黄土，沉痛地呻吟着，喊叫了一声："我的亲人哪……"这是小说的结尾，但不是故事的结局。《人生》一共二十三章，其他章节都没有标题，路遥只在最后一章加了一个带括号的标题："并非结局"。《人生》，只是个人生的开头，有关人生的许多话，路遥还没有说。

　　《人生》是热烈而悲凉的，高加林和刘巧珍这些人仿佛都生错了地方。那么，作者路遥呢？有人读《人生》后产生了一种深切的怀疑，路遥写得这么动情，这么抵达人物内心，是不是在写自己？高加林的身上是不是就有路遥的影子？从某种程度上说，作家写人物就是写自己。歌德写维特，福楼拜写爱玛，托尔斯泰写聂赫留朵夫，这样的例子不少，作家写人物时多多少少都会有自己的影子。路遥写《人生》就是写自己的人生，生活往返在城乡交叉地带的黄土上的人生，高加林、刘巧珍身上都有他的影子。高加林的出身、才华都可谓与现实中的路遥一样，但是现实中的路遥却遭遇了与刘巧珍相似的命运。厚夫在《路遥传》中写到，路遥二十出头时曾经深爱过一个北京女知青，两人的恋爱昏天黑地。1970年，国家首次在知识青年中招工，这也是"文革"开始后的第一次招工，路遥把原本给了自己的指标让给了女朋友，并倾囊为她做了新被新褥送给她。有人善意提醒，路遥却说，"为了她，死也值得"！但是，这位女知青工作后很快给路遥寄来绝交信，当时的路遥正经受着前途的担忧，这样的打击对他可谓是雪上加霜。此后，路遥在冬天一身白衣，扎白腰带，刘凤梅问他原因，他说"我在为自己戴孝"。在那样青春的时期，却为自己戴孝，这是怎样的悲伤和决绝！

三十多年后的《人生》，依然会感动一个比它的作者要年轻一个时代、生活经历也大为不同的读者。虽然，从纯文学的角度看，这也许并不是一篇完美的作品，也不是在艺术上最见新意的作品。甚至它的结构还充满了某些凡俗的老套子——比如，可以看出其中"才子佳人"的旧趣味、"始乱终弃"的老模式，还有难免打了折扣的"忏悔录"式的故事，即便是在生活并不如意、物质条件十分微薄的情形下，主人公也毫不遮掩地显露了男权主义的优越感，因为在他的道路上从来就没有缺少过女人，没有缺少过毫无保留地向他奉献的崇拜者，唯一缺少的只是命运的转机……作为一个出自乡村和贫瘠之地的作家，路遥不可能摆脱生活赋予他的这些财富和局限，也不可能一下子站在超乎个人与时代的高度上去思考问题。但此时我清楚地感受到，当我从遥远城市的高楼上俯视类似的问题，与此时此刻靠近着黄土与窑洞，看到土地上佝偻着身子的劳作者时所想到的，是完全不同的立场与答案。

路遥的心性是那样的强，在临别这个世界前，他是那样的不甘心，他的一腔抱负还没有实现，他的才华还没有施展就匆匆地离开了人世，仿佛被命运之神硬生生地拽了去。这样的命运就像是路遥故乡的桃花，刚刚用尽生命的力量绽放，却立刻面临死亡。诗人陈超在《我看见转世的桃花五种》开篇就写，"桃花刚刚整理好衣冠，就面临了死亡。/四月的歌手，血液如此浅淡。/但桃花的骨骸比泥沙高一些，/它死过之后，就不会再死。" 四月，看见苍凉而贫瘠的黄土上绽放的桃花，就是看见路遥。他死过之后，就不会再死。

人性的扑火者
——田小娥论

陈忠实在《寻找属于自己的句子》一书中自述，他在写中篇小说《蓝袍先生》时萌生了创作长篇小说《白鹿原》的欲念。这部长篇小说还没有任何具体的影像时，他开始查阅蓝田、长安和咸宁三个县的县志，县志中的灾难与死亡的记录让他难以平静，尤其是看到几本"贞烈妇女"卷时，意想不到的事情发生了。这些卷本让陈忠实惊讶的同时，意识到贞节的崇高和沉重，"我在密密麻麻的姓氏的阅览过程里头晕眼花，竟然产生了一种完全相悖乃至恶毒的意念，田小娥的形象就是在这时候浮上我的心里。在彰显封建道德的无以数计的女性榜样的名册里，我首先感到的是最基本的作为女人本性所受到的摧残，便产生了一个纯粹出于人性本能的抗争者叛逆者的人物"[1]。田小娥就这样始料不及地萌生了。

陈忠实说自己投入到田小娥身上的思索是在这本书的女性中最多的，不少于笔墨更多的另几位男性人物。他这样让田小娥在白鹿原上出场："黑娃引着一个罕见的漂亮女人回到白鹿村，鹿三一下子惊呆了。"这个罕见的漂亮女人在白鹿原上生活的时间不长，却引起许多波折，经历了生与死的痛苦。陈忠实说在写作《白鹿原》的四年时间里，给自己写过两张提示性的小纸条："一张是关于性描写的三句话

---

[1] 陈忠实：《寻找属于自己的句子》，北京大学出版社2011年版，第23页。

'不回避，撕开写，不做诱饵'，贴到小日历板上，时时警惕走神。另一张是田小娥被公公鹿三用梭镖钢刃从后心捅杀的一瞬，我突然眼前一黑搁下钢笔。待我再睁开眼睛，顺手在一绺纸条上写下'生的痛苦，活的痛苦，死的痛苦'九个字，再贴到小日历板上。"[1]"生的痛苦、活的痛苦、死的痛苦"是田小娥的写照。田小娥的父亲是个秀才，家里也雇着长工，却把这样一个美丽聪慧的女儿嫁给别人做妾。田小娥最初的抗争与叛逆精神并不强，面对生命中的第一次重大抉择时没有反抗，表现出的只是妥协。听从父命嫁给郭举人后，她的悲剧开始了。当代文学中遭遇类似命运的女性不少，杨沫《青春之歌》中的林道静、莫言《红高粱》中的戴凤莲，甚至就在《白鹿原》中，白灵也面临过被逼婚的命运，这些女性都在用自己的方式与命运对抗。田小娥没有用正常的方式反抗，而是一步步走向了毁灭。她是郭举人的一个性奴隶，根本没有做人的基本尊严和权利。她最早也是委曲求全的，直到黑娃闯进她的生活。她先是主动向黑娃示好，没有任何男女经验的黑娃做了她的情人，最早两人在一起是出于情欲，但后来两人真心相爱。事情败露后，黑娃逃走，田小娥被郭举人休回娘家。黑娃费尽周折找到田小娥，把她带回了白鹿原。然而，这里也不能容她，白嘉轩不让她入祠堂，鹿三把他们赶出家门，两人住在村外的破窑洞里。窑洞里的生活非常清苦，但她觉得只要黑娃真心待她，吃糠咽菜都情愿。田小娥只想和自己真心相爱的人一起过日子，做一个普通的农妇。但白鹿原变成了一个"鏊子"，每一个人都在上面被炙烤，黑娃卷入政治漩涡，失败后要抛下田小娥逃离白鹿原，田小娥哭叫着发疯似的把黑娃的胸脯抓抠得流血："你好狠心呀，你跑了躲了叫田福贤回来拿我出气……"黑娃咬着牙离开了，更大的痛苦在等着田小娥。她被施以酷刑，为了活下去，她去求父辈的鹿子霖。她对鹿子霖诉说过，"大呀，你再不搭手帮扶一把，我就没路走了。我一个

---

[1] 陈忠实：《寻找属于自己的句子》，北京大学出版社2011年版，第124页。其中，九个字"应为十二个字"。

女人家住在村外烂窑里,缺吃少穿莫要说起,黑间狼叫狐子哭把我都能活活吓死……"鹿子霖人面兽心,乘人之危霸占田小娥,并利用她让白嘉轩的长子白孝文与田小娥一起身败名裂。

田小娥被鹿子霖诱奸时显得非常草率随意,虽然这是她为了在白鹿原上求活,但发生这件事情时她没有任何反抗,这其实是一种以自己的堕落来报复世界的方式。同样是抗争,白灵离家出走去革命,田小娥却在窑洞里用自己的身体去抗争。她引诱白孝文,让白孝文与白嘉轩的脸面在白鹿原丧失殆尽。白孝文在她面前因为负罪感而丧失了性能力,但在受到族规惩罚后却恢复了性能力。田小娥觉得自己害了白孝文,对白孝文产生了同情,并开始用真心对白孝文。但是,白孝文为了生存也离她而去,田小娥又一次活在了孤独与痛苦中。一个女人,在白鹿原举目无亲,又被定义成一个人见人骂的"烂货""婊子"。白孝文走后,田小娥真正陷入了无路可走的境地。

作为一个无依无靠的女人,田小娥羞辱鹿子霖的方式是独特的、出人意料的。她把抗争的矛头指向了鹿子霖,她给正在陶醉于和她性欢娱中的鹿子霖脸上尿了尿。鹿子霖立刻打了她一巴掌,并骂她:"婊子!你……"鹿子霖吓唬她,她并不收敛,并追着夺门出窑的鹿子霖骂着:"鹿乡约你记着我也记着,我尿到你脸上咧,我给乡约尿下一脸!"这是一个女人的极端反抗,她尿的是乡约鹿子霖的脸,也是对不允许她入祠堂,不允许她反抗的族规家法和背后的礼教的抗争。

此后,田小娥彻底堕落了。鹿三来杀她敲她窑洞门时,她开门前的话显然是说给与她关系特殊的男人的,这个男人究竟是谁无从得知。鹿三从来没有承认过这个儿媳,田小娥却在内心里把他当成自己的公爹。当时的她已经准备睡觉了,没有穿衣服,但她把鹿三当成自己的公爹,所以没有防范,鹿三却趁着她背过身穿衣服的时候杀了她。她临死前回过头来,惊异而凄婉地叫了一声:"啊……大呀……"即使田小娥是一个十恶不赦的罪人,鹿三也没有杀死她的权利，但鹿三自以为这是杀一个婊子，为白鹿原除一个祸害，也以为这是自己人生中的第二件大事。第一件大事就是"交农"时领着众人进逼县府。鹿三一生最看重白嘉轩的评价，"交农"后，白嘉轩对他深深鞠了一躬，并说，"三哥！你是人！"他原以为杀了田小娥后也会得到白嘉轩的赞许，但白嘉轩却批评了他，说他既然不把田小娥当儿媳就没有权利杀她，要杀也不能在夜里偷偷杀。白嘉轩没有想过，第一个不让田小娥进祠堂的人就是他，杀死田小娥的人中有他。鹿三杀了田小娥以后，非但没有获得肯定和赞许，而且陷入了惊恐中，水缸里有田小娥死前惊恐的眼睛，到处都是田小娥死前的声音："大呀……"这时的黑娃已经成了土匪，他心里还爱着田小娥的，他一心要为田小娥复仇，却得知凶手是自己的父亲鹿三，他和鹿三断绝了父子关系。他回到山上的土匪窝，把住酒瓶把烧酒倒洒在钢刃上，清亮的酒液漫过钢刃，变成了一股鲜红鲜红的血流滴到地上，梭镖钢刃骤然间变得血花闪耀。黑娃双手捧着梭镖钢刃扑通跪倒，仰起头吼叫着："你给我明心哩……你受冤枉了……我的你呀！"紧紧盯着梭镖钢刃，说："我媳妇小娥给人害了！"话音刚落，梭镖钢刃上的血花顿时消失，锃光明亮的钢刃闪着寒光，原先淤滞的黑色血垢已不再见。田小娥等的就是黑娃这句话，她内心里一直认为自己是黑娃的媳妇，黑娃承认她，她的心就能获得些许的安慰。

  田小娥死后开始另一种抗争与复仇。白鹿原又一次陷入毁灭性的灾难之中，一场空前的大瘟疫在原上蔓延。第一个在瘟疫中死去的人是黑娃的母亲鹿惠氏。白鹿原的许多女性婚后都没有自己的名字，只是丈夫姓前本人姓后再加上一个氏，这种称呼是陈忠实阅读三县县志时的痛心处所在。她们用一生的生命换取到县志中几厘米的位置，而没有人会耐心地读完这些字。鹿惠氏死前看见田小娥来给她说鹿三怎么杀的她。鹿惠氏最后一句话是说给鹿三的："你咋能狠心下手……杀咱娃的……媳妇……"可见她是同情田小娥并把她当成自己儿媳的，但是她没有权利也没有能力帮助田小娥。

这场瘟疫开始蔓延时，极度恐惧的是白嘉轩，他表面上保持着长者的尊严和宽厚慈爱的情绪，内心的恐惧却与日俱增。这个时候，他的内心应该非常清楚，真正杀死田小娥的凶手不是鹿三，而是他和融进了他血液中的"乡约"与礼教。田小娥进一步复仇，她的鬼魂附在鹿三身上，先是借此报复和调戏白嘉轩。白嘉轩给鹿三盛了一碗饭，但此时鹿三身上附着她的鬼魂，她借鹿三之口说："哈呀呀，值了值了，我值得了！族长老先生给我侍候饭食哩！族长跟我平起平坐在一张桌子上吃饭哩！值了值了我值得了！我是个啥人嘛族长？我是个婊子是个烂婆娘！族长你给婊子烂婆娘端饭送食儿，你不嫌委窝了你的高贵身份吗……"这段话虽然轻佻，但却表现出田小娥内心的愤怒与不甘，她渴望与白鹿原上其他人一起平等地活着，普通地活着，但是没有人给她这样的机会。她的冤屈与愤怒只能在死后发泄："我到白鹿村惹了谁了？我没偷掏旁人一朵棉花，没偷扯旁人一把麦秸柴禾，我没骂过一个长辈人，也没揉戳过一个娃娃，白鹿村为啥容不得我住下？我不好，我不干净，说到底我是个婊子。可黑娃不嫌弃我，我跟黑娃过日月。村子里住不成，我跟黑娃搬到村外烂窑里住。族长不准俺进祠堂，俺也就不敢去了，咋么着就还不容让俺呢？大呀，俺进你屋你不让，俺出你屋没拿一把米也没分一根蒿子棒棒儿，你咋么着还要拿梭镖刀子捅俺一刀？大呀，你好狠心……"

《白鹿原》甫一问世，田小娥鬼魂复仇的方式被批评家们看成是向马尔克斯的魔幻现实主义学习的结果，事实上《白鹿原》的开头也被批评家们指认出《百年孤独》开头的影子。然而，陈忠实认为鹿三的特殊行为是个人独具的文化心理结构导致的，说他少年和青年时期，不下十回亲眼看见乡人用桃木条抽打附着鬼魂的人身上的簸箕，围观的他都一阵阵头皮发紧发凉。他说："有论家说我在《白》书中的这些情节是'魔幻'，我清楚是写实，白鹿原上关于鬼的传说，早在'魔幻'这种现实主义文学传入之前几千年就有了，以写鬼成为经典的蒲松龄，没有人给他魔幻的称谓……我写的几个涉及鬼事的情节,也不属'魔幻',是中国传统的鬼事而已……"[1]他在争取实现对生活的独自发现和独立表述,寻找属于自己的句子。

田小娥的身上永远体现出一种无原则性,她与不同异性的复杂关系是一方面,她复仇时不分青红皂白也是一方面。她伶牙俐齿,借鹿三之口和白嘉轩辩论时的话让人震惊:"我要把白鹿村白鹿原的老老少少捏死干净,独独留下你和你三哥受罪……"

《圣经》"罗马书"第十二章十九节中说经上记着:

主说:"申冤在我,我必报应。"

白鹿原上的人没有权利审判田小娥,更没有权利杀死她;田小娥也没有权利把白鹿村白鹿原的老老少少捏死干净。

田小娥最恨的还是白嘉轩,她一心要他当狗当猪,猪狗不如。白嘉轩请来了白鹿原上专治鬼魂的"法官","法官"竟然拿田小娥的鬼魂一点儿办法也没有。于是白嘉轩开始独自与田小娥战斗,这个战斗最后转化成了白鹿原上所有人与白嘉轩的战斗——他们为了活命开始给田小娥烧香跪拜。白嘉轩想到了一办法,把田小娥的尸骨火化后撒在滋水河里,但他的姐夫朱先生却想出更阴毒的方法——造塔镇压。塔的意象显然是阳性的,田小娥最终还是败给了代表阳性和礼教的白嘉轩。"人鬼相斗,小娥败而白嘉轩胜,胜在有千年道统撑持。六棱砖塔莫非白鹿原上的'雷峰夕照'?"[2]"六棱塔喻示着白鹿原东南西北和天上地下六个方位:塔身东面雕刻着一轮太阳,塔身西面对刻着一轮月牙,取'日月正气'的意喻;塔身的南面和北面刻着两只憨态可掬的白鹿,取自白鹿原相传已久的传说"。原本在白鹿原上占正统地位的儒家文化在这里被弱化,原本主张"耕读传家"的白嘉轩,"最后竟以佛道杂糅而以道教为主导的宝塔镇妖孽的方式来收拾被田小娥冤魂搅得一片混乱的局面,更完全背离了儒家思想。""白

---

[1] 陈忠实:《寻找属于自己的句子》,北京大学出版社2011年版,第72页。
[2] 陈忠实:《白鹿原》,雷达评点,文化艺术出版社2010年版,第298页。

嘉轩作为儒家伦理文化践行者思想深处的道教文化因素总算是暴露无遗了。"[1]

小说中写得奇怪的一笔是鹿子霖家在瘟疫中完好无损。鹿子霖听了成为共产党的儿子鹿兆鹏的话，用石灰在家里消毒，这种方法包括白鹿原上的名医冷先生在内的所有人都不相信。鹿子霖的老婆却是个信神的人，她认为家里没有死人的原因要归功于自己烧在庙里的香蜡表纸。这一情节让人不知所措，田小娥生前就报复过鹿子霖，死后却放过了他们全家。

白鹿原上有两个人曾经爱过田小娥，一个是黑娃，一个是白孝文。田小娥屈死后，他们都曾经为此痛苦流泪，后来各自有了新家庭。白孝文得到父亲原谅后带着妻子回白鹿原祭祖，并进了祠堂。他穿长袍戴礼帽，一派儒雅的仁者风范，他的妻子一身质地不俗颜色素暗的衣裤，温柔敦厚高雅。他启程回县城时，眺见了那座高塔，耳边便有蛾子振翅的声音，这是田小娥的灵魂在对白孝文诉说冤屈。但这微弱的声音根本不能影响到白孝文，有关田小娥的记忆已经沉寂，他已经开始了自己的新生。黑娃娶了一个秀才的女儿，为了这个女人，他戒掉了多年的大烟瘾。他想起与小娥见不得人的偷情就陷入自责懊悔的境地，这个秀才的女儿规训了他，他重新拜朱先生为师读书，开始了脱胎换骨的修身。黑娃最后也带着妻子回原上祭祖，也进了祠堂。他根本没有去看那口曾经和小娥贪住过的窑洞，田小娥与他无关了。白鹿原上的人可以原谅任何一个回头的浪子，却容不下一个田小娥！他们也可以接受孝义的妻子为了续香火和兔娃发生性关系，却不能接受曾经与黑娃有真爱的田小娥。他们让冷先生的大女儿守活寡，得淫疯病死去却找不到一个凶手……这就是"仁义白鹿村"。无论如何，田小娥的死和任何人无关了，只留下一座镇压她永世不得翻身的塔。

"如飞蛾之赴火，岂焚身之可吝。"面对坚硬冰冷的贞节牌坊，

---

[1] 郜元宝：《为鲁迅的话下一注脚——〈白鹿原〉重读》，《文学评论》2015年第2期。

田小娥只能做一只飞蛾，扑向无形的人性之火。即使骨灰装进瓷坛后要被压在塔下时，她仍然幻化成无数的美丽彩蝶，在雪后的寒冬飞舞。这是田小娥最后的无声抗争。寒冬飞舞的彩蝶让人想起从梁山伯和祝英台的坟墓里飞出的两只彩蝶。梁祝化蝶的故事虽然悲伤但有两个人的真爱在，田小娥却孤独无依，她灵魂的彩蝶在白嘉轩的指挥下被全部打死，埋到了镇压她的塔基下。人们为田小娥的被镇压而欢庆，锣鼓和铳子鞭炮响成一片。冬天的白鹿原，雪后灰暗的天空，轻轻振翅旋即被打死的彩蝶，是读过《白鹿原》许久之后突然涌起的记忆。田小娥可怜的妥协、可悲的复仇，在强大的礼教乡约与族规家法的虎视之下，这一切都显得弥足珍贵。

玄冥神秘中的矛盾
——论《狼图腾》

回首新世纪以来出版的长篇小说，禁不住驻足于《狼图腾》之前。不仅仅因为它是一本罕见的畅销书[1]，而且因为其宣扬的"狼"的精神让人瞠目玄想。一幅幅形态各异、玄冥神秘的狼图腾，尤其是那匹不失野蛮而又宁折不弯的小狼，真是一次古今狼相的绝佳再现。我们不禁要问：作者姜戎为什么要这样写？在一个恶狼、憎狼的文化背景下，他冒天下之大不韪宣扬狼性为的是什么？这是一个什么样的文本？

一 罕有的生态文本

当我重读《狼图腾》时，还是首先惊呼：一本难得的罕见的生态文本。

特殊的经历让姜戎拥有清醒的生态意识。他1967年自愿赴内蒙古额仑草原插队，在那里生活了11年，1978年返回北京。"在草原，他钻过狼洞，掏过狼崽，养过小狼，与狼战斗过，也与狼缠绵过。并与他亲爱的小狼共同患难，经历了青年时代痛苦的精神'游牧'。蒙古狼带他穿过了历史的千年迷雾，径直来到谜团的中心。是狼的狡黠

---

[1] 姜戎：《狼图腾》，长江文艺出版社2004年版。该书在中国出版后，被译为30种语言，在全球110个国家和地区发行。目前已经在中国大陆再版150多次，正版发行近500万册，多次进入文学图书畅销榜前十名。

和智慧、狼的军事才能和顽强不屈的性格、草原人对狼的爱和恨、狼的神奇魔力，使姜戎与狼结下了不解之缘。狼是草原民族的兽祖、宗师、战神与楷模，狼的团队精神和家族责任感，狼的智慧、顽强和尊严，狼对蒙古铁骑的训导和对草原生态的保护，游牧民族千百年来对狼的至尊崇拜，蒙古民族古老神秘的天葬仪式，以及狼嗥、狼耳、狼眼、狼食、狼烟、狼旗……"显然是狼的神奇深深地穿透了作者的灵魂，以至于他回到北京后仍然是身在汉地心在草原，那段游牧生活改变了他。那时，他还没有写"生态"这个概念，他想得更多的是狼性与人性的问题，这从他的小说中可以看出。他总是以鲁迅为例子。显然，鲁迅是他的精神资源，也是他当时思考草原与狼的精神靠山。那个时代，正是批"四旧"的时期，儒家的一切都是中国人全力批判的，而儒家就是"羊"。如果说，草原是作者的感性的话，那么，狼就代表了作者的理性。蒙古草原上的一切将这一理性嵌入了他的灵魂。就在那时，他动了写作的念头。

《狼图腾》于1971年起腹稿于内蒙古锡林郭勒盟东乌珠穆沁草原，但直到1997年才初稿于北京。问题就在这里。随着他对中国政治经济学的研究，特别是对中国政治学中如何使国家富强这一命题深深地苦恼过。在这种苦恼中，他继续研究中国游牧民族的历史与中国的历史，将"狼"与"羊"引入了历史的深思。1980年代中后期，是一个知识分子为中国命运而苦思冥想、争鸣不休的时代，也是一个对古老文明再次发难的时期，《河殇》中对长城的责罚就是一例。可以想象，在那个时代，作者就已经形成了初步的用"狼性"来改造中国人"羊性"的观点，但那时，理性远远地盖住了感性。自1990年代开始，内蒙古草原的沙化已经非常严重了，这又无形之中增强了作者对草原和狼的怀念，作者生命中那些温柔的地方被刺痛了，一个真正的作家诞生了。他写道："听说牧民大多骑着摩托放羊了，电视上还把这件事当作牧民生活富裕的标志来宣传，实际上是草原已经拿不出那么多的草来养马了。狼没了以后就是马，马没了以后就是牛羊了。马背上的民族已经变成摩托上的民族,以后没准会变成生态难民族……咱们总算见到了农耕文明对游牧文明的'伟大胜利'。""草原狼的存在是草原存在的生态指标,狼没了,草原也就没了魂。现在的草原生活已经变质,我真怀念从前碧绿的原始大草原。作为现代人,在中原汉地最忌怀旧,一怀旧就怀到农耕、封建、专制和'大锅饭'那里去了。可是对草原,怀旧却是所有现代人的最现代的情感。"

"生态"一词就此凸现了出来,在他生命里立刻化为一片感性而辽阔的草原。二十多年前就已经开始写小说的冲动随着这感性强烈地撕扯着他。感性的生态与理性的中国人的精神生态这两者终于汇聚到了一起,他开始了写作。现在我们不得而知他的初稿如何,显然,他在六年以后才定稿肯定是有他觉得不满意的地方。是对狼的感性的描述不够?还是他对自己的思考和清理有些担忧?肯定都有。特别是小说最后长达四十四页的《理性探掘》是最为艰险的,也必然是最为刻意的。至此,他终于使这部狼的精神图腾"升华"为中华民族需要嫁接的原始力量了。

从自然的生态抽象为精神的生态,这是这部小说的成功所在(先不论这精神生态存在的问题)。从作者所取的笔名也可以看出,作者是被游牧精神彻底征服了。按作者所言,姜姓是炎帝之姓,属游牧民族,而戎则更进一步说明了这是北方和西北的游牧民族。姜戎这个名字与《狼图腾》这个书名可以说是天然地结合在了一起,他们休戚相关,荣辱与共。一道烈风中将那狼皮挂在旗杆上,他们看见,那狼皮里有灵魂在蠕动,然后随着风飘上了腾格里。这更进一步说明了姜戎的立场所在。

同时,姜戎通过"狼王"毕利格老人有力地表达了生态意识。

在第一章里面,作者就写道:"毕利格老人是额仑草原最出名的猎手,可是,老人很少出猎。就是出猎,也是去打狐狸,而不怎么打狼。"为什么?从第二章开始,老人就一点点地讲了。他说:"我也打狼,可不能多打。要是把狼打绝了,草原就活不成。草原死了,人畜还能活吗？你们汉人总不明白这个理。"为什么草原与狼有这样的关系呢？先是黄羊。这在汉族人看来多么温顺的动物，可在草原上就成了恶者。老人说："黄羊可是草原的大害，跑得快，食量大，你瞅瞅它们吃下了多少好草。一队人畜辛辛苦苦省下来的这片好草场，这才几天，就快让它们祸害一小半了。要是再来几大群黄羊，草就光了。今年的雪大，闹不好就要来大白灾。这片备灾草场保不住，人畜就惨了。亏得有狼群，不几天准保把黄羊全杀光赶跑。"于是，当狼群截杀黄羊时，老人只有赞扬，对狼的残酷恶毒没有一点儿怨言。本来，一切生态的中心点还是人，但现在老人的意识超越了这个。草原是大命，其他的一切都是小命。这无疑是在告诉人们，地球是大命，地球上的一切包括人都是小命，人与狼、人与羊、人与其他一切生命都是小命。

老人认为草原上的人死后，要把自己还给草原，要懂得"吃肉还肉"的道理。因为，草原上的人，吃了一辈子的肉，杀了太多的生灵，是有罪孽的。"人死了把自己的肉还给草原，这才公平，灵魂就不苦啦，也可以上腾格里了。"

在老人眼里，狼是最聪明的生物。他说："人和狼是腾格里派来管理草原的，所以人和狼是平等的。狼没了，草原保不住。狼没了，蒙古人的灵魂就上不了天了。"人与狼应该互相尊重、互相依存。在人把狼的食物抢走并掏了狼窝时，白狼王带着巨狼、头狼和发了疯的母狼开始对人报复，它们把无数匹马杀死，并作为它们来年春天的食物。但即便如此，老人依然对狼是敬重的。在草原人心中，狼是他们民族的兽祖图腾，经历了几千年依然一以贯之，延续至今。这就如同中华民族对黄河一样，并没有因为黄河祸害、吞没了无数农田和千万生命而否认黄河是中华民族的母亲河。

正是因为这样，当老人的儿子巴图第一次带着陈阵打狼的时候，他们杀死了一匹狼，而把另一只眼看就要死亡的狼放生了。巴图已经完全继承了父亲的草原生态观念——不能把狼杀光。正是因为这样，当包顺贵带着牧民们把白狼王带领的一大群狼围住时,老人让儿子巴图和另一个牧民去追白狼王,最后白狼王神秘失踪后,他笑了。正是因为这样,当草原在失去狼这一生态管理者后,便遭遇了白灾之后的黄灾、蚊灾、鼠灾甚至马灾,草原一片片失去,老人心痛不已,认为这是没狼的缘故。正是因为这样,当陈阵领养了那匹小狼后,老人极不满意,他不允许人们把狼变成狗和羊一样的驯化动物,他尊重狼的野性和神性;最后,在小狼快要死亡的时刻,他要陈阵将狼打死,要让小狼像战士一样神圣地死去,而不要它病死。正是因为这样,当狼群被以包顺贵为代表的军队打得只剩下白狼王和老弱病残时,老人流泪了;在他听到从遥远的边境线上传来白狼王低低的怒吼和凄声时,他老泪纵横。在老人临死时,他要求将自己的尸体用古老的方式天葬,让人们把他送到有白狼王的地方去。老人对白狼王充满了尊敬,而白狼王似乎对老人也充满了尊敬和爱。他们互相理解,互相热爱。

  小说中最具神采的一点就是白狼王的神秘。白狼王从头至尾始终存在,要么是他的狼队,要么是他庄严而低沉的号令声,要么是他神秘地一现,特别是最后他还活着,但我们始终不知道白狼王是什么样子。这使人不禁想起福克纳的《熊》。《熊》中那个只见其踪但始终不见其真身的熊代表了古老的森林和自然,小说中"我"从小就跟着大人去打熊,但这只熊没有人能够打到。在与这古老而神秘的熊的对话中,"我"终于悟到,人的一切价值就包含在与自然的和谐中,在于荣誉、牺牲、尊严、爱、正义、公平等。我不知道作者是否读过福克纳的《熊》,但两部小说的神韵有类似之处。他们都共同表达了一个主题:对古老自然的尊重、敬畏。自然是人类真正对话的背景,在这种对话中,人学会了一切。在《狼图腾》中,毕利格老人认为,人类的一切智慧,特别是生态智慧和战斗的智慧都是从狼那儿学来的。

  小说是随着老人的去世和狼在草原上的失去而匆匆结尾的。老人是整部小说的灵魂所在,他的所有言行都表达了一个主题:生态精神。

二 大游牧生态精神

高扬游牧精神是这部小说的初衷,也是这部小说的中心。小说一开始,当汉人陈阵看到狼群有些哆嗦时,老人说:"就你这点胆子咋成?跟羊一样。你们汉人就是从骨子里怕狼,要不汉人怎么一到草原就净打败仗。"只要是一个汉人,在开篇就看到这样的呵斥,心里总是不舒服的。但是,作者执意要这样来写,而且从头至尾一意孤行,越写越对农耕文明充满了批判和讽刺,最后直接把游牧文明与农耕文明对立了起来。

对游牧精神的歌颂是从三个角度来展开的。

首先是主人公陈阵的论述。虽然这些论述常常会阻碍小说的叙事,但除了最后一章有些多余外,其他的议论与叙事还能够贯通一气。主人公陈阵是一个读书人,他跟着毕利格老人,并认其为阿爸,一心想做一个草原人,但是,他的所作所为总是与真正的蒙古人有差距。这种差距便引发了他对蒙古精神和更广阔的游牧文明的向往,当然同时也伴随着他对农耕文明的贬低。

在军马被狼围杀后,包顺贵领着大家来现场调查。他不相信狼有那样大的本领,经过勘察现场后,代表农耕文明的包顺贵终于也说道:"我看你们这儿的狼也太神了,比人还有脑子。"作者的化身陈阵顺着包顺贵的思路继续说下去:"草原人和草原狼,是在蒙古草原生物的激烈竞争中,唯一一对进入决赛的种子选手。以前的教科书认为,游牧民族卓越的军事技能来源于打猎——陈阵已在心里否定了这种说法。更准确的结论应该是:游牧民族的卓越军事才能,来源于草原民族与草原狼群长期、残酷和从不间断的生存战争。在这持久战争中,人与狼几乎实践了后来军事学里面的所有基本原则和信条,例如:知己知彼、兵贵神速、兵不厌诈、上知天文、下知地理、常备不懈、声东击西、集中兵力、各个击破、化整为零、隐避精干、出其不意、攻其不备,打得赢就打,打不赢就走……"古代汉人虽有孙子兵法也只是纸上谈兵,更何况"狼子兵法"本是孙子兵法的源头之一。

后来，陈阵又发现了狼的团队精神、狼的亲情观念、狼的生态意识、狼的博爱、庄严、神圣以及宁折不弯的精神品质。特别是在他养了一条小狼后，他发现了很多"真理"："狼可杀可拜，但不可养。一个年轻的汉人深入草原腹地，在草原蒙古人的祖地，在草原蒙古人祭拜腾格里，祭拜蒙古民族的兽祖、宗师、战神和草原保护神狼图腾的圣地，像养狗似的养一条小狼，实属大逆不道。"

从狼的身上，陈阵还发现："其实现在世界上最先进的民族，大多是游牧民族的后代。他们一直到现在还保留着喝牛奶、吃奶酪、吃牛排，织毛衣、铺草坪、养狗、斗牛、赛马、竞技体育，还有热爱自由、民主选举、尊重妇女等等的原始游牧民族遗风和习惯。游牧民族勇敢好斗顽强进取的性格，不仅被他们继承下来，甚至还发扬得过了头了。人说三岁看大，七岁看老，对于民族也一样。原始游牧是西方民族的童年，咱们现在看原始游牧民族，就像看到了西方民族的'三岁'和'七岁'的童年，等于补上了这一课，就能更深刻懂得西方民族为什么后来居上。西方的先进技术并不难学到手，中国的卫星不是也上天了吗？但最难学的是西方民族血液里的战斗进取、勇敢冒险的精神和性格。鲁迅早就发现华夏民族在国民性格上存在大问题……"

这样，陈阵就看到了中国文化的病根了。他说："儒家思想体系中，比如'三纲五常'那些纲领部分早已过时腐朽，而狼图腾的核心精神却依然青春勃发，并在当代各个最先进发达的民族身上延续至今。蒙古草原民族的狼图腾，应该是全人类的宝贵精神遗产。如果中国人能在中国民族精神中剜去儒家的腐朽成分，再在这个精神空虚的树洞里，移植进去一棵狼图腾的精神树苗，让它与儒家的和平主义、重视教育和读书功夫等传统相结合，重塑国民性格，那中国就有希望了。"

这便是作者写作《狼图腾》的真正理性目的。他是要从原始生态中来寻找中华民族性格上的弱点，从而建立新的精神生态。关于这一点，在最后显得多余的《理性探掘》中陈阵讲得更清楚，更明白。

其次是通过蒙古人对汉人的批评，特别是对以包顺贵为首的农业文明的代表的言行的批评，来体现游牧文明与农耕文明之间的冲突。

在小说中，代表汉族文明的有三类人。第一类是如陈阵、杨克等知青。他们对草原文化有一种疯狂的喜爱，都愿意做一个草原人，所以他们在尽可能地靠近草原人和草原以及狼。通过陈阵和杨克的多次对话，表达了他们对农耕文化的反思，进而认为农耕文化是落后的，而游牧文化是先进的，或者说，农耕文化是懦弱的，而游牧文化是强悍的，只有游牧文化给农耕文化输血，农耕文化才能焕发出被长久压抑着的野性力量。

在这里，要特别指出的是（也许连作者也根本没有意识到这些），陈阵养狼这件事蕴含着极深的心理背景。在小说中，陈阵频频指出，狼也曾经养过人的孩子，说要有博爱精神，所以他也养了一匹狼。尽管这匹狼是他们从狼窝里抢来的，他有悔恨之意，但是，慢慢地，他就没有了这种悔意，有的只是对狼的恩情。当狼第一次将他撕咬的时候，他就觉得多日来养它白养了，有人建议打死狼。当狼第二次咬他的时候，他的这种要狼报恩的心理更严重了。这虽然可以用他与狼之间的感情来解释，但是，这就是人类一直强调的报恩思想。人类的生态始终都是以自我为中心的生态，从来就没有真正的万物平等、众生平等。人类吃了那么多的生物，为什么从来就没有回报于那些生物呢？从深层意义上来讲，作者无意识地养狼其实正是人类驯化自然的奴性意识在起作用。人类驯化动物，种植植物，把自己树立为自然的主人，凡是有利于人类的一切都是对的，凡是无利于人类的一切都是不对的，这就是人类对自然的伦理观。懂得信仰的老人和其他草原人就不会去养狼，他们懂得，要给人类留下一些神性的存在，而这恰恰是人类精神生态中最为重要的环节。汉人下意识地养狼和草原人无意识养狼的区别，恰恰说明草原人还是有原始信仰的，而汉人已经失去了原始信仰。

第二类是以包顺贵为代表的蒙古人，但他们已经倾心于农耕文化，是失去游牧精神的草原人。包顺贵说："不懂牧业，从小在农村长大，上面非让我负责这么大的一个牧场，我心里真是没底。"可以想象，在当时，整个上层管理者对草原的生态管理是多么草率，正是因为这种决策才导致了中国生态的恶化。包顺贵一进牧区，首先就遇到了军马被草原狼围杀的事，他认为这是有"四旧"思想的毕利格父子的有意作祟，甚至认为是一场人为的阴谋，他不相信狼的智慧。当他第一次勘查现场时才领略了狼的精神，但是，他的认识恰恰与毕利格老人和整个草原的生态精神相背。他认为，正是因为有狼在，所以才导致了草原的不宁和各种狼祸的频频发生，只有彻底消灭狼才能保人民平安，也才能发展生产。当毕利格老人和场长以及巴图等和他辩论时，他非常轻率地得出结论：草原人的思想皆属"四旧"，还扬言要给他们办学习班。包顺贵的打狼和开垦草原为农田都是在向着农耕文明转变，这类人渴望在有限的草原上无限地获得生产力，最后他们破坏了草原的生态。

  第三类是纯粹的汉族人，他们代表了更加野蛮的农耕文明。这类人又包括两部分，一部分是盲流，另一部分是军队。前一部分以老王头人为代表。这些人得到了包顺贵的指示和包庇，不但用枪、炸药杀狼，而且还枪杀草原上最美丽的神鸟——天鹅，把天鹅湖糟践了。还有那让人心疼的大片的野芍药，这些带有神性的草原生态的存在在这些人眼里都成了欲望，最后都毁在他们的手里。后者也是包顺贵请来的。因为毕利格老人和草原人不主张杀狼，于是，包顺贵就请来了军队。他们第一次追杀一匹头狼的描写可以称得上惨烈无比、惨痛无比、残忍无比。他们让爱狼的陈阵带着他们去找狼，结果碰到了一匹巨大的狼。

  "两辆吉普终于把狼赶到了一面长长的大平坡上。这里没有山沟，没有山顶，没有坑洼，没有一切狼可利用的地形地貌。两辆吉普同时按喇叭，惊天动地，刺耳欲聋，巨狼跑得四肢痉挛，灵魂出窍。可怜的巨狼终于跑不快了，速度明显下降，跑得连白沫也吐不出来。

两位司机无论怎样按喇叭，也吓不出狼的速度来了。包顺贵抓过徐参谋的枪，对准狼身的上方半尺，啪啪开了两枪，子弹几乎燎着狼毛。这种狼最畏惧的声音，把巨狼骨髓里的最后一点气力吓了出来。巨狼狂冲了半里路，跑得几乎喘破了肺泡。它突然停下，用最后的一丝力气，扭转身蹲坐下来，摆出最后一个姿态。"就这样，他们把草原上最具神性的狼打死了。而最让人无法忍受的是："包顺贵抓着枪跳下车，站了几秒钟，见狼不动，便大着胆子，上了刺刀，端起枪慢慢朝狼走去。巨狼全身痉挛，目光散乱，瞳孔放大。包顺贵走近狼，狼竟然不动。他用枪口刺刀捅了捅狼嘴，狼还是不动。包顺贵大笑说：'咱们已经把这条狼追傻了。'说完伸出手掌，像摸狗一样地摸了摸巨狼的脑袋。这可能是千万年来蒙古草原上第一个在野外敢摸蹲坐姿态的活狼脑袋的人。巨狼仍是没有任何反应，当包顺贵再去摸狼耳朵的时候，巨狼像一尊千年石兽轰然倒地……"

至此，你不能不惊愕，不能不心痛。我甚至觉得这部小说开始为我们一点点聚汇的一股神力突然间崩溃了，而随着这神力的崩溃，原来聚集在心的其他神力也随之在崩溃。对人的憎恨，对人性的彻底失望，对那个时代的无言无泪的鄙视，以及对大地的无限悲悯都一一诞生了。这是尼采所说的悲剧的诞生，是真正的悲剧。无泪之泪会模糊每一个读者的心，会让每一个对人类和大地有一丝情怀的人都低垂下高贵的头，忏悔，再忏悔。

但是，那些军队没有丝毫的忏悔。

现代技术的诞生是地球生态最大的劲敌，也是真正的魔鬼。它不仅摧毁了人类的古老的信仰，而且必将彻底消灭此信仰，把人类送往虚无的太空，成为真正的孤魂野鬼；它不仅破坏地球的生态平衡，还将破坏整个宇宙的生态平衡。人类自以为是的核武器，可以随时将人类送往地狱。《狼图腾》所描绘的虽然是已经发生了的悲剧，但人类并没有从深层意义上去认识这悲剧。人类最多反思的是自己的行为有什么不当，但对科学技术却仍然深信不疑。更何况在当代，谁要反科学，谁就是反人类。究竟是科学重要，还是人类重要？究竟是以科学为目的，还是以人类为目的？人类已经进入价值虚无的时代，已经进入无信仰的时代，而科学和所有的欲望将取代"神"，成为新的迷信和宗教。我们无法知道，这种科学之神和宗教会把地球和宇宙变成一个什么样子，但是，凡是有良知的人士、科学家、思想家都已经强烈地意识到，科学是一面双刃剑，用好了可以为人类造福，用坏了就消灭了人类。

最后是通过那篇显得多余的《理性探掘》来说明大游牧精神对于中国历史和当下的重要性。在那长达44页的"长篇论文"中，作者站在大游牧精神的立场上，激情澎湃地解读中国的历史。

第一，中国的历史就是一部游牧民族不断地给农耕民族输血的过程，一旦游牧精神被压抑而农耕精神占了上风，中国就注定要被外族侵略，就要挨打。关于这一点，从炎黄二帝开始直到清末都是如此。

他认为，中国的历史可以用四个字来解读，即"羊性"和"狼性"。中华民族的振兴与委顿都用"狼性"与"羊性"之间的关系处理了，似乎有些中庸之道了。而中华文化为何一直在农耕文化中前进或停滞，其他文化为何又能摆脱农耕文化的束缚呢？作者以为："华夏族生活在世界上最适合农业发展的、最大的'两河流域'，也就是长江、黄河流域。这个流域要比埃及尼罗河流域、巴比伦两河流域、印度河恒河流域大得多。因此，华夏族就不得不受世界上最大规模的农耕生活摆布，这就是华夏民族的民族存在。民族性格也不得不被农耕性质的民族存在所改造，所决定。而西方民族，人口少，靠海近，牧地多，农业不占绝对优势。狩猎业、牧业、农业、商业、贸易、航海业齐头并进，草原狼、森林狼、高山狼、陆狼、海狼一直自由生活。西方民族强悍的游牧遗风和性格顽强存留下来，而且在千年的商战、海战和贸易战中得到不断加强，后来又进入到现代工业残酷的生存竞争之中，狼性越发剽悍，所以西方民族强悍进取的性格从来没有削弱过。民族存在决定民族性格，而民族性格又决定民族命运。这种性格是西方后来居上并冲到世界最前列的主观原因。"这番话不仅仅把中华文化与其他文化的区别讲了出来，而且似乎以此便可以来解读整个世界历史了。

第二，华夏文明是从游牧精神起源的，龙图腾来自于狼图腾。不仅如此，中国人的审美追求、信仰都来自于游牧文明。

作者从炎黄二帝的祖先说起，论证了古羌族的图腾就是狼图腾。如此追本溯源，狼图腾便是我们中华民族最初的图腾。"可惜，狼图腾所包含的巨大精神价值，从未被怕狼恨狼的汉人重视和研究过，甚至还故意将其打入冷宫。如果没有'从未中断'的狼图腾精神和文化，那么华夏几千年的农耕文化和文明就可能中断。中国几千年的文明从未中断，这已经成为世界公认的世界文明历史中的奇迹，而奇迹背后的奇迹却是历史更久远、又从未中断的狼图腾文化。狼图腾之所以成为西北和蒙古草原上无数游牧民族的民族图腾，全在于草原狼的那种让人不得不崇拜的、不可抗拒的魅力和强悍智慧的精神征服力量。这种伟大强悍的狼图腾精神就是中华游牧精神的精髓，它深刻地影响了西北游牧民族的精神和性格，深刻影响了中华民族和中华文明，也深刻影响了全世界。"

第三，作者在结合以上这些论述的基础上得出，"中国病"就是"羊病"，就是"家畜病"；中国要复兴就得在农耕文明的基础上结合游牧精神，变成一个半羊半狼的文明，这样才能发展，才不至于再挨打。很显然，作者很多年来的理论修养在这里得到了充分、勇敢而又汪洋恣肆的发挥。"我所说的游牧精神，是一种大游牧精神，不仅包括草原游牧精神，包括海洋"游牧"精神，而且还包括太空'游牧'精神。这是一种在世界历史上从古至今不停奋进，并仍在现代世界高歌猛进的开拓进取精神。在历史上，这种大游牧精神不仅摧毁了野蛮的罗马奴隶制度和中世纪黑暗专制的封建制度，开拓了巨大的海外市场和'牧场'，而且在当前还正在向宇宙奋勇进取，去开拓更巨大更富饶的'太空牧场'，为人类争取更辽阔的生存空间，而这种游牧精神是以强悍的游牧性格，特别是狼性格为基础的。草原的'飞狼'最终还是要飞向腾格里、飞向太空的啊。"

至此，我们再也不觉得这最后的《理性探掘》是多余的了，而是读者深层探掘《狼图腾》的最好的钥匙。一个作家的真正用心彻底地袒露了出来，他是在为中华之复兴寻找良药。

三 矛盾的生态精神

尽管姜戎先生用尽苦心，为的是寻找中华文明再次复兴的文化道路，也似乎寻找到了这剂良药，但是细究之下，用简单的"羊性"和"狼性"两个元素来解释中华文明乃至世界文明便显得极为武断，很多问题已经不是简单的文学问题，而是文化哲学乃至宗教问题。

首先，中华文化的精神究竟是以"富强"为目标，还是以和平幸福为目标，是值得探讨的。在这部小说中，作者从未停止过思考。这是近年小说中最为耐读的一部小说，但是，问题也恰恰出在这种耐读上。作者思考的出发点也是蒙古人最自豪的精神资源：成吉思汗。在成吉思汗之前有什么人，似乎蒙古人并不去提，蒙古人的历史好像就是从成吉思汗开始的。先是老人毕利格引出了问题："成吉思汗就那点骑兵，咋就能打败大金国百万大军？打败几十个国家？"他们总结出，这是因为蒙古人从狼那儿学来了本领。后来，读过书的知青陈阵和杨克也一直好奇这个历史问题。是啊，究竟是什么力量使成吉思汗建立了当时世界上最大的帝国？这个问题使他们开始研究狼。在研究狼的过程中，他们不停地发问，又不停地自顾自地回答。当我们读到最后一页时，便不难得出一个结论：作者要我们学习狼的精神，从骨子里将狼的野性的力量发挥出来，发扬竞争精神，并改造我们的儒家文化，重新打起狼图腾，那么，中国就一定会富强起来。

难道这就是目的？这就是结论？那么，富强的目的又是什么？所有的文学一旦牵涉到这一问题时，便不是单纯的政治问题，而是一个哲学问题。但是，真正的哲学是要超越民族、国家界线，以人类的存在为依据来思考人的价值、信仰和幸福的问题。从这一角度来看，《狼图腾》强烈的国家和民族主义意识恰恰成了这部小说的弱点，成了狭隘的思想。因为任何一个国家和民族的最高目标是让全人类幸福，而不单单是自己的民族和国家幸福。那么，这就又要回到人类思维的原点：人活着是为了什么？人的价值是什么？人要到哪里去？人类与地球和宇宙的关系是什么？人类与万物之间的伦理关系究竟是什么？等等。

显然，作者没有回答这些问题，因为他的着力点和全部的注意力放在了民族复兴这个点上。但是，他的这些意识恰恰说明了一点：他之所以口口声声学习狼文化，以成吉思汗为中心，他在骨子里是一个赞成弱肉强食的社会进化论者。

使我常常陷入迷惘的是，在小说中，为什么作者一提起中国文化，就恨不能将其粉身碎骨。作者的叙述视角已经完全地偏移向游牧文化，甚至已经丧失了基本的客观性。

不错，成吉思汗是与人类历史上最强大的帝国之一联系在一起，难道这就是真正让人尊敬他的原因？他是靠什么来打下这个帝国的？是爱？是正义？还是同情？都不是，靠的是残酷的战争、战刀、牺牲、奴役。如果这些人类的负价值都成了作者所赞同的内容，那么，爱、牺牲、同情、怜悯、和平就都成了他所反对的对象。似乎也真的如此。在他看来，农耕文明所推崇的和平是一个没有狼性的文化，是一种失去竞争力也失去活力的文化，是懦弱的文化，是应该全力改造的文化。这难道不是弱肉强食的社会进化论者思想吗？生命之间应该保持一种和谐的生态关系，否则，生态一旦破坏，一切生命都就将不复存在。这一点，似乎是小说中毕利格老人常常强调的，可是，为什么一牵扯到具体的历史时，作者就失去了方向呢？深层的原因还是作者意识中的社会进化论思想在起作用。

在社会进化论者看来，人类的最终目标在于财富的无限，也就是欲望的完全满足。但这可能吗？人类最初的欲望是果腹，人类很快就实现了。人类接下来的愿望是吃得好些,也很快满足了。但是,人类的数量也同时多起来,同时也有了其他欲望。欲望是无止境的,身体的欲望还没有满足,心理的欲望又多了起来。作者说,古代圣贤治理天下的主要方法是治欲,所以要治理人身上的"狼性",后来这"狼性"慢慢地消失了,直到程朱理学时期,想把人欲彻底消灭,只留下天理。这就是中国人的性格开始软弱和枯竭的原因所在。这些说法我认为都是对的,非常中肯的。作者又说,现在是人身上的"狼性"几乎彻底没了,所以要把这"狼性"注入中国人的性格。毋庸置疑,作者的本意是好的,但是,我认为,他对当下中国人的"狼性"估计得不足。我们权且把这种"狼性"就叫欲望吧。自从"五四"时期反封建反传统以来,中国人的文化便彻底地成了外来文化,即西方马克思主义和其他西方文化。新中国建立以后,既"反右",又"批孔",中国文化还是没有立锥之地。"文革"十年可以说是中国人的"狼性"发挥到极端的一个时期,所有的文化都被糟践了一次。作者不是说,连生态都被破坏了吗?改革开放以后,再一次把世界文化引进来,但中国传统的文化并没有被重视起来。可以说九十年代开始的市场经济把人们的欲望彻底地鼓动了起来。在一个道德式微而大众文化流行的时代,欲望成了真正的上帝。这也许是中国经济取得很大发展的一个原因,也的确是作者说的"狼性"发挥后的作用。但是,此时,我们最需要的是什么?九十年代末时,"德治"的出现便说明中国人急需要用道德来治理这种"狼性"。那么,还是回到了古人的治欲思想。近年来,"和谐"主题的出现和国学热的升温直接告诉我们,中国人不是说需要太多的"狼性"(即欲望),而是需要更好的道德文化。

  一个民族,一个社会,一个国家,其最高目标定然是形而上的哲学原则,是人类的共同理想。如中国古代社会的最高理想不外乎是孔子所讲的"大同世界",外加老子所讲的"小国寡民"。每一个朝代的盛世不就是向着它吗?而中国古人生活的最高理想也是道德,儒家讲仁义，道家讲道，佛家讲善，而不是欲望。倡导欲望是一种形而下的政治经济活动。西方社会也一样。基督教宣扬爱，伊斯兰教宣扬正义，看看《圣经》和《古兰经》，通篇讲的是伦理道德，讲人如何规范自己，而不是欲望。道教、佛教、基督教、伊斯兰教都提倡爱人，特别是前三个宗教都强调要做弱势者，做"羊"（基督教认为，人类是上帝的羔羊），做空门中人（道家和佛家）。难道我们要把这些宗教都消灭？

可见，在真正触及人类的本质问题时，作者的前言和后语都显得过于肤浅。

其次，对于农耕文明和游牧文明的精神生态的探讨过于简单化。

中国古人讲，"一时之胜在于力，千古之胜在于理"。的确，在中国历史上，每一次的历史大变革和文化的大变革，不外乎是外来文明的侵扰，这文明不外乎是海洋文明和游牧文化。鸦片战争之前，更多是受游牧文明的侵扰。中国历史的变迁就是农耕文明被游牧文明一次又一次地扰乱又重新整合的过程。鸦片战争以来，中国又受到海洋文明的侵略，作者将其概括为大游牧精神。

这种概括是极为牵强的。也许作者自己把人类的文明划为这样两种对立的文明，从而来解释中国文化史乃至人类文化史，甚为自豪和喜悦，不然，他也不会说自己"总算理出头绪来了"。但是，这种头绪究竟是什么呢？

其实，早在20世纪三四十年代，钱穆曾论述道，人类的文明不外乎三种：农耕文明、游牧文明和海洋文明[1]。在《狼图腾》中，作者也曾探讨过，人类直立行走的真正里程可能是在草原上完成的。他说，若在森林中的话，人类的手臂应该是最发达的，而在草原上就不一样，人要常常站起来察看其他动物的威胁。作者没有过多地谈海洋文明。事实上，从地球的变迁就可以看出，最早的文明应该是在海洋里。因为地球上最早是一片汪洋，然后慢慢地才有了山丘，也就有了

---

[1] 钱穆：《中国文化史》，商务印书馆1994年版。

山地和草原，最后是陆地的出现。很显然，农耕文明是这三种文明中最先进的文明。人类在这地球上最想拥有的是什么？安定，幸福，而并非作者所讲的动荡、竞争、战争。没有哪一个民族真正喜欢战争。草原民族在数千年来为什么屡屡向农耕地区发动战争？是因为他们的水草是有限的，他们需要更为安定的生活局面。成吉思汗和其子孙们统一中国后为什么不仍然生活在草原上，却要生活在较为富庶的农耕地区？因为他们也不喜欢战争，而是喜欢稳定、幸福的生活。翻开历史仔细地看看，当成吉思汗的铁骑们一路向西征讨的时候，那些士兵们是怎么想的？战争，是人的欲望造成的，是政治家和军事家所代表的利益集团的欲望在起作用。

钱穆先生讲，海洋文明在激烈的竞争中诞生出了商品经济，因此，海洋文明也可以说是商业文明。而游牧文明与商业文明根本就是两种文明，因此，把海洋文明纳入"大游牧精神"有些过于牵强。当然，假如从海洋文明和游牧文明的本质来讲的话，二者也有相似之处，那便是两种文明都具有本质上的侵略性。海洋和草原都有一个特点，那就是它们都只能供一时之用，不能长久用之。比如，在草原上，游牧民族总是要不断地寻找水和草滩，这种不安定的生活使他们总是渴望稳定，尤其是他们总是靠天吃饭，灾情是经常遇到的事。于是，由于这种地理环境和生存条件的影响，他们总是要不断地向外寻求生存的条件，这就使他们不得不养成一种侵略的习性。海洋边生活的人也一样，近海的食物很快就打捞完了，就必须到远海去寻找，这也使他们不得不向外索取。所以，钱穆先生认为，游牧文明和海洋文明从骨子里就具有侵略性，也就是他们天生就有一种狼性。他们的天性中缺少的是和平，所以他们需要宗教来规矩他们的狼性，即欲望。

而农耕文明呢？钱穆先生认为，农耕文明由于自给自足的特点，使农耕文化始终可以自足，不必去侵略，也就是说，农耕文明的天性中就有一种追求和平和宁静的特点。而和平是整个人类追求的终极价值。这也就是钱穆先生之所以对中国文化充满了热爱的根本原因。

可是，在作者看来，农耕文明的自给自足与追求和平的特点恰恰是弱点，是需要割除的，因为这种文明没有竞争力，没有狼性。从作者的角度出发，人类的终极价值不应该是和平，而是战争，因为只有有了战争，人类才能始终保持狼性。这是什么理性呢？

最后，作者将人性和文明简单地用狼性和羊性来处理，未免有些表象化。

自古以来，哲学家们将人的组织分为两个部分：精神的和物质的。换句话说，就是道德的和欲望的。也就是说，人的一生始终是在道德和欲望之间作调整。当一个人的道德观太强时，其欲望必然被压抑，其心灵也将枯萎；而当其道德观太差，其欲望便强烈，其心灵也便被糟践。都不能太强或太弱，要保持一种适中的立场。这又是儒家所强调的中庸之道。关于这一点，虽然作者的分析有些表面化，把道德换成了羊，把欲望换成了狼。他也强调两者要恰当、适中，也赞成中庸之道，可是，作者又口口声声否定儒家，将儒家骂成十恶不赦的恶人。这是矛盾之一。

在作者看来，"狼性"还不单单是欲望，也是有精神存在的，"狼性"是指以欲望为主的掠夺性精神。"羊性"也不单单指道德，而是指这种掠夺性失去时的一种沉默或中立的态度。在这里，我们发现，作者对人性的思考是简单的，甚至是模糊武断的。在人性深处，根本不存在狼性与羊性，只存在欲望和道德。欲望代表了生命本身的一种蓬勃的生命力，但欲望是无目的，是没有任何价值的。就像流水一样，哪里的地势适合它，它就往哪里流，所以它具有弱肉强食、"适者生存"的特点。但是，在人性深处，甚至在所有生命界还有一种存在，就是意识，也就是我们所说的精神。正是这种存在不断地调解着生命界的种种关系。如果生命中本身没有这种存在，精神和道德也就无从建立，而这就是生命的意识。当代科学家对生命的解释已经进入微观世界。学者吴志得出一个结论，宇宙间的一切均有生命，而这生命就是感觉，凡是有感觉的物质存在都是生命[1]。这与我们以前的认识有很大的区别。不管这种认识能否被人们接受，但它还是确认了生命意识的存在。正是这种生命意识的存在，才诞生了社会、团体、家庭、爱情、友情以及正义、爱、恨、善、恶等伦理关系和道德情感。孟子所说的人有恻隐之心，说的其实就是人的这种生命意识。黑格尔强调的绝对理念从感性层面上讲也进一步论证了这种生命意识的存在，它最终会发展出道德信仰。在《狼图腾》里，狼不仅具有原始野蛮的一面，即原始欲望的存在，同时，它们还具有极强的团队精神、博爱精神等。这也说明不仅仅是人类具有这种精神性存在，凡是生命都具有这种精神性存在，只不过，其存在的高低不同。人与狼是极强的两类生命。

当我们否认生命的这种精神性存在时，便成了物质主义者，其与马克思主义也是相对立的。但社会进化论者往往都是这种物质主义者，他们以为，人生的目标就是欲望的实现，而非生命的另一种存在——精神性的实现。《狼图腾》中那些诗性的浪漫的描写说明了人与狼都是极富感情的，也是极富正义感的，它证明了人的精神性高于一切。可是，在《理性探掘》里面的一些理论探讨中，我们又看到另一个物质主义者的存在。这说明作者在内心深处仍然是极为矛盾的，或者说，这种矛盾还被作者不自知，只是在暗中起着作用。

假如我们站在文学性的视角来审视这部小说，其人性的开掘是矛盾的、荒凉的，甚至是不可能的，因为其中对人性的理解不是本质的，而是模糊的、表象化的、物质化了的。也正是因为这样，作者才把"发展"看得比幸福、自由更为重要。

这部小说之所以受到市场的欢迎和知识分子界的热烈讨论，一方面是迎合了当下中国人盲目追求强大、富强的爱国心理，另一方面也引发了人们对中国文化深层探掘的热潮，同时还引起了我们对生命、人性、信仰等的深层思考。

---

[1] 参见吴志：《生命是什么？》，中国知识出版社2004年版。

首先是狼精神的思考。文化上的狼精神，应该是狼的信仰。狼崇拜腾格里，这与中国人过去崇拜天是一致的。虽然在小说里没有对这一崇拜过多地发挥，但我们至少能感知到一点，那就是狼和毕利格老人对他们生存的大地、草原的热爱胜过他们自己，他们对灵魂深信不疑，对道德始终不二，还有对自我生命的超越性的认识等等。但我们的这些企业有这种至高的崇拜吗？有这些信仰吗？

其次是关于中国文化的深层探掘。这部小说在不同地方表达了同一个观点，即复古。每一次的文化复古运动总是在恢复人性，在恢复人与自然的伦理关系，他认为，现在就应该恢复到游牧精神那儿去。这种认识不失为一种智慧，但是，要讲生态，就不应该只恢复到游牧精神那儿去，而应该恢复到更为原始的生命界去。因为我们的认识已经越过游牧文化，来到了原始的生命阶段。事实上，在二十世纪上半叶，很多学说就已经在人类学、考古学、生物学、新物理学以及天文学等的带动下，向着更为原始的生命界复古了，也就是说，从生命的出发点来认识生命了。假如我们从这些根本的元素来认识生命，然后来重新认识原始人类，再重新来认识原始伦理道德的产生，而到最后再来评估有史以来的文化，可能更有力量。这才是我们为人类的发展而贡献的学说。

最后是关于生态的深层思考。这部小说最大的成功在于让我们关注生态并思考生态。在思考生态时，第一个遇到的中心问题便是什么是生命。过去人类认为，只要是动的肉体的生物便是生命，所以，不杀生指的就是这些生物。一只昆虫因为其能动，便可能会被佛门中人尊重。可是，后来人们的认识就不同了，凡是植物也是生命。比如在这部小说中说，草也是生命，而且草原是大命。这种生态的认识与我们普通人对生命的认识相比已经深刻了一层，但对于生命这一科学来说还是太浅了。再后来，生物学界认为，一切细胞都是生命。那么，我们的肉眼可能对很多生命视而不见，生态对我们来说就有些盲目了。比如，空气中很可能就有很多生命，但我们看不到；而现代人生产的大量的废气在杀生,我们并不知道。我们每走一步很可能就在杀生,我们也不可能停止我们的行走。那么,生态是什么?

最为重要的是,在生态伦理中,我们始终确认人类是整个生态的中心。上帝造人是为了看管这世界,女娲造人也一样。人成了万物之灵,也自然成了万物的主宰,但这种伦理认识是否还合理呢?随着我们对生命认识的更替,我们就必须重新来认识人与万物之间的伦理关系。人应该对所有看得见和看不见的生命充满尊重,人类不应该如此自负,而最根本的是,人应该使整个地球的生态重新保持一种平衡,让地球重新焕发出美丽而动人的姿颜。

灵魂的洁净
——石舒清论

也许千百年后，沧海桑田，水陆升沉，文明变迁，大地再次震荡之后，有个叫西海固的地方不再是无鱼的旱海；一个叫海原的曾经无比焦渴的地方终于有了水，变得名副其实，成了海的原处。那时，石舒清写西海固的这些文字，就会成为对这个地方旱海时期生存与信仰的有力见证。

石舒清20世纪80年代末开始营造他的西海固世界。那是现代文明强力冲击乡土的时候，离开土地，以现代文明的目光审视和批判土地成为当代文学的一个重要主题。与当时盛行的对现代文明与土地对峙的书写不同，石舒清将笔力挺向土地的尊严与民族的信仰。短篇小说《故里》是他创作的起点，其后以短篇小说为主，间或有中篇小说与散文问世，也出版过长篇小说《底片》。石舒清的创作量不能算多，但每有短篇出手，必然能让人长久回味。《清水里的刀子》就给他带来很大声名，《盗骨》《锄草的女人》《黄昏》《果院》等作品广受欢迎。这些作品印证了他对土地尊严的书写，也凸显出他的价值观与坚定的信仰。

地母仁厚，或另一个心脏

西海固地属宁夏，是西吉、海原和固原三地的合称。

这里载入史册是因为一场罕见的大地震。民国九年，这里发生了人类有史以来的第二大地震,以震中海原命名,这是一次环球大震,人口稀少的西海固有二十多万人在地震中丧生。每去西海固,望见那被震断的山脊,那震后荒芜的村落,仿佛那山崩地裂刚刚发生,或许马上又要发生,人难免产生一种想立刻逃离的冲动。

这里干旱缺水,被称作旱海。旱海中游动的不是鱼,而是不愿背离家乡和信仰的人。盛夏时在西海固,感觉自己身体里的水分在不停地蒸发,有再多的水也不够,仿佛整个世界都已干涸。1972年,西海固被联合国粮食开发署确定为"不适宜人类生存的地区"。这里的人被陆续迁移到自然条件相对优越的地方,有一部分人彻底走了,有一部分人走了不久又搬了回来。回来只有一个原因,这里是故土。

散文《旱海》中,石舒清几乎是呐喊着开篇的:

这就是西海固。
多么像一个大海!
波涛汹涌,恶浪滚滚。
在这澎湃不已咆哮无休的海的世界里,一切似乎都是动荡不宁的,同时又有着一种恒久而又深广的寂寞。
在汹涌中寂寞自守,于寂寞中汹涌不已。

他是这片寂寞旱海的赤子,对这片不适宜人生存的土地充满感恩:

如果你不作遥远的猜测和漠视,如果你偶尔得闲,俯就下来,你就会听到一种特别的令你怦然心动的声音,这声音里很少抱怨,多是感恩,这声音里充满了对人的定义和礼赞。

旱海无鱼。
在这苦峻的旱海里,人就是最鲜活最具有生机的鱼。

书写苦峻的旱海与其中的人何其不易!石舒清最清楚这里的人的生存状态,他笔下自然少不了生存的艰辛。最让人惊心动魄的是《牺牲》。这是一个真实的故事：1973年，十二岁的少年舍巴在极度饥饿中偷了邻村的豆子，引发了两个村庄间的矛盾。两方紧张对峙的时刻，舍巴的父亲柳进义用石头向儿子砸去，"完全像一个疯子"，"那天夜里，舍巴无常了。"柳进义一家后来去了新疆，柳进义一说到舍巴就哭。儿子之所以牺牲，不是因为豆子，而是因为做人的尊严。石舒清说，要写村史，舍巴也应该写进去，但我们没有村史。很大程度上，石舒清在用自己的文字立村史。《底片》就是一个村庄的历史与记忆，其中的人物都是紧贴大地的，他们生活在日常生活与精神交流的双重艰难之中，石舒清写出了"他们被生活剥蚀的一面，更有他们被生活塑造的那一面"[1]。《歇牛》中的马清贵老人在干旱得冒烟的土地上拼命劳作，面临的仍然是粮食歉收、儿子多但没有钱娶儿媳妇的问题，最后倒在犁沟里。《恩典》里的马八斤是个生活自足自在的木匠，但突然降临的厅长亲戚让他深觉自己的尊严受到伤害，产生了一种从未有过的"忧虑愤怒和耻辱感"。《黄昏》中的老人生活得非常艰难，却一定要在临死前偿还自己父亲活着时借的钱。所有的人活在生存的艰难中，更活在生命的尊严中。

石舒清写下没有牲畜的人家如何以人代畜艰难地耱地："即使两千年前的人的劳动，其原始和艰辛也不过如此吧。""两个还不能到前面出力的孩子就被用来压耱，那是多小的两个孩子呢，大的不过三四岁，而小的，看得出他似乎还是个婴儿，他似乎还不会坐，就只好歪倒在耱排上，他是怎么忍受耱隙间上来的土块和那种颠簸的呢？"石舒清的叙事一直是沉静的，然而，面对这样的情景，他不忍慨叹祈祷：

这样的劳动者，连神也会黯然下泪，从而赐予一年的风调雨顺的吧。

人与土地在这里，竟是这样一种寄托和供养关系，真让人感喟满腹，却无以言表。

---

[1] 石舒清、白草：《石舒清访谈》，《民族文学》2005年第1期。

突然匪夷所思地想为这个婴儿祈祷上苍,让这个过早接触了地母的婴儿,将来当皇上吧。

地母仁厚。石舒清在坚守最贫瘠处的地母的尊严。正是在这个意义上,李敬泽说,在石舒清眼里,土地就是土地,是世代生息之处。"当代文学的一个重要主题由此得到改写。自《人生》中的高加林在乡村和城市间痛苦地歧路徘徊开始,这个主题就获得了一种自然的惯性,'土地'被置于'城里人'审视和批判的目光中,而我们的绝大部分作家都乐于证明自己是'城里人'。""而石舒清却怀着坚定的自尊书写着'吾土吾民',那不仅是一片皲裂的大地,那还是一个精神充盈的价值世界,在天人之际自有不可轻薄的庄重。"[1]这种带着坚定的自尊书写土地的立场使得石舒清与当代许多作家区别开来。当许多作家与乡土中国全面决裂之后,石舒清却逆流而上,用文字建构出一个生活焦苦但精神丰盈的西海固世界。

石舒清仿佛在说,无论如何,人可以诗意地栖居在大地之上。《农事诗》是石舒清偏爱的一篇作品,他在这篇作品中完全运用了一种诗化的方式写劳作场景:社员们散牲口粪、牲口们闹事、社员们在校园里学习、队长训话,还有最后的入睡。石舒清说自己在写这篇小说时,很清晰地感到写作上的一种变化,就像一条路,走到了一个拐弯的地方。"这是一篇没有主人公的小说,是几个场景,是一种状态,当我觉到我在写一种状态时,我清楚这样的写作是一种挑战,同时也是一种享受。"这样的诗化风格与现代文学史上废名、沈从文很相似,小说的情节被冲淡,突出的是一种意境。石舒清在一次访谈中说:"要是有人问我你这篇小说写了个什么(也许就不能这样子来问),我感到我会答不出,就像我无法把一个梦境完全地拿出来给人看一样。"[2]《果院》也是一篇诗意的作品,几乎是一个女性在果院中的意识流。

---

[1] 李敬泽:《遥想远方——宁夏"三棵树"》,《朔方》2009年第5期。
[2] 石舒清、马季:《故乡就像是我的另外一个心脏》,《青春》2007年第1期。

张贤亮认为石舒清非常善于写细微的东西，他的作品中常常充满了诗意和温情[1]。石舒清心系西海固的一切事物，这些事物成为他文学世界的重要构成因素。《虎子》中的三舅养了许多猫，其中他最喜欢的一只有灵性的猫意外死去，三舅对猫的伤感也让作者产生对生命的伤感。《消息》写父亲为了让果园里的几棵树能够有所准备地死去，让"我"写纸条给树传递即将死亡的消息，不然突然地行动起来，惊恐太大了。"我"遵照父亲的意思去写，然而觉得恍惚，像走在一个古怪的难得其详的梦里。《圈惶》中有关蛇的一系列故事也极尽细微沉静。《猫事》写一只普通的猫，《羊的故事》写有关羊的故事和灾难，都带着一种悲悯的情怀。《家事》中写蜜蜂、衬衫、信件、银牌、古董等事物，都带上了关怀的目光。

一切都源于西海固仁厚的地母，提及她，石舒清的深情无与伦比、不可思议："我忽然间觉得故乡就像是我的另外一个心脏，比我的这个心更壮硕、更有力、更慈悲也更深情。"[2]

暗处的力量，或自我的较量

一个沉静的人总能发现人性深处的秘密。石舒清擅长挖掘并表现人内心深处的心理活动与变化，这源于他对自我与他人内心的深度体验。正如白草所说："体验的深度，就是石舒清作品文本的深度。"这种深度往往呈现出一种孤独甚至是孤绝的气质，"真正的荣誉，从来都是授予人间的那些遭诽谤者与被质疑者。真正的荣誉，从来都是授予人间的那些终其一生都不得不孤独者。"[3]石舒清的这段话显然也在说自己。在与白草的访谈中，石舒清承认自己的小说里有着相当真实的生活的影子："我的虚构能力不强。完全出于向壁虚构的小说在我还没有一篇。""这些东西因是写自己，因此写起来

---

[1] 张贤亮：《〈暗处的力量〉序》，花山文艺出版社2001年版。
[2] 石舒清、马季：《故乡就像是我的另外一个心脏》，《青春》2007年第1期。
[3] 石舒清：《阳光洁净》，《创作评谭》2002年第3期。

有一种倾吐感和宣泄感。"这些"写自己"的作品往往具有明显的精神分析的特点。

《暗处的力量》是一部向《狂人日记》致意之作。"爷爷遭车祸的第二日，我便得了一种奇怪的病症"，"我"胡思乱想又胆怯异常，"一个极为熟悉的人，如果她悄然地走入屋里来，不说话看我或者她在窗外隔着玻璃关切地望我，我都会极端不安起来，虚汗若蒸，心狂跳不已。我会陡然地怀疑起那个人的身份，觉得她身上有鬼魅的意味，有不祥和害我的讯息。"显然，"我"与鲁迅笔下的狂人有着相似的病症——迫害狂。"我"上了半年大学后就休学了，一直待在屋内，上厕所时要父亲陪同，但"我"对父亲也没有信任感，担心他在身后变成别的什么，只让他在身侧。任何一样东西都能诱发不安和恐惧。"我"感到邻居家那个转娘家的女人要来害我，"我真是恨透这个女人了，我与她无冤无仇，她却来迫害我。""我"对于这个女人敏感的原因是她的儿子杀死了他继父，她的儿子被枪决时全村人都去观看。这观看无疑等同于鲁迅笔下看客的看。"我"更加恐惧："村里人几乎走尽了，村里的那种空空荡荡还是感觉得来的。我觉得我和母亲有如一口大缸里仅有的两颗米粒。"这样的语言实在是神来之笔，一个迫害狂患者内心的空荡与孤独得到了淋漓尽致的显现。"我"头痛至极，好像被枪决的人是"我"，因为"我"在内心渴望做一个受害者。此后我的内心被这个女人困扰，生不如死。

小说中有一个细节非常重要：父亲拿一件衬衫擦"我"。这个让人想起作者《家事》中的《衬衫》：小时候，屋里的柁梁上有两样东西，都用白府绸包着，一样是《古兰经》选章《亥亭目》，一样就是一件衬衫。衬衫是教门中的一个苦修者贴身穿过的，它在当地人心目中具有神性，孩子生病不舒服时父亲就用这衬衫擦，这是一种古老的疗治和安慰方式。对衬衫的情感就是信仰。《暗处的力量》中"我"的怪病无医能治，只有在父亲拿出一个已经归真的宗教人士穿过的衬衣擦着"我"，呼唤着真主的尊名时"我"才能略微安静，泪水夺眶而出，顺着陷下去的太阳穴滚烫地流下来。或许，对一个迷途的知识分子来说，能解救他的只有宗教。这部小说呈现出知识分子的精神迷途与自我内心的激烈搏斗，隐约中透出宗教信仰疗救的可能性。

《风过林》的真正主题也是一个人精神上的迷途与思考、斗争与调适。"我"对墓地产生了兴趣，整天在墓地里冥想，当看到一个上坟的女人时，"我"疑心她是一个鬼并下决心到她附近去看看。"我"感觉超过了自己的领地，在敌人的绳索上施展力量了。一时间"我"真希望她是个鬼，然而，她是个人，在墓地诵经。"我"又遇到一个老人，并在内心与对方较劲，然而，这个老人也离开了。这篇小说的主人公显然在墓地进行自我斗争，他总是用自己的手扼自己的喉头，活在恐惧不宁之中。

偏僻地方的普通人如何进行自我内心的调适，这是石舒清小说的一个微妙主题。《乡土一隅》中讲了三个故事，其中的人都在用自己的方法进行内心的斗争并进行自我调适。《长歌当哭》中的六舍娘整天地哭，不知道的人以为她遇到了什么事，但她的儿子却已经习惯了她的哭。当她给"我"家帮忙时，一脸的生动，还不时地笑起来，仿佛自己从来没有哭过。这哭，完全是一种精神上的调适，只是这方式实在太特别了。《老勉》中的老勉把对生活的不满意发泄在哑巴妻子身上，他的家庭暴力让全村的人反感，他仍然得不到应有的尊严。《乡村浪漫》中，一个勇敢的乡村女子主动找尔玛要和他一起生活，尔玛非常喜欢她，甚至觉得自己配不上对方。尔玛内心搏斗后没有做出格的事情，以至于这个女子又悄无声息地走了。

还有自我内心莫须有的搏斗和与之造成的伤害，最典型也最让人难忘的是《娘家》。她嫁到一个男人打女人之风出了名的村子，但她遇到一个爱她的丈夫，从来没有打过她。过了大半辈子后因为一句话，她赌气回了娘家，但很快就后悔了，她希望丈夫能来叫自己回去。丈夫天天坐在房顶上盼她回来，但不愿放下自尊去叫她。一个大雨天，丈夫从房顶滑下来摔死了。她能做的只有一直哭泣。这个小说的阅读过程就是一个缓慢而漫长的等待，你期待的那个情节一直不出现，而小说的结局却那样意外。

《虚日》中，二奶奶为了一个苕兄弟和娘家另外一个兄弟较了一辈子劲，为此心力交瘁。但她死后，那个苕兄弟又活了十四年，仿佛她的辛劳有等于无。《低保》写村长王国才要修果园，吃低保的人帮忙平地的事情和他们的心理，细致而深入。这件事情对村长来说不仅是平地，而且关乎他在村人心中的位置。小说以村长在妻子面前分析村人而结束，很有意味。

在更深层面，人的自我斗争最终是为了走向内心的安宁。《旱年》与《节日》两篇略有相似。前一篇中的萨利哈婆姨丈夫长年不在家，她在对乞丐的舍散中找到存在感。后一篇中的环环媳妇也是，丈夫长年在外做生意，她担心丈夫在外面做了"坏事"，并没有证据。她无意中看见一位老奶奶有一对漂亮的银镯，竟然怕自己抢这对银镯。这样的想法都让她内心不得安宁，于是，她牵了一只羊到拱北去舍散。在去拱北时，她的内心开始变得宁静。所有内心的自我较量走向一个方向——宗教，这是石舒清笔下人物心灵的去处，也是作者灵魂的唯一归宿。

阳光洁净，或灵魂洁净

石舒清的小说和散文都有一种巨大的力量，能让人变得宁静，甚至沉静，这在当下文坛喧嚣的大环境中尤其难得。细思之，原因有二：一是作家性格使然，二是作家信仰使然。相对而言，后者更加重要。石舒清喜欢用"清洁""洁净""清水"这一类词语，对他来讲，文字就是他洁净灵魂的一种方式。在一篇名为《阳光洁净》的随笔中，石舒清这样写道："即使纸上不写什么，但是阳光洁净着，这于我的心，也多着一份清净与自足。写作使我深邃、丰富、安详，我以写作之舟渡过险恶的江河。埋头写作会使我生出巨大的翼来，并且沉稳地飞越时空。"所以，他不厌其烦地一次次描述那些有信仰的人们，他们如何怀着虔诚之心做礼拜，礼拜前如何小净大净；他们如何给乜贴，如何舍散；他们又如何上拱北，如何与教门中的人做生死道别。

作为一个接受过现代文明熏陶的知识分子，石舒清坚守着自己的信仰，并以此清洁自己的灵魂。他满怀崇敬写下了《韭菜坪》《我们的教主》等散文，都是关于他信仰的伊斯兰教尕德忍耶门宦韭菜坪拱北的教主的事情。韭菜坪就在石舒清的家乡海原，这里虽然偏僻，却有中国伊斯兰教尕德忍耶门宦的拱北，这是历史上有名的大拱北之一。西北的回族民众尊称教主为老人家。《我们的教主》写李德贵老人家生前的种种传说与故事，"我"通过与李老人家本人的交谈印证这些传说的真假；然而，当"我"说出这些传说的"真相"后却遭到了信徒的冷遇；"我"发现，有些谜底大概永远是没有办法揭晓的，有些事情，永远是没有"真相"的，而且，在信仰面前，所谓的"真相"往往是无用的。

《韭菜坪》写韭菜坪拱北的教主丁义德老人家归真前，"我"去看他时听到的关于他"盗骨"的真实故事。在政治动荡时期，丁义德老人家受命于自己的师父，要把埋在青海后子河的一个前辈教主的金骨迁回韭菜坪拱北。为实现这个愿望，他前后花了三年时间，每次只能偷迁一点儿金骨，而且为了不被人发现，几千里路程，他不坐车，躲着人，每每夜里赶路，白天睡觉。这样的行为背后只有一个力量，就是信仰。小说《盗骨》和散文《韭菜坪》是一个主题。其实前文已经说过，石舒清的小说有诗化的特点，以至于我经常在读他的小说时觉得是在读散文。《盗骨》讲述一个村子里的人把自己村的柳老阿訇的遗骨盗回来的故事。为了这件事情，村子里已经行动了三次，也牺牲了三个人，这三个人已经被村人们神化了。尽管这样，几乎全村的人都要报名去参加第四次"盗骨"，这一次行动终于成功了。但是豪赛老人又要回到那个墓园去，因为他要教训那个在亡人面前胡作非为的青年人。骨什盗回后，村人的行为更加检点，因为有个贵人的坟在村里。石舒清说："设若，第四次盗骨失败，那么，一定还会有第五次、第六次，甚至更多次，直到把那骨什盗来。这是活人的精神。"

灵魂的洁净需要仪式，换个角度想，庄严的仪式何尝不是内容的一部分？李敬泽认为石舒清的小说常常有很强的仪式性，在这种种仪式中，土地有了一份安然，人有了一份尊严。《清洁的日子》里写母亲打扫房子，充满仪式感。母亲先是要择一个好日子才扫屋，首先要是礼拜四或礼拜五，因为礼拜四是盼舍日，礼拜五是主麻日。然后是天气要好，日头要好。为了等一个好日子，母亲真是能付得出耐心。好日子到来时，母亲像新娘一样喜悦而振奋，起很早，洗大净，让父亲起来上香念《古兰经》上的索勒，然后才开始扫屋。一个日常生活的行为由此获得了不寻常的意义。"这清扫过的屋顶之上，就是博大清远、繁星浩瀚的夜空啊。"

宗教的力量浸透了西海固人的日常生活，仪式对他们来说意味着信仰与准则，洁净世俗生活中的人的灵魂。这种仪式中最隆重的是死亡的仪式。这里面有生者对死者的敬重，死者中包括人，也包括动物。《清水里的刀子》中的马子善老人在老伴死后突然非常渴盼能知道自己什么时候死，他站在坟院门口喃喃自问："主啊，我空间在几时呢？你能悄悄告知我吗？"他的儿子耶尔古拜非常悲伤，为了搭救母亲的亡灵，他要在母亲四十祀日杀家里的那头老牛。耶尔古拜觉得这头被举念了的牛有了一种独特的品质与意义，它将携带使命去拯救苦海中因自己的罪行而受难的亡灵。而这头老牛知道了自己的死期后就不吃不喝了，因为它能从清水中看见将要杀死自己的那把刀子。马子善老人心里有了一种驱之不散的肃穆。只要他一闭眼，在他内部的视野里，就有一盆清得让人像涟漪那样微微战栗的水，在这水里，慢慢就会生出一把世所罕见的刀子，在清水的深处像一种蕴藏的秘密那样不断地向他闪悠着银光。他喃喃对牛说："你比我强，你知道你的死，可是我不知道。"于是，马子善老人把经典放在桌面上，金子般的阳光落在摊开的古老的经典上。杀牛的时候他不愿意看,当他回家时,看见一张颜面如生的死者的脸。

《疙瘩山》中的小姚是一个出家人,他出家后就一直在守拱北,在兰州、平凉、西海固都守过。他获得了人们的极大尊重,死后有数千人为他送葬,"我"也是其中的一个。"我"看到"小姚的埋体被高举起来了,日头动了一动,似乎天上有了接应。赞圣声也起来了,仿佛小姚的埋体不是被人高举,而是被水似的诵经声浮涨着。送葬的人跟在后面,"那么大而洁净的白,似乎一世界的花都开了,似乎世间的蜜蜂和蝴蝶都飞到这里来了"。在这样一个圣洁的葬礼上,活着的人的灵魂得到了一次洁净:"主啊,这一刻我似乎得救了,但这只是一瞬,过后我怎么办呢?"《风过林》在石舒清的短篇小说中篇幅是比较长的,"我"对墓地言说不清的兴趣乃至向往其实就是一种宗教性体验。《出行》是一篇构思奇特的小说。"我"是个知识分子,常常有一种心里空空洞洞、眼里迷迷茫茫的感觉,这时候遇到了疙瘩山拱北的主持人,于是随他到拱北去了。拱北上,大家跪在上人的墓前一动不动,虔诚之心可见。拱北的小掌柜请"我"吃饭时,"我"看见小菜精致而洁净,小掌柜的声音也像是被洁净过的,他的手也那么洁净。所有的一切都是洁净的。小说中出现了一副对联:"一尘不染明清静,万缘脱去见真机。"这在某种程度上是"我"在拱北洁净灵魂的一个暗喻。

西海固的土地贫瘠而阳光洁净。阳光下,石舒清的写作仍在继续,写作是他的仪式,通过这种仪式,他获得了灵魂的洁净。

民间有月来几时
——读吕新的《下弦月》

吕新的《下弦月》中，一个人在巨大的冬夜奔走。他奔走于匍匐的小城、陡峭的深涧和辽阔的原野，奔走于异常崎岖的路上。这个人的奔走是亡命天涯式的，他只为求得最基本的生存，却一次次遭遇到致命的危险。他找不到归途，只见塞外无际，来日漫漫，奔走似乎成为他今生的宿命。在严酷与阴冷中，一轮下弦月出现，淘米水一样的月光可否暂时安顿那颗奔走的心？

这是吕新式的寓言。吕新是中国当代重要的先锋小说家之一，1986年，二十余岁的他带着《那是个幽幽的湖》走上文坛，引来一片惊叹。从此吕新创作不绝，三十年来，他以自己的创作建构起一个庞大的"文革"博物馆，那段"革命无罪""造反有理"的岁月与此间人的身心裂变尽在其中。庞大本身不能构成其与众不同之处，吕新的小说显现出关于这段历史的洞见，他在探查一个深藏不露的神秘节点，并发现其中隐含的各种意义。按照帕慕克在《天真的和感伤的小说家》中的观点，这是小说家对于小说的中心的寻找，小说的主题和中心是两个不同的概念，吕新的小说主题似乎是"文革"，而其中心却是探寻历史与时间的真谛，裸呈人的心灵荒原。吕新小说所叙述的故事及其中心之间的距离显示了他小说的精彩之处与深度。在这个意义上，吕新的许多小说都是探寻小说中心的杰作，《下弦月》也不例外。

吕新似乎要逼近人性中最难言说的部分，存在变得疼痛难当。读

《下弦月》,你仿佛置身一个巨大的冬夜,严寒难耐,大风肆虐,食不果腹,随时可能面对不可预知的暴虐。小说一开始就对大风进行了书写:风很大的时候,什么也看不见,风里的土竖起来,变成一块又一块的黄布,风刮到哪里,那些层叠错乱的黄布就在哪里就地展开,尽管每一幅都不厚,却也足以把好多东西都遮挡在布的那一面。"冈上的风整齐地合唱着,像是一架巨大的无边无际的风琴在黑暗中演奏。"这是一场自然的大风,也是一场政治的大风,它将许多人莫名地裹挟,并把那些美好的东西挡在外面。这场大风里的人的脸都扭曲得可怕。林烈是这场大风中被扭曲的人之一,他选择了奔走。他在奔走的时候不忘对这场风暴进行深刻而理性的深思。他认为事情的顺序应该是自上而下地开始的,就像一座塔,先是在最高处的塔尖上有了一些细小的动静;这一回,它直接从塔尖直达塔底,底下烧着了,火热和浓烟一层一层地往上走。他也对历史中洪流与个人的命运关联、大的历史风暴与小人物的关系进行深思,这是一个清醒的奔走者和思考者。

林烈以及吕新笔下的诸多知识分子都是20世纪六七十年代在政治风暴中受挫的知识分子,把这些知识分子放在新时期以来的文学史中考量,其价值与特殊性才会凸现出来。他们是一群未完成改造的知识分子,在物质与精神的双重苦难中改造、反思,坚韧地活着。他们往往是哲学专业出身,甚至还有留学经历,比如《下弦月》中萧桂英的丈夫胡少海、《掩面》中的父亲,他们的个性化思想总使他们带着怀疑的思考的眼光看待理解包括革命在内的一切,然而,席卷一切的政治风暴却只要求个人无条件地服从驯顺于组织。他们和张贤亮《绿化树》中的章永璘有相似,又有不同。章永璘是一个出身于资产阶级家庭,甚至曾经有过朦胧的资产阶级人道主义和民主主义思想的青年,经过"苦难的历程",最终完成了改造。而吕新笔下的知识分子则未完成改造,他们与那个特殊年代的矛盾激烈。正是因为他们的改造是未完成的,所以他们是一群掩面者,一群追寻者。《掩面》这个小说题目也可以看作是吕新笔下知识分子的形象概括,而寻找则是他们共同的命运,《掩面》中的少女在寻父,《下弦月》中的妻子在寻夫,然而,在那个特殊的岁月里,所有的追寻都是徒劳的。与此同时,吕新笔下的知识分子更具自我约束和冷静反思的特点。较之章永璘三斤土豆换老乡五斤黄萝卜,占老乡两块钱便宜的行为,曾怀林去农场买菜但未动小聪明则显得更为理性。徐怀玉在刮猪皮时认为自己和胡少海在仓库里偷刮羊皮的行为一模一样,她的反省带有精神性忏悔的特征。

张贤亮和吕新笔下的知识分子都得到来自民间的力量,不同处在于,章永璘并未从精神层面上真正得到马缨花的照耀,而林烈却从黄奇月那里获得了物质和精神的双重救赎。在林烈走投无路时,在读者也感觉到一种窒息般的压迫时,黄奇月出现了。在读《下弦月》时,你一直期待着一轮下弦月的出现,但是它一直没有真正出现,只是阴沉的天、黑暗的夜。吕新以月为这个人物命名,自然暗含着某种隐喻。他在小说《后记》中说:"写到第四章的时候,多出了一种期待,因为黄奇月很快要上场了,而他一出来,那一带的山区就会敞开,哪怕只是微微地敞开,哪怕只能容纳一个人,原先的秘密也就不再是秘密,会被更多的人看见。"黄奇月是林烈在深涧下放时一个生产队的队长,林烈在逃亡中被熟人认出感到喜忧参半,黄奇月却很尊重地叫了他一声林老师。显然,黄奇月是让林烈活下去的最重要的因素,无论是物质上,还是精神上。他一出现,就出现了月亮,尽管这月亮只是下弦月。"他们走着,在淘米水一样的月色里悄悄走着。"黄奇月救了林烈,给林烈找住处,送来粮食,把全家人舍不得吃的饺子拿给林烈吃。小说中最重要也最具隐喻性的一个细节是,黄奇月想给林烈找一盏灯,但是林烈坚决不要,他说:"我其实早已经适应了黑暗,你忽然给我拿来一盏雪亮的灯,我还不习惯呢,我会害怕、惊心、不踏实,会觉得有无数双眼睛都在看着我,我会连觉都睡不成。""我这样的人,还要什么亮堂。"就是这样的一个人,却是黄奇月格外珍重的人，因为他曾经给自己所在的生产队的孩子们当过老师。林烈与黄奇月的关系就是知识分子与民间的关系，黄奇月与月亮的关联性就在于民间的精神力量。因此，在小说结尾处，吕新这样写道："月亮出来了，又一个下弦月，又是那种淘米水一样的月光。""世界，你这个苦难的人间啊！"

吕新的小说向来以隐喻见长，大风、炊烟、阴沉的天空、冬夜、月亮和糖等意象既充满隐喻，又具有结构功能。《下弦月》本身就是一个巨大的隐喻，二十余万字仅写1970年冬天的人事，这是"文革"的午夜，而来自民间的那轮下弦月则是暗夜唯一的光。这部小说的结构独特，由第三人称叙述的主线、回忆性的文字和第三、六、九章中供销社岁月的副线构成三个重叙事，又由下弦月的意象将它们统摄起来。事实上，回望吕新的创作，每一部作品的结构都很独特。正是因为变幻的结构和独特的语言，吕新一直被看作标准的先锋，然而，在我看来，吕新的先锋是天然的，他的小说就是天然而成，他的小说从一开始就出其不意，但是在吕新，你又觉得这就是他，小说在这里不得不如此。恰如尤奈斯库所说："所谓先锋，就是自由。"

2016年12月29日于兰州安宁

张好好的布尔津

> 我的布尔津，它是我的，就如同是我的爱人，与我血肉混为一体，我无法不啰唆地写到布尔津的哪怕是一枝艾蒿。
>
> ——张好好

初读张好好，感觉时光倒流，尘世遥远，恍惚产生一种错觉，以为遇到了萧红。那是2014年的夏天，我在《人民文学》杂志读到张好好的长篇小说《布尔津光谱》，被一种不可抗拒的魅力吸引。应该再读读她的其他作品，可是，一时间找不到更多了，于是，通过《人民文学》杂志社的一个朋友联系到她。电话里，她的声音温暖，有布尔津阳光的味道。很快，收到了她的电子版作品，数量之大远超我的想象，除了诗和小说之外，竟然还有一本解读古诗的专著。我发现，张好好之于我，不仅仅是艺术魅力的吸引，更意味着一些有价值的问题：作家和其身后更为广阔的地域与文化的关联，作家如何以个人的方式实现这个时代的共同思考，如何呈现同代人成长的共同性与丰富性，作家在作品中又思考着怎样的现实问题。或许中国当代诸多作家也可以引出诸如此类的问题，但张好好的回答绝对是独一无二的。

张好好的魅力究竟何在？她以绵密酣畅的文笔与精致诗性的意象，间或复杂难言的乡愁，铸造了一个独特的不可替代的布尔津世界。这个世界是诗性的，散发着人性的温暖，尘世气息与哲学品质共存。张好好出生于20世纪70年代中期，又有在国内大都市生活的经历，她的写作中当然少不了都市生活。她的笔触细腻绵密，都市女性的存在与情感体验在《周末咖啡馆》《幸福树》《枝叶摇晃》《软时光》《静如天使》等大量作品中可以得见。然而，独特的成长经历让张好好对故乡、人生、存在等有了独特的思考与体悟，她写布尔津世界的作品更具魅力。与那些许多一鸣惊人的作家不同，张好好的光芒是逐渐散发出来的。她2001年开始创作，潜力惊人又勇于创新，先后有诗集《布尔以津》《喀纳斯》《从前的年代》，长篇小说《布尔津的怀抱》，散文集《五块钱的月亮》《最是暖老温贫》《宅女的宅猫》，古诗研究随笔集《那么古老那么美》以及大量的中短篇小说问世。及至2014年，终以长篇小说《布尔津光谱》而绽放异彩，随后的长篇小说《禾木》更是一部难得的诗化小说。张好好的布尔津已经自成一格，她的写法亦是我行我素，而诗性则是讨论她的一个起点。

诗性的温暖的布尔津

"我敢说，/如果一片土地的冬如此地使你眷恋，/它才是真正属于你的乐土。冰封的/恰恰是希望，是来年大海深处溯流而上的问候，/这问候自然年年地来，年年的我们/在这爱着的土地上，年年地站成直指蓝天的白杨"。这是张好好诗集《布尔以津》中《我爱的土地》一诗中的句子。这首诗情感上与艾青的《我爱这土地》非常相似，一个人对故土最深挚的爱无非如此。在我看来，张好好首先是个诗人，诗歌是她存在的必然方式。诗集《布尔以津》《喀纳斯》《从前的年代》中都有大量布尔津故乡的诗：《月光下的小城》《月亮河》《童年》《这是一片耐心的土地》《多么标致的一条河》《退回去》《所以亲爱的河流》《四条河流》《我们的月份》……读过这些诗后，再读张好好的小说，就发现它们共同构成了一个诗性的布尔津。

是的，诗性。它是好小说必备的品质。中国现代文学以来，废名、沈从文、汪曾祺这一脉以诗化小说而留名于世，废名自称"写小说同唐人写绝句一样"[1]。张好好也是如此，她写诗的同时研究中国

---

[1] 废名：《〈废名小说选〉序》，见《冯文炳选集》，冯健男编，人民文学出版社1985年版，第394页。

古典诗歌，她说："在古诗中，人类精神的高贵，言语的高贵，都彰显着，保留着，我返身进入，无比荣幸地与他们团团坐在一起对语。"沈从文说，"个人以为应当把诗放在第一位，小说放在末一位"[1]。张好好的创作与沈从文颇有相似之处，诗化的小说风格，同时写都市与故乡，但最引人注目的是写故乡的部分。沈从文的湘西世界是现代文学上的高标，而张好好的布尔津正在引来越来越多的关注目光。汪曾祺在和施叔青对话时曾经阐述过他的小说观，即"作为抒情诗的散文化小说"[2]。张承志也是诗化小说的坚定践行者，在他看来，"文学的最高境界是诗。无论小说、散文、随笔、剧本，只要达到诗的境界就是上品。"[3]他对西部民族精神资源的挖掘不容忽视，而张好好小说中对民族精神资源的探索与张承志异曲同工。

如果说萧红的《呼兰河传》中的主人公是呼兰河小城的话，张好好的布尔津世界的真正主人公就是布尔津小城。布尔津是极负盛名的旅游地，也是中国最美的小城之一，张好好这样描述布尔津：

这里是阿尔泰山腹部的一块巨大开阔地，风总是浩浩荡荡，雪挥挥洒洒，河的涛声肆无忌惮，闯入我们的梦乡。丰沛的河水滋养着广袤的森林，白杨、白桦同野蔷薇等灌木相偎相依，黄色的蒲公英每年春天装扮草原，蓝色蜻蜓薄翼的翅膀弥漫整个夏天，白桦在秋天转红，冬天里大雪封山，人迹罕至。

额尔齐斯河就在他们的窗外。听河水流动的声音入睡，而且那水是活的，神采飞扬甚至略有跋扈的，盛着月亮的时候才温婉许多，傍晚会盛着绚烂的晚霞，白天里盛着柳树杨树榆树的树影……

这里，许多植物若生长便是大片的，一脉铺展开去，用视线和太阳起落的弧线勾画，也用一场浩浩荡荡的大风来丈量。它们饱满洁

---

[1] 沈从文：《沈从文谈艺术》，江苏人民出版社2014年版，第52页。
[2] 汪曾祺、施叔青：《作为抒情诗的散文化小说》，《上海文学》1988年第4期。
[3] 张承志：《骑上激流之声》，见《绿风土》，作家出版社1989年版，第78页。

净、无限舒展，或艳丽或低沉的色泽，自然地焕发出来。麦子的金，葵花的乖顺，红柳燃烧的红，桦树的雪白，枣花的浓香，苹果花如翅的轻盈，灰灰草的"请你忘记我"的含混，蒲公英的童心，棕红色铃铛果在荆棘中若幼小的鼠，柳树尽向着天空昂扬生长。

布尔津的记忆是诗性的，也是温暖的。除了长篇《布尔津的怀抱》《布尔津光谱》和《禾木》外，《发端》《花朵》《蝴蝶花》《虫草疯长的夏天》《黄雪莲》等中短篇小说也是布尔津世界的重要构成。《蝴蝶花》中，张好好说："写它们的时候，我开始刻意寻找布尔津三十年前的气味的时候，我知道，那些记忆永远在那里了。它们构成了今天的我，这个叫张好好的女子。"张好好的作品中有"70后"一代人的成长记忆：《阿里山的姑娘》、毛阿敏、《草原之夜》、广播里路遥的《人生》、电视剧《一剪梅》、电影《牧马人》、大白兔奶糖、上海奶糖、一家人去照相馆照相，还有计划生育……

当然，长篇小说《布尔津光谱》和《禾木》是张好好布尔津世界中最重要的构成。《布尔津光谱》运用双重叙述视角，一重是作者，一重是爽冬的亡灵——一个未足月被引产的婴儿。爽冬是个折翅的天使，但他有自己的使命：看着布尔津的众生、大地和天空，生存和死亡，离去与归来。小说中的亡灵叙述极少冰冷与残忍，反而多了许多温情。爽冬被海生用小毛毯裹好后埋在红柳崖，他并不孤单，家里的大灰猫一直尾随着他，他的三个姐姐也到红柳崖找过他，他第一次回家，姐姐爽春就看见了他。他对世界没有一点儿怨言，即使偶尔悲伤，也仍然坚信世界最后留下来的都是温暖和美好。他多么想钻到妈妈小凤仙的怀里，让她知道自己有多爱她，但是他无法实现这个愿望。他在悲伤中仍然由衷赞美小凤仙：她是这个世界最美丽的妈妈。小说中的海生、食堂里的董师傅也都一样，他们流泪的时候，嘴角那里却是微笑着的。

从小说的诗化程度来看，《禾木》比《布尔津光谱》更深。《禾木》由93节构成，是一首叙事、抒情兼而有之的长诗。喀纳斯的蓝水和布克赛尔大草原的绿，可爱如欧洲小城的布尔津小城，禾木山的神秘与温情，共同开拓了布尔津的新空间。作者以诗性的语言叙述父亲的人生与有关禾木的历史与当下、生存与信仰，小说中也有对生态被破坏的痛心疾首。小说用第二人称叙述，这本身是有很大难度的，但是当张好好把对父亲与对故乡的情感融在其中之后，反而显现出一种难得的流畅与酣畅。父亲是布尔津世界中的重要人物，张好好在诗歌中曾经无比深情地怀念与赞美父亲："他离去又回来，只为我在梦里哭出来/——咯出结节的痛"（《他说——给父亲》）。《绝别——写给父亲》《金莲花地——献给父亲的爱情》《我想念，你的大手》，都是献给父亲的诗。当然，小说中的父亲不能完全等同于生活中的父亲。《禾木》中，父亲因为一个生活在禾木的叫娜仁花的图瓦女人滞留在禾木十年，还和她生了一个儿子，但是父亲不承认。多年后，"你"去禾木寻找这个图瓦女人和他们的儿子，这个儿子的名字叫巴特尔，就是勇敢的意思。"你"四处流浪，生活不易，但"你"把她们放在心里，对禾木那个弱小善良的图瓦女人和对"你"的小姑姑一样充满爱意。

　　《禾木》把布尔津世界的温暖进一步深化成爱。"你只是为了等一个爱你的人出现，你全部的信仰就是这个。"小说第77、78、85、87四节是"你"爱他的理由。张好好的主人公往往成长过程中"家底殷实，但情感不快乐"，唯一的拯救途径是爱。"唯有爱，让那伤口愈合。——孩子长大，这是爱；遇见了呵护你懂你的人，这是爱；原谅一个人，把温暖公正的话语给这个人，也是爱。""你"说："亲爱的图瓦女人，你们是天下草原的母亲，别就这么放弃了……留下来的只能是美和善。"小说快要结束时，张好好这样叙述："所以你的父亲，用那端凝的微笑走入你的梦中。"爱成为张好好写作和面对世界的一种信仰。

民族的历史的布尔津

在和桫椤的对谈中,张好好这样描述自己在布尔津的生长环境:"我出生在布尔津,眼睛一睁开就看见了大河,牛羊,青草,鲜花,做木匠的父亲,做裁缝的母亲,美丽骄傲的小姐姐,还有邻居漂亮的哈萨克小伙伴,屋檐上行走的猫,院子里狂吠的狗。我们出生就坐在哈萨克老乡擀制的羊毛毡上。我们吃邻居哈萨克阿姨油炸的包尔萨克,吃馕坑烤制的金黄的馕。我们吃山上的牧民送下来的酥油奶酪和奶豆腐。逢年过节我们吃大锅炖的牛羊肉。我们知道清真的礼节。忌讳哈萨克老乡们忌讳的一切。我们和他们,从来就是相亲相爱的一家人。这是怎样的一种生命影响?!它意味着我们从小就没有一颗'分别'的心。"布尔津生活着哈萨克人、图瓦人、蒙古族人、俄罗斯人,也有汉族人,这些民族的生存与信仰是张好好布尔津世界中的一个重要内容。

《布尔津光谱》中,爽夏和爽秋在阿娜尔家玩,阿娜尔教姐妹俩学哈萨克语,学习哈萨克人的礼节。她们还观察羊毛毡上盘绕的花,虽然姐妹俩看不出所以然来,却感悟到那是哈萨克人的祖先在远古时候赞美天地说出的话。姐妹俩低头吃阿娜尔妈妈做的哈萨克饭菜,她们沉默不语,那意思是:这么好吃啊!我们家里做不出这个味道来。《禾木》中更有大量关于图瓦人和蒙古族人对自然的认识与生活的呈现。小说中的父亲是个汉族人,但在自己的汉族妻子面前没有尊严,就去了禾木山里,和一个叫娜仁花的图瓦女人生活,因为这个图瓦女人给了他宁馨。禾木,是带给父亲宁馨的地方。图瓦人远古的时候信仰萨满教,后来因统治者的更换,信仰佛教,但他们更是萨满教的子民。图瓦人有自己的语言,他们的小孩子都会说蒙古语、哈萨克语、汉语,有的还会说俄语。布尔津小城里也居住着俄罗斯民族,他们酿造了一种叫卡瓦斯的酒,张好好甚至以此为名写过诗:"乡愁坐在高高的河堤上吃沙枣,它递给我一杯叫卡瓦斯的甜酒,并将酿酒的秘方压在酒杯之下"(《卡瓦斯》)。卡瓦斯不仅仅是俄罗斯民族的酒，也成为布尔津多民族的文化象征之一。在布尔津也时常能看到牧民下山时的情景："牧民定期会从草原上，从山里来到小镇。他们穿着皮袄，戴着皮帽，骑在高大的马背上，赶来牛羊，搅起喧杂的动静。""他们的马拴在店门口的白杨树边。马总是百无聊赖地站在那里等待。马尿的气味冲天，但那是青草的味道。我们从不会嫌弃和指责任何一匹随地大小便的马和牛。黄昏的时候，牧民骑着马离去，他们上了南边的额尔齐斯河大桥，或者去了北边的布尔津河大桥。他们的身影看着无比地寥落。长河落日的圆让他使劲一蹬脚，踢着马的结实肚皮，马加快了脚步，绝尘而去。"张好好也写出了布尔津各个民族生活的艰辛与不易：可爱的哈萨克姑娘阿娜尔小小年纪就去乌鲁木齐给人做了保姆；新娘子小凤仙剪掉了长发，开始捡破烂，她后来和男人一样去六道湾淘金；小凤仙和海生因为交不起计划生育罚款，怀孕五个月时忍痛去医院做手术。还有青木这样的年轻美丽女性的故事，都让人久久不能释怀。这些生存的艰难最终都被爱和信仰融化超越。

布尔津给了张好好向历史文化深处溯源的可能性。《布尔津光谱》中就有向布尔津历史深处探寻的清晰意向，最典型的是小说第10节，海生带着一家人，包括爽冬和大灰猫一起去六道湾探望淘金的小凤仙，那里的戚老汉喜欢讲古。"你听戚老汉在这夜色的额尔齐斯河边说着怎样一个玄妙的地方：用直线最短的理论，成吉思汗他们在古老羊皮的地图上把目光和手指一并地按压在了友谊峰上。翻过这座大山，一直地向西挺进，便是欧亚大陆相接之地。横扫欧洲大地，直指美洲，最后把世界用他的铁蹄踏遍。这样的野心如天空中突然出现的九个太阳，它们的熠熠之光可以把无数有水和葱绿树木的星球燃烧为死寂的黑洞。安营扎寨，在布尔津以北的喀纳斯湖畔。"

到《禾木》时，历史空间的探寻更加清晰深入。第34节"大汗"与第37节"孛儿只斤"是《禾木》中不可或缺的部分，它们将布尔津的历史投向更古老的年代。"孛儿只斤。蒙古人黄金部落的姓氏，成吉思汗祖上的姓氏，最高贵的血统，神的儿子。山上的图瓦人说，喀纳斯的意思是'大汗的水';布尔津的意思是'孛儿只斤部族的草原'。成吉思汗路过这里,大风刮着他,两条滔滔大河滚滚向西,森林遮天蔽野,草原因丰沛河水可以被保证世世代代丰美。于是他把自己的姓氏给了这里。"作者把叙述视角由历史拉回当下时,让二者获得了奇妙的关联:"那个善良的女人是图瓦人,是成吉思汗将士的后代";"因为这个女人,你得以靠近一千年前的事情。"对这段历史的回溯让作者书写当代生活时忍不住如此想象:"推着勒勒车的你们,那策马翻飞的成吉思汗的部队,是不是很像?"

现代文明进程中,布尔津各个民族的生活开始改变,游牧民族也开始经商。张好好在表达对现代文明进程中游牧民族文明变化与消逝的担忧的同时,又清晰地感受到他们难以改变的信仰。她发现了他们的矛盾,也将这一矛盾通过细致的笔触呈现出来。旅游的人纷纷闯进布尔津,闯进喀纳斯和禾木图瓦人的家中,他们买走图瓦人的石头和手工艺品,但是他们和图瓦人没有什么话可说。图瓦人沉默,买卖结束后,图瓦人就坐回了纯洁的信仰中。他们怕欲望的魔鬼拉扯他们坠入深渊,所以他们用安静抵抗、保守、维持最后的尊严。《禾木》第70节"味道"只引了图瓦族的五句古歌:

> 她家搬去了哪里?
> 那里可有青草?可有苦艾?
> 我心上人去的地方,离我多远,离我多近?
> 没有黑马,我的马鞍如何不断解冻?
> 如果没有我心上人,如何将我暗淡的心永远温暖?

这与张承志《黑骏马》中的蒙古族古歌《钢嘎·哈拉》多么相似!还是它们原本就是同一首歌?图瓦古歌的调子和悲剧都已经此世难逢,它带给我们刻骨的悲伤感受,却不让我们的灵魂有彻底体验它的可能,因为其中的真正灵魂已被图瓦人隐藏。张好好说:"遮蔽了。图瓦人的遮蔽是为了尊严。你们的遮蔽是因为你们掉入了'享受'中。"她坚信:"如果你以遮蔽的心灵,走在'一场生命'里,长生天就不给你'爱'。"

哲学的生态的布尔津

张好好通过各种体式的作品进行哲学思考。有对人与恒河沙粒之命运的关联性思考:"搬入阳台搬入大街搬入熙攘中轻易走散的时局里,/我们牵住自己的手端坐于庄重的沙粒的命运"(《庄重的砂粒的命运》);有对人与时间空间的思索:"多年以后,哎!又是多年以后/众树长出天成的翅膀它们飞翔/你清洁的目光亲密挨着——我和夜"(《我们的夜》)。也有写给造物主的诗,比如《以者》:"他创造这一切——/他说,要有光,要有空气,要天地分开,要各从其类/于是相爱的人逢着,并不以为是奇迹/相同的人牵手,循着阳光他看得清楚"。这种哲学思考在小说中则通过多种方式呈现出来,最典型的是《布尔津光谱》中的大灰猫与爽冬的对话。

大灰猫是布尔津真正的哲学家,面对人性,它如此发表自己的感慨:"人哪,是最说不清楚的东西,他们自己都搞不清楚到底想要什么。""这里的人……或者全世界的人,他们一心想要得到的东西到底是什么呢?"它不明白人类的欲望为什么那么多,它眼里的人类满脸忧愁, 且看见了可以得到什么的希望,就雀跃欢欣。爽冬虽然未正式降生为人,却也在思考命运。他问大灰猫:"命运是能阻拦的吗?""不能。"大灰猫意味深长地说,"如果没有命运袭来,你怎能明白活着的滋味?"当爽冬要开始他的新生命时,他说:"没有命运的始终,如何知道活着的意义呢?"当海生的三个女儿收养了一条小小的流浪狗时,海生表现出少有的冷漠,他不允许孩子们的善行,但是哈萨克人阿娜尔家却收养了它。大灰猫认为,他们人类就是这样,时而冷酷,时而善良。后来,海生把大灰猫装在提包里扔掉,但大灰猫奇迹般地回家了。大灰猫表现出超常的哲学气质,小说有这样一段:"白茫茫大地一片真干净。大灰猫说,《红楼梦》里这句话最讨人喜欢，贾宝玉披着红斗篷在大雪地里越走越淡，我就觉得那片雪地正是额尔齐斯河旁冬天的大戈壁。"这显然已经不只是猫的思考，而是作者的哲学观了。

张好好在她的文章中不止一次强调自己对猫的喜爱，她收养过许多流浪猫。这一经历化为她小说中的人物经历，她作品中多有爱猫收养流浪猫的人物出现。她自称，《布尔津光谱》中的大灰猫完全真实地存在过。猫是我的生命长河里不离不弃陪伴我左右的小动物。从小就养猫爱猫。养护小动物有利于人类心性的正气的培养。可是有多少人类懂得这个道理呢？早夭的小男孩的灵魂因为有大灰猫成为好朋友，是一件多么值得慰藉的事情啊。光谱里的温暖，来自可爱的小生灵。光谱里的人物的温暖，来自他们清灵没有贪婪的欲望。

生与死也是张好好布尔津世界的一个哲学命题。布尔津有美丽的河流，但河水每年都要带走几个人。张好好作品中许多人的生命被河水带走，这与沈从文的湘西世界多有相似。沈从文写过《我的写作与水的关系》，自称"檐溜，小小的河流，汪洋万顷的大海，莫不对于我有过极大的帮助，我学会用小小脑子去思索一切，全亏得是水，我对于宇宙认识得深一点，也亏得是水"[1]。张好好写过许多有关布尔津河流的诗，其中最经典的是《四条河流》："神的预言书上说/你们将携手共渡四条河流/最后抵达纯蓝墨水翻卷的太平洋……"布尔津的禾木河、喀纳斯河、布尔津河、额尔齐斯河，以及这些河流最终汇入的北冰洋都是张好好作品中经常出现的意象。当死亡遭遇河流，它就成为另一种存在。

还有原乡与异乡。布尔津人往往是在原乡无法生存后来到这里的，这里是他们的异乡，所以他们在这里表现出强烈的回乡冲动。小凤仙的弟弟玉成千里迢迢到布尔津后却不习惯这里的一切，要回四川家乡去。更多的布尔津人想回却永远回不去了。海生的母亲去世后，小凤仙说，老家没人了，你们的爸爸再也回不去了。她知道自己和四

---

[1] 沈从文：《沈从文谈艺术》，江苏人民出版社2014年版，第67页。

川的关系也是邈远到隔绝的。老曲回到家乡后却不得意，给海生来信说布尔津的生活让他留恋。年轻一代更想离开布尔津，他们渴望外面的世界，钱小苹和三姐妹等都是如此。《布尔津光谱》中的爽冬最后也离开了，大灰猫问他要去哪里，他说，去你从前给我说过的晨雾和炊烟如牛奶的禾木。而海生也从喀纳斯骑马往禾木去，他来到禾木，看见一个胖胖的小婴孩坐在金莲花的花海里抬头冲他笑，就仿佛多年前他那早早就分离的儿子已投胎足月，正式来到世间。那么，《禾木》中父亲与图瓦女人生的巴图尔就是爽冬的另一世。

　　《布尔津光谱》的结束就是《禾木》的开始，它们都是张好好的布尔津的重要诗篇。不同之处在于，《禾木》表现出更加深厚的生态思想。之前的作品中，外面世界的因素已经开始进入布尔津，比如《蝴蝶花》中突然出现的飞机，《布尔津光谱》中开发廊的南方人，挖金子挖虫草破坏大山和河流的外地人。《禾木》中，布尔津的世界变得复杂而可怕："风景被管理起来了，这奇妙的现代脚步，像个大脚巨兽，比黑熊更可怕，而且没有道理可讲的莽撞力量，撞击着山壁。"大自然就是蒙古族说的长生天，长生天保佑着草原上的众生，但外来者对大自然缺乏应有的尊重。人类猎杀野生黄羊，黄羊幼弱的目光未曾发出诅咒，但是恶的人泯灭了——那个恶的人死于擦拭手枪时的走火。又一条河流在死亡，死亡的标志是河流里的野生游鱼无法正常繁殖生息，突然就成为空白。在这个意义上，额尔齐斯河已经死亡。所以，"你只常常厌倦人类。面对人类，有轻微的恶心，你这样形容"。

　　张好好在诗歌中同样表现出强烈的生态思想。"我不对生活撒谎，也不靠近他者制造的谎言……人类黑色的五指，剖肠刮肚/呻吟的长江在我的目力所及之处是一尾垂死的鱼/我不会因为人类予以我的巨大恩惠而放人类一马/光先于我的目光抵达事物的真相，它引领我，安静不说话/蹲踞如一尊猫。它永远在提醒我，绝不……那些谎言！"（《我不……》）"这世间的苦难非要人亲自制造/跋涉或观看。地气已破坏殆尽/当大坑被称为天坑/当天命疏离，一个一个的人/传奇里的湖光山色，英雄佳人/那样永长的天命，地气，人事/的唱合，为我们所沉醉的/它们就要消逝……在人类的余音里/在我偶然来到世间，又必会离开的/我们携手的时光里/对上古时代澄澈的天地之眼/表达谢意。还好/我们竟然做了送行人"（《对上古时代天地的澄澈之眼表达谢意》）。《禾木》第4节"中原"一开始就写中原大地某个地方在一个清晨发生了"地陷"，也就是天坑。天坑其实是人为的灾难。中原的今天让张好好无比担忧布尔津的明天。小说中一个明星穿着貂皮，媒体在赞美她的贵气，"你"极为愤怒：你想把她和新闻制造者一起灭了，她的贵气倡导人类加大步伐戕害生灵。"你"的愤怒就是张好好的愤怒，这是对生灵的爱与尊重，这与彼得·辛格与汤姆·雷根有关动物解放与权利的生态伦理思想完全一致，布尔津的生态主题由此彰显。

米兰·昆德拉认为，小说应该在两个层次上建构：第一层次，组织小说故事；第二层次，也就是上面的一个层次，发展各个主题。一个主题就是对存在的一种探询。这样一种探询实际上是对一些特别的词、一些主题词进行审视[1]。张好好的布尔津就是在故事之上发展她的主题，这些主题又是建立在一些根本性的词语上的：诗性与温暖，民族与历史，哲学与生态，这些词语在布尔津世界里被研究，被定义，再定义，并由此转化为存在的范畴。行笔至此，想起了张好好的一首诗，《春天里我们提着剑下山》："天下万物/各归其主/春天里我们提着剑下山/花朵静立清寒中/在它们飘飘摇摇之时/世界是折叠的仙鹤……行走江湖/随身之物留不多矣/不过是一盏昆仑玉，两寸相思/你的唱腔是绕指柔，要看那第一朵花的模样/我的笔法是杀无赦，抱剑在怀中金鸡独立。"

提剑下山者自有行走天下之法，未必总以绝招制胜，但有一世界在心。布尔津大地赐予张好好灵感与勇气，所以张好好有写。

---

[1]　[法]米兰·昆德拉：《小说的艺术》，董强译，上海译文出版社2011年版，第105页。

《空山》的悲与伤

有几年的夏天，我常常去甘南。甘南迭部腊子口的优美、沉静而又火红的秋天一直映照在我的生命里，有时梦中还在翻越高高的铁尺梁。有人说，去过甘南就如同去了西藏一样，甘南就是小西藏。甘南是安多藏区的一部分，安多藏区的精神高地就在甘南，是藏传佛学院拉卜楞寺。那段时间，我和朋友们不停地说起甘南，说起藏族，也说起与此相关的一些作家，比如扎西达娃、马丽华、阿来。藏族历来有"法域卫藏，马域安多，人域康巴"的说法。扎西达娃是四川甘孜州巴塘人，属康巴藏区，但他后来在拉萨生活。马丽华基本上是卫藏的精神游历者。阿来是四川省阿坝州马尔康人，属于安多藏区，与甘南属于一个文化区域。一次，从玛曲出来要去迭部，却不小心走错了路。从山区穿出，看到一片草原越来越宽阔，走了几十公里，发现前方只有一条路直直向南而去。突然觉出方向不对，一看导航，已经进入若尔盖草原了。当时心想，这里属于阿坝，阿来就是这地方的人。

那年五月，《空山》第一部出版。

一

《空山》第一部的封面左侧加了一条藏族味极浓的装饰，又有"机村传说壹"的字样，给许多读者以神秘感，所以，此书一出就被一些批评家定性为一部"村落秘史"。对此，阿来并不完全认同，他说："我认为我写的是一部中国的村落史。我在四川阿坝藏区生活了三十年，对藏族村庄有着极为深厚的文化、宗教、自然和社会的体验，我写藏族村庄，但它不是写单一民族的，是表现更广大的场景，是对人与自然、政治与文化、社会和谐与进步的整体思考。有人说这部小说是'秘史'，其实并非披露神秘，也不是传奇、牧歌式的，而是用特别的手法将被人漠视麻木的伤痛揭示出来。"《空山》虽然写一个名叫机村的藏族村落，格局却非常宏大，小说一共六卷，诗性而流畅，以时间为轴记述了这个村落的当代历史。这样的写法犹如一扇窗户，透过它，可以看到中国当代无数个村落的历史。

卷一《随风飘散》是整部《空山》预言式的序幕，是对一个时代关于藏族文化遭遇毁灭的寓言。机村原本是个自然村落，坐落在美丽的大自然之中，有着神秘的气息，守卫着色嫫措神湖的神圣白桦林、神湖中的金野鸭，以及祖先国的美丽传说。然而，这一切很快就要成为历史了，因为一个全面破坏文化的时代来临了。在阿来之前，我们对汉族文化在"文革"中的命运已经很熟悉了，大量的知青文学、报告文学甚至激情澎湃的诗歌都曾控诉过那个时代，人性的泯灭，情爱的毁灭都是那个时代文学的主题。但是，关乎信仰的书写极少，这是汉民族书写中的一个禁区。阿来一上手便直接对着藏民族信仰遭遇破坏的书写，超越了汉民族文化对世俗人性的书写。事实上，在他之前，我们似乎未曾意识到，"文革"的破坏让任何一个民族都面临信仰的极大毁灭。潜意识中，他者的命运是好者，自我的命运值得倾诉。但从阿来的书写中我们便突然明白了一个被遮蔽的常识，人人都一样，躲不过那场空难。也正因为这样的心理，所以，阅读阿来的《随风飘散》便常常会有惊愕。

小说一开始，这个村落的人被迫放弃信仰。恩波是个僧人，却被迫还了俗，与其他僧人一起被迫拉倒了神圣的佛像。在佛像倒塌的时刻，全体僧人放声大哭。事后，恩波一想起这件事就别扭，但是他心中又想，"佛像倒下就倒下了，山崩地裂的事并没有发生，"于是，"作为僧人的恩波便在心里一天天死去，一个为俗世生存而努力的恩波一天天在成长。"恩波的舅舅江村贡布曾是喇嘛，同样被迫还俗，但他看见"麦苗深处的露水也被身材魁梧像一头野兽的光头男人碰得飞溅起来"时，感到"这情景真是美好，让他感动得都也要晕过去了。在寺院禅修时，得到启悟时也无非是这样的喜乐吧"。这个美好的情景让江村贡布把在寺院里禅修的启悟转移到了日常生活中，让他感动的是健康的人性，而宗教的神性只能在心中想象。

这种事情在汉地也发生过。比如，"文革"刚开始，人们冲进孔府、孔庙和孔林，把孔子像砸掉，又把孔子及其子孙的坟铲平，要把儒家的信仰彻底消灭。还比如，"文革"中把中国大地上所有的寺庙全部推倒，销迹。所以，我们这些年轻人在成长的岁月里不曾看见过寺庙什么的存在，也就不可能有什么这方面的信仰。但是，奇怪的是，汉地的作家写这方面的少之又少，几乎没有知名的小说涉及它。生活在藏地的阿来也许是因为藏地信仰的力量要远远超过汉地，所以，他一提笔就写到了这些中国人共同的心灵经验。

推倒了信仰，也就是推倒了人们心中那些神圣的精神性围墙，于是，人性深处的那些被信仰关起来的野兽便被释放了出来。它也是人性的一部分。一百多年来，人类关于它的解读汗牛充栋，绝大多数都是为人性的野兽而代言的。弗洛伊德是一个，达尔文是一个，弗洛姆是一个，甚至萨特、福柯等都是。在神性退却的时代，兽性就成为人性的主宰者，但人们以为它才是人真正的主人，才是真正的性。事实上，从人类早期的哲学、宗教以及现有的关于史性人类学的经验可以看出，人类经历过一个毫无伦理、毫无节制的欲望时代，一个洪荒的性无序时代，所以，人类的那些先贤圣者才有了伦理学、哲学、智慧以及宗教。这些都是干什么的呢？一言以蔽之：治欲。老子的清心寡欲，孔子的中庸之道，还有释迦牟尼的出世，以及柏拉图的灵魂说、亚里士多德的道德论，等等，都是关于治欲的理论。他们共同将人性中的野兽关进了伦理道德的笼子里，人类社会才有了两千多年的精神生活。后来，因为那些笼子越来越紧，越来越荒谬，将人性的脖子勒痛了，人性快要窒息了，所以，人性本身就有了反抗。上述那些代言者便出来为人性的另一面说话。但是，他们也知道，人性的另一面即兽性的部分也不能无限制地扩张，所以，弗洛伊德又提出"超我"的概念，结果与之前的圣者先贤又殊途同归了。达尔文也一样，他后来一直在证明人类为什么会有信仰。萨特则提出了人道主义。

  人类在走一条中庸之道，想调和人性深处神性与兽性的搏斗。其实，这难道不是孔子所倡导的吗？无怪乎雅斯贝尔斯高度赞扬孔子乃人性道德范式的创立者。阿来也许未曾想到如许之多，他只是在叙述神性退却之后人性的展现，但又与人类近百年来的分析何其相似。所以，文学有时是先觉者，哲学在其基础上产生灵感与觉悟，发挥出新的思想；有时又是哲学的相应者，因为对一些思想的共鸣，所以，便会看到人世间相应的情节，于是，文学便成为哲学的传达者。虽然阿来在不动声色地叙述，但其路径是哲学的路径。仅从这一点来说，阿来就已经具备之前和之后藏地作家所不曾有的哲学思考。藏地作家多是从藏传佛教入视角来看待人世的，很少有会认同西方哲学的作家。阿来生活的地区与汉地接近，所以，他也便自然可以通过汉地这个途径去接触来自整个世界的思想。《尘埃落定》显然是确凿的证据。他的先锋意识甚至要远远超过很多汉地作家。但也是因为这一点，很多藏地学者评价阿来不是一个真正的藏族作家，因为他没有纯粹的甚至说是原教旨意义上的藏传佛教的信仰。这不是评价一个作家的尺度，这是评价一个信仰者的尺度。如果阿来也像张承志那样去做一个传教士，那么，人们有理由那样去评价。但现在，阿来是一个作家，我们就应当以文学的角度去评价他。

  从这一点上来说，阿来是杰出的藏地作家，至今无人超越。

二

  恩波的母亲额席江是唯一心存信仰的人，她知道自己当了和尚的儿子真的和一个女人相好时，就哭晕了过去。她离开这个世界时，从从容容，干干净净。这显然是对信仰者的赞美，但更多的则是对过去信仰时代的缅怀。这里掺杂了作者对逝去的神性世界的美好想象。

恩波娶了漂亮的勒尔金措，并生下了男孩兔子。兔子体弱多病，但心地纯洁善良，他喜欢和私生子格拉一起在大自然中玩，这却成为日后格拉死去的间接原因。在卷一中，机村的许多人突然得了奇怪的眼病，他们问江村贡布时，江村贡布愤愤地说，这是什么世道，天上都下下来沙尘了。即使这样，人们依然天天在开荒伐树。开荒地上的树砍完后，又开始砍伐机村人心目中的神树林。就在这一天，兔子死了，他死于一颗鞭炮。阿来的叙述策略就在于，他不去交代是谁扔出了那颗鞭炮。就机村这个世界来说，鞭炮是外来的事物，它代表的是进入机村的外来文化，所以，这个行为的发出者并不再重要。在神性解体的机村，善良的兔子和单纯的格拉无法存在，所以他们相继死去。格拉死后灵魂一直未散，当他突然明白过来自己已经死去时，魂魄便随风飘散了。

阿来说："乡村已不能决定自己的命运，被城镇和外面的社会影响，乡村生活的线索常被打断，由另一个事件更替，现在的乡村生活是多线索、多中心的，不能一个事件一以贯之，乡村生活可以说是一幅幅拼图，我的新小说的结构就是一幅拼图。"《随风飘散》是这些拼图中的第一幅，它展现了机村的神性解体和无能为力。

紧接着，一场天火降临，它是自然之火，烧尽了机村的森林，同时，它又是人为的火，烧毁了机村的一切：人性、神湖。卷二《天火》中，巫师多吉为了机村的生活，纵火烧掉一些灌木林，却因此每年要坐监狱——只是很快会出来。但是这一年却与往年不同，因为"文革"开始了。多吉看到县城里"天空中飘舞着那么多的红旗，墙上贴着那么多红色的标语，像失去控制的山火，纷乱而猛烈"。这才是最令人恐惧的火。多吉意外地逃到了山间，与此同时，机村山中的大火也烧了起来。为了救火，多吉使尽自己的法术，劳累而亡。曾以正教教徒自诩的并看不起多吉的江村贡布，冒着生命危险为多吉疗伤未果，为多吉举行了最为崇高的葬仪。整个森林的火为多吉送葬。在救火过程中，外来的人们把开会看得比救火更重要，甚至所谓的工程师也在欺骗央金姑娘的感情。他们要炸色嫫措神湖来救火，神湖却在瞬间神秘消失。山火继续燃烧，机村外面世界的无形之火燃烧得更烈，烧伤了无数人的身体和灵魂。最后，熄灭了机村这场大火的，不是那群呼喊着"人定胜天"口号的人，而是一场大雨。阿来在《天火》的结尾处安排了这样一个细节：大火过后，索波一个人走向村外，他看到了无数花儿争先恐后地开放了，他看到巫师多吉的那头驴在吃草，他叫了声多吉，那驴看他嗅他时，他的泪水一下子就悄无声息地流出来了。阿来说："你看到这个《天火》它写一个自然界的灾害。本身是一个自然的灾害，一场森林火灾其实没有什么，有森林的地方，或者人为的原因，或者自然的原因，随时随地都可能发生火灾……《空山》书中讲到放着山火不打，在那儿搞阶级斗争，扭曲了人的心灵，这样是人祸助长了天灾。"所以，《天火》中的那场火，是自然的火灾，也是人性的火灾。

在这里，我们显然能够看到魔幻现实主义对阿来创作的影响。其实，西藏可能本身就是一个魔幻现实主义的世界：一方面，神在管理这个世界，自然就有魔与鬼，也就有了各种奇怪的现象；另一方面，神佛被推倒了，无人来管理这个世界了，于是，天空中和大地上便发生各种奇怪的事情，它们也可能是神的显现，也可能是魔的作用。总之，这是藏地恒久以来的世界。马尔克斯的《百年孤独》还未来到中国时，中国的作家都不知道如何去表现那些童年记忆中的世界。1980年代，正好是中国大地上的寺庙神佛被推倒十多年后，马尔克斯适时地来到了中国，用其神奇的力量打开了中国作家想象的大门，于是，无数的作家都在模仿其写作。在汉地，莫言等很多作家都在那样写作，在藏地，达西达娃和阿来也在那样写作。甚至，你会觉得藏地那样写作更令人信服，因为藏地在人们的想象中更神秘，神奇的事情应该更多更普遍。

在《尘埃落定》中，阿来更多地运用了荒诞的方式和一个神性的亵渎者的视角来描写神秘藏地被现代文明"炸"开的过程，而在《空山》中，那种狂欢者的欲念显然熄灭了，那种亵渎者的玩世不恭显然收敛了，他在回归，在回归古典，在回归藏地，在回归信仰。于是，在回归的路上，他看到了这个山村的衰落，也写下了这个山村的悲与伤。

三

卷三《达瑟与达戈》中，机村人开始背叛几千年来的信约：与自然的信约，与人的信约。机村的文化也因此而破碎消亡。达瑟整日守着书本度日，却只能提些问题而无法解答它们。达戈的真名叫华尔丹，本是一名军人，为了他心爱的机村姑娘色嫫来到机村。此前他是猎人，但他故乡森林尽毁，无猎可打。在机村，他为了得到色嫫的爱过度狩猎，当他终于要得到爱情时，却失去了爱的能力。何况"这是一个一切都变得粗粝的时代，浪漫的爱情也是这个时代遭到损毁的事物之一"。色嫫知道这个世界上没有人像华尔丹一样爱她，但她的梦想是站在舞台上唱歌，而不是做一个普通的机村妇女。她恨华尔丹为什么不去做军官而离开部队，于是她叫华尔丹："达戈啊！"达戈就是傻了的意思。这个为爱而傻的华尔丹是机村最后一位猎人，他为了让色嫫能得到一部电唱机，背叛了机村人与猴群之间一个长达十年的契约。每年都有那么固定的一天，猴群会扶老携幼下山来到机村，捡人们散落在地里的麦穗，让刚出生的小猴们熟悉人类这个伟大的邻居。然而，这一年的这一天，迎接它们的却是那些蓝色的人扔来的开山的炸药包。第二天，它们又来了，这一天对猴群来说是致命的一个日子。机村已经不再是往年的机村，而是地狱。机村人向它们射来了火药和铅弹，它们往回奔逃的路上，那个老练的猎手达戈在等待着它们！"每一响从容的枪声过后，就有一只皮毛颜色漂亮的公猴重重地从树上摔落下来。达戈一个人就变成了猴群退回森林的鬼门关！"达戈杀死的猎物越多，他的癫痫病就越厉害，最后，他在愤怒之中杀了人。在被捕后，与格桑旺堆的那只熊同归于尽，成为机村最后一个与猎物同归于尽的猎人。狩猎文化是机村文化中很重要的一部分，也是生产方式、生活习惯的一部分，但是机村却从此没有了真正的猎人，也没有了真正的猎物。

机村的天气越来越差了，"变化的还不只是天气，对猴群的屠杀使机村人突破了最后一点禁忌，人心也变得更加狂暴了"。就连"我"这样曾经对达戈滥杀野物的行为极度痛恨的小孩子，也开始疯狂地追杀那些从山上下来找吃食的松鸡。

随后，机村的土地开始荒芜。卷四《荒芜》中机村的老领导人老红军驼子曾经是个农奴，但他经过努力在机村拥有了自己的土地，它们肥沃无比，令驼子欣喜无比。但在一个荒诞的时代，他不得不带领机村人参加"每人积肥六十万"的运动，庄稼被烧死，土地也被荒芜。接下来，他历经艰辛找到了适合耕种的土地，却又一次因为"农业学大寨"的运动而无法对抗泥石流，土地又荒芜了。比土地的荒芜更为可怕的是人心的荒芜。驼子在这次灾难之后又一次获得土地，他带领机村人开垦荒地时，伐木工人却要在这片土地上修建墓场，立纪念碑。耐人寻味的是，驼子来到机村开辟出的土地后很放任地哭了一阵儿，说："我参加红军是为了土地，他们说要分地给穷人。要早知道这里有这么多地，我就自己找来了。那样就不用打仗受伤，遭这份大罪了。"在驼子的心中，"庄稼人，地就是命，有了地，就什么都有了！"驼子面对能够决定他能否继续种自己开出来的地的土司时也说，"不怕死，就怕没有自己的土地"。土地，是人生存的唯一依靠，驼子来到机村就是为了土地。但这些曾经令驼子感慨、激动、流泪的肥沃土地却在最后荒芜了，失去了土地的驼子便只能走向死亡。

机村的人开始向往外面的世界，他们急于离开机村。比如央金，她的动作和表情全然是那个时代电影里的。她因为爱情的失意偶然地离开了机村，进入省城去学习了。美嗓子色嫫也渴望离开机村，站在外面的大舞台上歌唱。她学会了当时的流行歌曲，却忘记了自己最早会唱的那些来自祖先的真正美妙歌曲。还有"我"的表姐，她们对机村的一切几乎有些不屑，心里只有两个字——离开。索波也曾一度努力想离开机村，但是让他暗暗转变的是他的一次出行，他遭受到了前所未有的屈辱。

相对而言，《空山》前四卷中卷一的诗性更强，后面三卷的写实性更强一些。到了卷五《轻雷》，似乎有意朝向人物内心，同时开始更多书写人性中的善。轻雷是一个离机村很近的地方的名字，过去没有公路和汽车的年代，世界比现在寂静，机村人在几里之外就能听到这个地方河水交汇时隐隐的轰响，犹如轻雷声，就以此命名。然而，到了外来者这里，这个地方只能是众多的双江口中的一个了，人们已经忘记这里最初那个富有诗意的名字了，只有拉加泽里独自用藏语念出这个名字。拉加泽里是机村很聪明的年轻人，原本也是机村最有可能考上大学的人，却因为家庭的原因退了学，来到双江口镇赚钱。他在这里遇到了曾经是个老右派的李老板，从小没有父亲的拉加泽里在李老板这里得到了父爱，也得到了他的帮助。后来李老板得了绝症离开，把自己的财产留给拉加泽里。人们为了赚钱不顾一切，森林被无情地砍伐。最终因为这些事情拉加泽里杀了人，在狱中度过了十二年。十二年后他重新回到机村，物是人非。

四

《轻雷》一卷从书名到内容到意象都充盈着忧伤的气息。一首忧伤的藏族古老民歌仿佛是为了拉加泽里而唱的："在翻过高高雪山的时候，我的靴子破了。靴子破了有什么嘛，阿妈再缝一双就是了。可是，雪把路也淹没了，雪把方向也从脚下夺去了。"拉加泽里曾经一时之间失去了人生方向。暮色中李老板的胡琴声音也是作为意象而存在的，那低缓犹疑的沉吟声注满了黄昏里渐渐逼仄的空间，如泣如诉，似悲还喜。这胡琴声仿佛也在哀叹山中那些被砍伐的美丽树木的生命。

如果这部作品仅仅是对机村当代历史的书写，那么它将停留于一个有限的时空，阿来在点题之作卷六《空山》中逆时空而行，将机村的历史推向了几千年前的新石器晚期。拉加泽里回到机村开了一个酒吧，而他的更多精力放在用李老板留下的钱栽树上。机村与外面世界的联系越来越多，一方面是开发旅游，一方面是年轻人走向外界。卷六中出现了"我"，一个从机村走出来的作家。"我"在异国旅行时，开始书写达瑟故事的时候，突然强烈地预感到机村有事，达瑟要死了，我回国后立刻回到机村。而这时机村里来了个女博士，她以一种外来者的优越感观察机村，并写下了一些文章，她与拉加泽里成了临时的情人。机村的人不止一次说，留在机村的都是些没有出息的人，然而，正是这些人想修复色嫫措湖，所有机村的人在这件事情上取得了一致，连曾经的仇敌也因此站在同一战线上。但是政府却决定在机村这里修水库，因此，机村要消失了，要被淹没在水下面。

在现代文明的进程中，机村的人对自己村落的命运无能为力，并由此产生恐惧。达瑟那首没有写完的诗就是这种心境的表达："它们来了。我害怕。来了，从树子的影子底下，来了，那么多，在死去的豹子的眼睛里面。我看见了，我的朋友没有看见。来了，从云彩的……害怕。"达瑟的害怕就是对机村以外的世界的害怕，对现代文明的恐惧。兴建水库的工程刚刚开始的时候，人们发现了几千年前的村落遗址，机村的人们为此欢腾，他们心里只有一个想法：祖先的村庄。考古队长从来没有见过一个遗址的发掘对一群人的感情有如此大的震荡。对机村的人来说，他们找到了自己祖先的村庄，他们的机村复活了，一个村子就是一个大家的感觉。达瑟的书也无意中找到了。机村的人开始唱那首真正属于机村的歌，歌词是达瑟的诗：

雨水落下来了，落下来了！
打湿了心，打湿了脸！

牛的脸，羊的脸，人的脸！
雨水落下来，落在心的里边——和外边！
苍天，你的雨水落下来了！

机村所有的人在月光下歌唱，踏着古老的舞步，穿行在这座即将消失的村子里。大雪在这一夜降临，阿来这样写道："雪落无声。掩去了山林、村庄，只在模糊视线尽头留下几脉山峰隐约的影子，仿佛天地之间，从来如此，就是如此寂静的一座空山。"机村是中国千万村庄中的一个，它终将消失于水中，但阿来却让它的历史、它的隐痛以及其中的神性与人性在《空山》中得以留存。

《空山》是一首古典信仰的悼亡曲，是一篇关于神性衰亡的悼词。所有的叙述都是向下的，向着深渊的，是悲伤的，是无可救药的。它在试图用这样的方式控诉一个时代，同时，也是以这样的方式顺应另一种关于文明的判词。掩卷沉思，如此便好吗？

是啊，如此便好吗？

作家不是思想家，也不是哲学家，更不是革命家，他无权去回答关于未来的一切幻想，他只需要呈现过去与当下。但是，我还是不禁要反问，难道神性在灭亡之后我们就只能如此哀悼且悲伤吗？我们应当怎么办？在人性之上还有哪些灯盏可以去点燃，以此来照亮黑暗的人性世界？还是我们必须回到那个古老的神性世界中去？但如果去不了呢？我们又将如何建设人类的精神家园？

显然，阿来并没有这样去想，也没有更多的精神资源来回答这样的问题。但这正是我们要思考的。这才是问题的关键所在。

极端的命运之书
——论东西的《篡改的命》

东西的小说与桂地的南国植物很相似，茂密地、葳蕤地、兀自地生长着，各有不同。北方的人初见时总忍不住想知道它们的名字，也想知道它们会结出什么样的果实。东西写小说每每以悬疑开篇，再如剥笋般层层向内，最终将真相一一呈现出来。这样的叙述实在是一种奇特的分析和倾诉，让小说成了一株株葳蕤奇异之树。很大程度上，它源于作家的童年经验。东西在少年时代体验过特殊的倾诉与聆听，在中国南方一个没有秘密的小山村，他过早体验到为人的艰难和人情的险恶。母亲只能对年幼的他倾诉，他只能努力聆听。他说："这种倾诉与聆听的关系，深刻影响我对小说的理解。我以为小说就是释放自己的懊悔和积怨，倾吐自己的秘密，以博取别人的同情。"[1]东西的写作具有明显的倾诉性，给他带来一时盛名的中篇小说《没有语言的生活》就是一次奇特的倾诉，小说中盲人、聋子和哑巴之间的沟通是东西对世界的某种隐喻，更是对写作与阅读关系的隐喻。长篇小说《后悔录》中的曾广贤更是一个执拗的永不停歇的倾诉者，他要倾诉自己痛彻心扉的后悔，没有人愿意听，他就花钱请按摩女来听。当然，这不是真正的聆听，可是他一直在倾诉，这种倾诉本身在某种程度上比倾诉的内容更重要。东西的作品形式复杂，主题却很一致：存

---

[1] 东西：《关于小说的几种解释》，见东西：《谁看透了我们》，江苏文艺出版社2011年版，第15页。

在的荒诞、人性的善恶角力，以及命运之神的残忍和人的无力。长篇新作《篡改的命》将笔力挺向社会转型时期的底层人物命运，触及由乡村至城市的文化空间，悲怆而痛彻，荒诞又真实，堪称一部极端的命运之书。

命运：在篡改与被篡改之间

《篡改的命》中，出身穷困的农民之家的青年汪长尺竭尽全力想要篡改自己的命运，却又总被别人轻而易举地篡改了命运。他所有的努力在命运面前都化为了乌有，最后主动选择了死亡，他的命运悲剧显然是极端性的、彻底的。他让我们抵达了主人公内心最隐秘的地带，让我们看到一个人灵魂中全部的坚忍与脆弱、欲求和疼痛。

这样重要的一个人物，让他出场自然是要郑重而特别的。《篡改的命》开篇三百余字的引子就抓住了人心："汪长尺提前十分钟到达指定地点，这辈子他从来没迟到过，因此他不想在最后一次背上'迟到'的名声。他穿着干净整洁的衣服，理了头发，刮了胡须"，准备跳河自杀。他看着两岸依次排过去的楼房，"想那个人一定隐藏在某扇窗口之后，举着望远镜，正在监督我对我的执行……"这样的叙述立刻带给读者两个疑问：汪长尺为什么要准时自杀？监督汪长尺自杀的人是谁？然而东西并不急着告诉读者答案，他一如既往地让小说缓缓前行。原来汪长尺是一个来自"谷里"的乡村青年，原本试图通过高考改变一家人的命运，却因为填报志愿的原因没有被录取。汪长尺复读，一无课桌，二无食物，为了果腹和生存不得不弃学打工，由此经历了常人不能想象的生活。其间，由于讨薪而得罪了富豪林家柏，他的命运从此和这个人发生了莫名的复杂的关联。

东西的小说喜欢隐喻。汪长尺结婚后带着妻子到省城打工受伤，只得到少得可怜的精神赔偿。他受伤时身体别处都不要紧，就是生殖器受了伤，丧失了性功能。这绝对是一个别有深意的隐喻，它意味着汪长尺从谷里到省城以后被"去势"的命运，意味着农民进城后在文化血缘与身份上的中断与丧失。汪长尺此次将注定成为一个无根的漂泊者。与此同时，为了生存，汪长尺默许妻子每天晚上出去做妓女，但仍然不能解决生存的根本问题。一个乡村青年带着巨大的渴望进入城市，却变得一无所有，还失去了自尊、身体和更多的东西。这个时候，再回到小说开头，就发现一开始汪长尺还是个有幽默感的青年。他填报志愿时并非真的非北大清华不上，而是"想幽他们一默"，"他们"是谁呢？是教育局的工作人员，还是命运之神？无论"他们"是谁，汪长尺的幽默都没有成功，反而被"他们"幽了一默。

汪长尺在省城生活得艰辛痛苦，处处表现出过分的敏感和自尊。医生一句无心的话，他一听就火。他在心中接受了自己的命运，但是他要篡改儿子的命运，为了儿子能享受更好的教育，拥有不再穷困的未来，他把儿子送给了自己的仇人林家柏，从此一边打工，一边偷偷守望。最后，为了让儿子有一个健全幸福的家庭，一个永远不再颠覆动摇的身份，汪长尺与林家柏谈判并达成协议，条件是汪长尺跳河自尽。这样就有了小说开篇汪长尺如约赴死的情节。

将亲生儿子送给自己的仇人，这是《篡改的命》中最残酷的一笔。这一情节在现实中似乎不近人情，在小说中却似乎顺理成章。汪长尺认为，儿子大志万一不成才，就得过自己这样的生活。他与妻子小文商量将大志送人时说："其实，我们可以变被动为主动。""把他送给有钱人，即使成不了才，也能荣华富贵。"妻子小文抱起大志，紧紧地抱住，生怕被人一把夺去。汪长尺并非不爱自己的儿子，妻子怀孕时为了劝妻子不打胎，他曾经冒死从工地的脚手架上摔下去。但是，他在与命运的抗争中彻底失败并且认输。他想了足足半年，才有勇气说出来将儿子送人的打算。他自己说：能说出这句话的，一定不是人，而是畜生。可是，他认为自己的生活与其他人的生活的差别之大不是自己不够努力，而是自己出生在农村的悲惨命运。他越说越激动："牛就是牛，马就是马，即使把它们牵到北京上海，也不可能变成凤凰。""现在残酷，那是残酷我们自己，将来残酷，那是残酷大志。"听着妻子和儿子的哭声，汪长尺的鼻子一阵阵酸。尽管他也很悲痛，但他仍然咬着牙，将儿子送给了林家柏。他无法篡改自己的命运，却最终用了一种极端的方式篡改了儿子的命运。

在汪长尺的命运轨迹中，父亲汪槐是一个重要角色，改变命运的想法是从汪槐开始的。相比之下，他的性格更为顽强，从不服输，从不在人前低头。汪长尺不敢找县教育局的人，他敢。为了改变儿子命运，他在所不惜。小说中父子有关命运的对话不少。为了儿子能上大学，家里的谷子黄了他也不管，他说："谷子算什么？命运才是第一。"所以，当他对汪长尺说"别再喊了，认命吧"的时候，汪长尺觉得这话不像是汪槐说出来的。值得思考的一个细节是，汪长尺命运的真正改变是到了下一世，而且这个改变还是靠了父亲汪槐——汪槐由城市的拾荒者变成了乡村的魔公，也就是巫师。他超度汪长尺的灵魂，让他转世到了城里，成了林家柏的亲儿子。《篡改的命》中的林家柏仿佛是个罪魁祸首，汪长尺的命运似乎时时处处与他相连，而这个人却始终按自己的心愿活着，竟然成了汪长尺另一世的亲身父亲。

东西喜欢深掘人的内心秘密，他不止一次引福克纳的话来表明自己写作的立场："必须发自肺腑，方能真正唤起共鸣。"[1]"每一个人都有极其隐秘的心理，它藏在心灵的最深处，我把它称为'秘密地带'。"[2]东西以此为题写过一个小说，他想说的是我们的邪念我们的脆弱全部躲在"秘密地带"里，一般不会被人察觉。而《篡改的命》就是一部发现我们心灵深处的秘密地带的作品，它充满了命运性因素。命运之神的手翻覆之间，个体的人是那么无力。东西说："我们的写作其实就是跟踪人物，那个人不是别人，是我们自己，是我们的心灵。"[3]用心的阅读又何尝不是，阅读《篡改的命》就是跟踪汪长尺，他不是别人，是我们自己，是我们自己的内心，包括无意识。

---

[1] 东西：《创作三问》，见《谁看透了我们》，江苏文艺出版社2011年版，第21—22页。

[2] 东西：《谁看透了我们》，见《谁看透了我们》，江苏文艺出版社2011年版，第32页。

[3] 东西：《要人物，亲爱的》，见《谁看透了我们》，江苏文艺出版社2011年版，第27页。

从这点上说，我们似乎还不能简单地将人物看作是正与邪、善与恶的分界，而是会看到本能与人性更幽暗和复杂的景象，正如老弗洛伊德从莎士比亚和安徒生的作品中看到的一样。

但毕竟，道义永远是站在弱者和贫穷一边的。作为弱者的汪长尺有足够的理由抗争和试图改变，小说因此带给我们的道德力量仍然是最主要的，只是，东西有能力让这种道义力量不变得简单化，而使之更具有震撼人心的力量。因为说到底，弱者所能够改变的总是很有限，他只能用毁灭自己的方式，来终结自己这穷困的命罢了，所以才显得更加惨烈。

还有一点也要牢记：他到死都不知道其实自己当年考上了大学，却被别人冒名顶替去上了。所以，"篡改"是互相的，汪长尺的篡改努力是在后的，且是出于不得已。

其实，当代文学中不乏这种极端性命运的书写，尤其是在先锋小说中。最典型的例子是余华《许三观卖血记》中的许三观，《活着》中的福贵老汉。许三观为了生存一次次地卖血，但他和他的亲人们都活了下来，拥有普通人生活的幸福，哪怕这幸福是与悲伤和荒诞相伴随的。福贵老汉所有的亲人离开了人世，但他还活着讲述自己的一生。现在，汪长尺出现了，他妻离子散，活着没有任何希望，实现改变命运的心愿也是到了重新投胎之后。他的命运是极端的，在篡改与被篡改之间，这个时代最痛的伤口被撕开。在这一点上，《篡改的命》同样是一种充满勇气的、血与泪的、直面现实和充满人文主义情怀的书写。

文化空间：从乡村到城市

当前的中国文学中，拥有极为丰富的乡村和城市书写，也能在各种文学故事中看到二者的复杂多样。乡村和城市以及它们之间的关系，细究起来都是不断变化的历史。我们似乎很容易将文学中的乡村与城市分开，但事实上还有乡村与城市之间的一些中间形式和过渡地带，譬如当代文学史上路遥笔下的县城、苏童笔下的城北地带等等，都不能算作标准的乡村或者城市。正如雷蒙·威廉斯所说的："我们的真实生活经历不仅仅是对乡村和城市的最独特形式的经历，而且还包括对二者之间的许多中间形式以及对新的社会、自然组织的经历。"[1]在这一点上，东西的小说充分体现出乡村与城市之间的复杂关联，以及与此相关的文化转型时代的复杂性。东西本人出生在一个叫谷里的乡村，在县城上过中学，后来又到省城，这样的经历对他的创作形成很大影响。他的小说书写也是忽而城，忽而乡，更有二者之间的交叉地带，比如县城。《篡改的命》从乡村谷里出发，步步为营，先到县城，再到省城。

回望现代以来的作家，许多人都有自己的文学坐标：鲁迅的浙东、沈从文的湘西、汪曾祺的苏北、贾平凹的商州、莫言的高密东北乡，以及苏童的枫杨树故乡等。现在，东西将故乡谷里确立为自己的文学坐标，以它为中心一步步开拓自己的文学疆域，在乡村与城市之间演绎出人性的善恶、命运的残酷，还有文化转型时代乡土文明的式微与隐痛。东西对其故乡谷里可谓有一种别样的乡愁。母亲离世后，他曾经以为谷里与他的联系仅是两堆矮坟，一堆是父亲，一堆是母亲。东西儿时的谷里周围是森林和草地，夜里常常听到野生动物的声音，夏日野花，秋日果实，冬日仍然有金黄的青冈林。因为升学和工作的原因他逐渐远离了谷里，当母亲彻底离开他后，"故乡就猛地直逼过来，显得那么强大那么安慰"。或许失去才会意识到更加重要，东西在亲情之伤日益发酵的时候会想起谷里，在困难时刻"家山北望"，因为故乡替代了母亲[2]。然而，东西文学世界中的谷里却是一个被抛弃的乡村，一个承担了文明隐痛的地方。

东西小说中的乡村没有一丝田园与诗意，有的是鲁迅与乡土小说

---

[1] [英]雷蒙·威廉斯：《乡村与城市》，韩子满等译，商务印书馆2013年版，第393页。
[2] 东西：《故乡，您终于代替了我的母亲》，见《谁看透了我们》，江苏文艺出版社2011年版，第82-83页。

流派的冷峻甚至残酷。《篡改的命》中的乡村是破败的，让人无法留恋的。东西有关城乡区别的第一个表述极为隐约却非常明晰，他让汪槐的一句话说明了所有问题。汪槐和汪长尺到县城开了个标间，汪槐用双手压了压床铺，说这么软这么白，今晚就早点睡吧。这句话道出了城乡的不同，汪槐的家破败肮脏。后来，汪长尺从省城回到谷里，发现"山形还是熟悉的山形，但村庄却好像比从前更破败更冷清。特别是自己家，竟然还是原来模样，歪斜着，仿佛一阵风就能掀翻"，"两根剥皮的杉木从地面直冲屋顶，撑住歪斜的大梁"。如此破败冷清的乡村已经不再是适宜人生活的地方，于是，乡村的人从心底发出到城里去的喊声。

县城在《篡改的命》中是一个关键的地方。汪长尺生长在谷里，但他读书高考是在县城，命运被别人篡改是在县城，他父亲为了他的前程跳楼弄假成真是在县城，后来，汪长尺从省城回来寻父也是在县城，他人生中第一次与林家柏发生关联也是在县城。县城是城乡文明的边界区、交融区，既有城市文明的介入，又有乡村生活的因子，是一个特殊文化空间。小说中代表了城市力量的林家柏在县城已经一手遮天，而代表了无助的乡村力量的汪长尺在这里蒙受冤屈。在某种程度上，林家柏与汪长尺的矛盾就是文化转型时期的都市文明与乡土文明的矛盾，而汪长尺的节节败退就是乡土文明的节节败退。乡村的人篡改命运的办法只有一个，就是摆脱乡村，成为城里人。这其实就是乡土文明与城市文明的隐喻，谷里的破落就是乡土文明的式微，它的被弃就是乡土文明的被弃。东西的小说向来喜欢隐喻，而这个隐喻中蕴含了太多的无奈与隐痛。

客观看来，《篡改的命》中对省城的文化空间并没有深入展开。但是，省城是都市文明的象征，也是汪家三代的奋斗目标。《篡改的命》第一章就写汪槐和汪长尺不顾一切要离开谷里，一心想到城里生活。为了这个目标，汪槐成了残疾人，汪长尺也遭遇了被去势的命运，但是他们仍然一心想离开谷里进城。汪长尺的儿子大志在小说中不可忽视，他是汪家唯一的后代，他的身上凝结了汪家人进城的梦想。尚在婴儿时期，爷爷奶奶一带他回谷里他就一直哭泣，再饿也不吃谷里人的奶，还生莫名其妙的病，而一回到省城，病又莫名其妙地好了。在谷里的人看来，大志就是农村过敏体质，不能待在谷里。汪槐原以为儿媳出卖肉体的职业肮脏，却发现对于孙子大志来说，最肮脏的是家乡谷里的一群跳蚤。大志成为林家柏的儿子林方生后极为聪明懂事，从来不给养母方知之添乱。数年后，林方生警察大学毕业进入刑侦支队工作，无意间发现生父的冤屈和自己身世的秘密，他无比恐惧，他不愿意替生父申冤，不愿意让任何人知道真相，更不愿意回到自己的"原产地"谷里。而汪长尺的灵魂也转世到了省城，从此，谷里与汪家后代无关，他们未来的故事都将在省城上演。

说到未来，在东西的乡村与城市之间，未来是面目模糊的。就小说本身而言，传统的文学作品中，人物是有结局的，人死后是有归宿的，比如天堂或地狱。然而，城市的生活经验与文明却将文学带入了一个艰难的境地，它所催生的有关未来的经验是模棱两可的，或者说是悲观的。虽然现代文学以来作家们对于传统文学的模式有所继承，但有关未来的一切几乎发生了本质上的变化。《篡改的命》结尾处，汪长尺的灵魂要转世，身为魔公的汪槐大声问："长尺要投胎，往哪里？"从两个孩子青云、直上开始，到越来越多的人，再到全体村民，不停地大声齐喊："往城里。"汪长尺的灵魂终于飞向省城，投胎为一个城里人。林方生，也就是大志，知道自己的真实身份后极为害怕回到谷里。事实上，类似的结尾在《耳光响亮》里已经有了：金大印成了有钱人，他开着豪华轿车迎娶牛红梅时一再叮嘱众人，离开时千万不要回头，如果一回头，就会回到以前的生活里。所以，大家离开的时候都是往前看，对美好未来的无限期许其实就是对过去的绝对否定，对城市的无比向往就是与乡村的决绝断裂。作为故园的乡村被弃，而城市却不能成为新的归属，未来在哪里？东西的小说没有结局，没有答案。所以，当我们向文学史深处回望时，就会发现《篡改的命》的结尾其实是《红楼梦》的开端,汪长尺的灵魂转世权贵之家,另一世的生活才开始,一切仍然是个未知数,然而,大抵也是悲剧。

存在:荒诞才是真相

昆德拉在《小说的艺术》中说:"我理解并且同意赫尔曼·布洛赫一直顽固强调的:发现唯有小说才能发现的东西,乃是小说唯一的存在理由。一部小说,若不发现一点在它当时还未知的存在,那它就是一部不道德的小说。"[1]发现是东西一直以来的追求,他说:"我以小说比生活提前为乐趣。"[2]东西通过写作发现荒诞是这个世界的真相之一,是存在的方式。这是他最重要的经验。《没有语言的生活》里写一聋一瞎一哑一家人的命运,竟然与川端康成的命运不谋而合。这种写作是对于世界的一种有意义的发现,它总能在现实生活中找到偶合式的印证。虚构的荒诞就是现实的生活,甚至生活本身的荒诞远远超出了小说的虚构。不管想象力多么丰富,却无法超越生活的悲痛;悲剧出乎我们的想象,它挑战我们,似乎永无穷期。

东西时时不忘强调现代人存在的荒诞与脆弱,在最近的一次访谈中,他这样说:"也许,在这个荒诞的世界上的我们,写作时根本不需要什么表现荒诞生存的方法,照搬生活就够了,甚至生活远比小说更加荒诞。"[3]东西在倾诉存在的荒诞方面确实不遗余力。存在如此荒诞,谁能证明自我?《不要问我》中的卫国在火车上丢掉了身份证,他想在另一座城市取得别人的信任,想找工作、想结婚,但是这一切根本不可能。重要的是,他要不断地证明自己是谁,到最后连他也开始担心,自己忘记自己是谁。这样无证件无安全感的生活似乎非常荒诞,但与现实中的"孙志刚事件"相比,竟然尚显温和。湖北青

---

[1] [法]米兰·昆德拉:《小说的艺术》,董强译,上海译文出版社2011年版,第6页。
[2] 东西:《寻找小说的兴奋点》,见《谁看透了我们》,江苏文艺出版社2011年版,第75页。
[3] 周新民:《东西:永远的先锋——六〇后作家访谈录之十六》,《芳草》2015年第4期。

年孙志刚在广州因为没有暂住证，被警察带走，先后被带到派出所、收容遣送中转站和收容人员救治站，三天间遭受野蛮殴打而死。东西表示虚构写作与现实生活的偶合仿佛是一种命运，它使写作者无地自容。而事实上，东西的小说也会让阅读者无地自容，因为我们对于这些年乡村世界的苦难与付出同样是健忘的。卫国的"自我丢失"是人的异化，也是文明的异化，这与卡夫卡《变形记》中格里高尔的变形可谓是异曲同工。

东西坦言自己受到西方文学的影响，在自报家门式的创作谈《我的致命弱点》中，他说自己太过于喜欢外国文学，并列出一长串他喜欢的外国作家名字：马尔克斯、福克纳、卡夫卡、略萨、加缪……[1] 他的笔名也是由此而来，他在东方看西方，所以有东有西。当然，有人认为他的笔名是一种自嘲，或许也有此意味，但西方作家确实是他精神资源中重要的一部分。西方作家对存在与荒诞的发掘也是东西小说的特征之一。加缪在《西西弗的神话》中对荒诞有着精辟的论述，现代人面对世界时，产生一种无目的、无意义之感，在他看来，西西弗就是个荒谬的英雄。"他之所以是荒谬的英雄，还因为他的激情和他所经受的磨难。他藐视神明，仇恨死亡，对生活充满激情，这必然使他受到难以用言语尽述的非人折磨：他以自己的整个身心致力于一种没有效果的事业。"[2]《篡改的命》中，汪长尺就是一个荒谬的英雄。为了进入城市，他不惜一切代价，却永远生活在城市之外。他有极强的自尊，却在生活中活得没有一点儿尊严。他生前强烈渴望离开家乡谷里，死后却迟迟不愿离开。他的奋斗、他的抗争就像西西弗每天推石头上山，明知石头还会滚落，但每天都要继续推。命运之神不止一次与汪长尺开玩笑，最后将他带向死亡。事实上，总有人妄图篡改命运而不能，想要扼住命运的咽喉却被命运之神扼住了咽喉。

---

[1] 东西：《我的致命弱点》，《南方文坛》1997年第1期。
[2] [法]阿尔贝·加缪：《西西弗的神话》，杜小真译，生活·读书·新知三联书店1987年版，第157页。

东西的文学世界里，荒诞才是这个世界的真相。文学的真相却可以与现实重合。人的"自我丢失"，身体与心灵的剥离，在现实中比比皆是。东西用黑色幽默的方式把世界的荒诞撕开给人看，《篡改的命》中处处是黑色幽默。小说共七章，七章的名字除了"篡改"之外，有一些是流行的网络语言，一些是当下社会上的流行用语，比如"死磕""弱爆""屌丝""抓狂"等，东西用这些词语实现了荒诞的揭示与反讽的效果。东西也会用巧妙的方式让读者在阅读中想到现实，最经典的一个情节是汪长尺不服气林家柏欠债不还，问黄葵林家柏凭什么这样？黄葵说："因为他爸是林刚。"这让人不禁联想到现实生活中的"我爸是李刚"。想笑，但又觉得沉重，笑不出来。汪长尺的悲怆命运压在我们心上，我们如何发笑？

东西在《篡改的命》中将剧作因素引进了小说，一方面增强了小说的场景感和戏剧性，一方面更加深切地实现了呈现世界真相的初衷。汪槐为自己行乞找借口，对儿子说："要怪就怪你爷爷，怪他当年为什么不跟着闹革命？"这是一种恨自己不能拼爹的心情。而小说第六章的名字就叫"拼爹"。不能拼爹只能拼自己，汪长尺终于将自己卖了个好价钱。东西这样写道："他的手里举着一本打开的存折。镜头慢慢往前推，存折越来越大，大到屁股那么大时，画面定住。汪长尺数了一下，大志的存款有8位数，'1'的后面有7个'0'。"这种叙述视角的转换完全是拍摄镜头的推移。金钱与情感的复杂交织通过逐渐放大的数字表现出来。汪长尺一生没有这样兴奋和激动过，他当时想的是："我这条命也许是我们村，不，我们乡，不，我们县卖得最贵的，你们的儿子有出息了。"这种兴奋和激动与阿Q临刑前对自己圈没画圆的遗憾是那样相似！

东西延续了鲁迅与乡土小说流派对乡土社会的揭示方式。汪槐借了村里人的钱一时之间没有能力偿还，债主们纷纷上门抢搬家具，连汪槐的棺材都抢了去。汪长尺寄钱的消息在谷里传开，人们纷纷上门道贺，却又不走，等着喝茶、吃饭。这样的情景似曾相识，乡土小说作家鲁彦《黄金》里就有这样的情景。汪槐残疾后生存艰难，无奈之下做起了巫师，这几乎是他唯一的选择。他拜师光胜，因为他的文化水平比光胜高，做魔公的水平也就比光胜强。每每被人用滑竿抬着迎送，他就觉得自己是阴界的"驻阳大使"，就会想起一句古话："穷则变，变则通，通则久。"东西用夸张变形的方法将存在的荒诞感推向极致，在极致中实现了对现实的深层揭示。东西说，《篡改的命》写到最后他哭了，一把辛酸泪淹过了荒唐言。

碰巧我在读《篡改的命》之前，刚刚读完亚历山德罗·巴里科的《一个人消失在世上》[1]，两本书所写内容虽然相去甚远，对于命运与存在的揭示却非常相似。巴里科的作品中用隐喻的方式讲述一个名叫贾斯珀·格温的作家试图"篡改命运"的事。贾斯珀已经在国内外享有一定声誉，但是突然有一天，他在报纸上发表声明今后有52件事情再也不做了，最后一件事情是：写书。一个作家辉煌的职业生涯就这样结束了。然而，此后他一直在寻找适合自己的工作，当抄写员，用文字给人做画像，但最终他忍不住还是写起了书，不过换了一个名字出版而已。一个人可以在世上假装消失，但是他无法篡改自己的使命——或者说命运。一个真正的作家永远摆脱不了写作的命运，东西也一样，写作是他无法篡改的命运。

---

[1] [意]亚历山德罗·巴里科：《一个人消失在世上》，陈英译，湖南文艺出版社2015年版。

杜光辉的可可西里

杜光辉十六岁参军，在青藏高原当了六年汽车兵。一次执行任务的过程中几乎失去生命，竟然奇迹般活了下来。20世纪80年代初期，杜光辉开始文学创作，在常人无法想象的艰难状况下创作出最初的几十万字，却未能引起任何人的注意。1992年杜光辉闯海南，一度身无分文，为了生存，尝遍人世间的辛苦。但他一直自强不息，坚持文学创作，终于实现了梦想，成为一名真正的作家，并成为海南琼州大学的中文系教师。他的长篇小说《可可西里王》和中篇小说《哦，我的可可西里》《可可西里狼》《可可西里的格桑梅朵》《金蚀可可西里》《巴颜喀拉山的阿妈鱼》等以揭示人与自然的同时失衡为主题，并在此基础上对人类文化文明进行一定程度上的反思。这些作品呈现出可可西里日趋恶化的自然风貌，令人震撼，使人难忘。其中记录人类最早进入这片无人区的历史更是让人忧思、却步。

可可西里位于青藏高原的中心地带，原本是无人区，但20世纪80年代起，有人开始进入这片无人区开采金矿，他们的闯入使可可西里的平衡岌岌可危。更为可怕的是，1985年以前，可可西里生活着大约一百万只珍贵的高原动物藏羚羊，然而，当欧洲和美洲市场对由藏羚羊绒为原材料制成的莎图什披肩的需求增加时，藏羚羊绒价格暴涨，各地盗猎分子纷纷涌入可可西里，对生活于其中的藏羚羊大规模屠杀。短短几年时间，数百万藏羚羊几乎被杀戮殆尽。尽管可可西里引起人们的重视是在2004年的秋天——因为陆川的电影《可可西里》，但是早在此前的20世纪90年代，杜光辉就已经开始关注那片土地了。

在杜光辉的作品世界中，可可西里首先是原始的、广袤的、壮丽的，它的美无与伦比："可可西里的冬季真美，极目望去，四周的山巅上托起了一小溜血样的太阳，这雪色的世界分外娇艳。太阳一丝一丝地扩大一小溜，一小半，一大半，终于一个浑圆巨大的火球挣扎出雪山的搂抱，升腾至雪山之巅，可可西里充满了太阳的辉光。相比之下，众山低矮，如朝拜的臣子，接受太阳的加冕礼。""夜里，月色极好。我可以说，全中国的月亮都没有可可西里的月亮好。由于可可西里没有一丝人为的污染，月亮就显得分外皎洁，像是用可可西里无人区的冰雪擦过一样，洒向草地上的月光也显得格外柔和纯净。不远不近的可可西里和远处的唐古拉山山脉，被月光罩得像是蒙了层帷幕，显得遥远和神秘。"在这种被原始自然的美包围的世界里，一切生物的存在都遵循着"物竞天择"的自然法则，自然界中的生态链在这里也是原始而平衡的。"地里长草，草有春夏秋冬四季的制约，春发夏旺秋枯冬藏。黄羊一类的动物吃草，狼吃黄羊，鹫雕吃狼。就这么一物克一物，要是狼不吃黄羊了，黄羊的繁殖力又强，黄羊太多了草又不够吃。要是鹫雕不吃狼了，狼的数量又太多了，就把黄羊吃光了，狼没有黄羊吃了自然就降低了繁殖力。"这个世界虽美，但也是无人区，它不适合人类生存，所以它的生态链中本没有人类。人类一旦进入这个世界，就破坏了它的美，破坏了其中生态链的平衡。因为人类是带着千百年来业已形成的文明观和利益观进入其中的。比如，狼是可可西里生态链中的一分子，它与可可西里的草和羊一样不可或缺；但是，它在人类的文明观中是恶的化身，是人类所憎恶的对象，所以，人类一进入可可西里，就将枪口对准了它。然而，当人类被黄金的光芒所迷惑，就会变得比狼还贪婪凶残。

"可可西里"世界中，自然生态与人的精神生态同时失去了平衡。荒凉原始而又美丽绝伦的可可西里上，几位主人公是当年的战友，他们为了配合测绘大队对可可西里无人区进行测绘，一起踏上了这片神奇的土地。他们曾经与这里的一切相濡以沫，他们彼此之间也曾患难与共。然而，当他们走上自己的人生道路时，却发生了可怕的变化。为了挖金子，他们破坏了这里的草原，为了金钱，他们将枪口对准了正在生育的藏羚羊群……曾经被雷指导员用生命救回的王勇刚，竟然为了获得金钱，大肆采金掘矿，破坏了植被，疯狂捕杀藏羚羊，甚至与国内外犯罪分子合作，成了"可可西里王"。曾经与他同生共死的战友李石柱，为了保护可可西里的野生动物，用身躯阻挡盗猎者时，却被王勇刚的手下打死……这一切，得到了暂时的利益，但从长远看，却是人类为自己挖掘坟墓的行为。

杜光辉表现出对人类反生态文明行为的否定和痛心，他借小说向人类发出了严正的生态预警：人类若是将这种以自己为中心的文明观持续下去，那么，大自然就会以自己的方式来惩罚人类，这惩罚虽是沉默的，却是足以令整个人类毁灭的。"可可西里"系列小说如此，其后的小说更是如此。《巴颜喀拉山的阿妈鱼》中，为了自身的利益和金钱，人类以毁灭性的手段捕完了黑河里的阿妈鱼，最后，没有一条阿妈鱼的河水给人类亦带来了毁灭性的瘟疫。

若仅在小说中发出生态预警，那是断然不够的。英国著名生态文学研究者贝特主张，生态文学要探讨导致生态灾难的社会原因，指出人类的文明究竟从哪里开始走错了路。杜光辉在其生态作品中注入了他的文化思考，这就显出了他的不同。不论"可可西里"系列，还是其他小说，杜光辉都没有停留在生态预警的层面上，他总是对出现生态危机的本质原因进行着思考。他揭示出的，不仅仅是自然生态的危机，更多的，是人类精神生态的危机，毫无疑问，这也是自然生态危机的根本原因所在。意识到这一点，杜光辉开始寻找人类与自然保持和谐的出路。或许是曾经在藏区参过军受到藏传佛教潜移默化的影响，他提倡人类应该对大自然有种敬畏精神，这与藏传佛教的思想极为相似。他在《巴颜喀拉山的阿妈鱼》《可可西里的格桑梅朵》《可可西里狼》等小说中反复提到了佛爷。在这里，佛爷是人们心目中的神，也可看作大自然的别称，作品中人物对佛爷的敬畏，事实上是对大自然的敬畏。与此相关联，杜光辉不止一次在作品中肯定和赞美生态精神，试图以此来激发读者的生态意识。了解到这一点，就能理解为什么杜光辉作品中既有面对生态危机的悲哀，又有面临生态危机时的反抗和努力。他笔下既有为了利益破坏生态的卑琐人物，也有为保护生态不息战斗的英雄人物。比如桑珠的阿爸（《可可西里的格桑梅朵》），为了救一只失去母亲的小羚羊，冒着生命危险夜里往返一百多里；他们没有钱治病，但仍断然拒绝了偷猎者对小羚羊的高价收购。还有李道满和藏族军人仁丹才旺（《可可西里狼》），为保护可可西里的珍稀动物，献出了自己的生命。

当我们的家园轰然坍塌在现代文明的脚下时，当大地母亲承受着不能承受之重时，文学何为？杜光辉清楚地知道，这是个多元的时代，"几乎没有作家会认为读者看了自己的作品会产生脱骨换胎的转变，也不会相信放下阅读的小说就会洗心革面，立地成佛，更不会相信自己的作品会成为社会发展的推动器。但是，作家应该认为文学作品可以感化人的灵魂和情感，给人充实向上的精神食剂，使人追求荣誉感、牺牲精神、怜悯同情的慈悲心理，用'善''爱'感召人们的灵魂，引领人们趋向阳光照耀的地方。同时，伟大的作家应该用自己的作品预警人类的苦难，洞察和怜悯人类已经发生的苦难，拒绝对人类苦难的遗忘，昭示人类认识自己的苦难并走出苦难，避免未来的苦难，改善人类的未来"。这是杜光辉内心深处对作家精神的认识，也是他一直以来努力的境界。与此同时，他用自己的笔和心捍卫着生态精神，这是大自然中原本存在的一种精神，而人类在以自我为中心的膨胀中忽略并忘却了它。

偏执的美与失
——张承志《相约来世》及其他

文学中的偏执之美

必须得出这样一种判断：偏执成就了张承志，正如偏执成就了鲁迅。

也唯有这样的判断，才能把讲究性情的文学与弘扬道德的文化分开来说，使文学随性而走，依情而发，偏执者将走向极端，便产生极端之美，屈子、李白之诗然也；而文化则讲究道德之说教、中庸之伦常，使偏执走向广阔与和谐，《论语》《老子》是也。也唯有如此判断，才能知人论世般地成全张承志的美文，触及他的信仰，乃至血性，与他握手拥抱，而非简单的文化对立与陌路相逢。当然也唯有如此，我们才可以找到重新理解鲁迅的一个法门。

张承志在文学上的"大坂""汗腾戈里峰"乃举义与叛逆的《心灵史》，未曾翻越过西北几大高原的人是难以抵达其寒彻的雪线。但张承志在文坛中的"消失"与"隐遁"也是因为《心灵史》，读惯了流行文学与中庸文学的人们看见了书中的血光，不祥之感使他们在深夜之前便匆匆合上了此书，再也不让后代看之。我们常常会听到批评家们一旦说起他，就会说，张承志嘛，呵，他的原教旨主义，呵，我保留对他的意见。文坛对他这个保留的意见已经整整二十五年了。四分之一世纪。

从那以后，张承志就成了文坛上的一个传说，虽然偶尔也有作品问世，但都是些随笔、散文，且多是旧作翻花样出版而已。但在西北兰州一些回民老板开的书店里，你会一进门便赫然看见那本灼热的《心灵史》，如果你是一位作家或评论家，他们还会送你一本精装本的《心灵史》，以示珍贵的礼物。如果有幸坐在饭桌上，他会告诉你张承志的行踪：在西北民间行走、写作、画画和教育，然后不断地去中亚、西亚甚至东亚、南亚去考察，去救济贫民。你分明发现，张承志早已不是你所想象中的作家。文学成了他信仰的一支拐杖、一把利剑，文学成了他实践人生的一种方式而已。

他的确已经脱离了我们的常识。

他选择了西北，选择了伊斯兰，选择了文化中的一条窄门，所以，他远离了曾经熟悉他的现代汉文化读者群。他放弃了现代汉文化中心，选择向边缘靠近。他在文章中不停地呼喊和分辩，不停地与精英文坛告别，不停地和这样那样的文化圈和阶层决裂。他的很多做法，使我们常常想到鲁迅先生，而他至为推崇的也恰是这位大先生。

仅在我面前的这部散文集中，就不停地遭遇他的话语阻拦。比如：

为什么我们和别人，和那些精英大家总是格格不入？为什么人与人有着不同的观点、哲学、倾向，以及立场？——原因很简单，我们的血性不同。我们之间的分歧不是由于哲学，而是由于气质。[1]

本来可制论文的材料，怕被学者们偷读可惜了；于是漫笔散文，让劳累的大众能藉以神游——这是我近年来采取的形式。人应当有在地球上旅行的权利；我常常盼自己的文章能成为一种供人们心灵在大地上散步时的可靠向导。[2]

他在《圣山难画色》一文中谈到中亚的一座圣山时，流露出命运

---

[1] 张承志：《嵌在门框里的耀眼绿色》，见《相约来世》，作家出版社2013年版，第137页。
[2] 张承志：《火焰山小考》，见《相约来世》，作家出版社2013年版，第139页。

使他来到了大西北，遭遇了伊斯兰，同时也遭遇了大西北广阔的荒漠与群山，这使他开始走向另一条文学的道路，同时，也改变了他文学的性格。他在谈到鲁迅时说："如果鲁迅的环境是在这群山之间，我想先生就不会再用匕首去攻打粪土了。而且，中亚也会增加一个虔诚的信者和一批绝好的赞美文。"[1]这不但是在说鲁迅，而且也在说他自己。

如果说张承志在《骑手为什么歌唱母亲》《黑骏马》《北方的河》中，与中国新时期以来的主流文学还保持着同步共振的状态，那么，1984年他到大西北与伊斯兰的第一次相遇则成为他的精神分野期。那以后的文学，从优美、广阔的现代性追问开始转向带有明显伊斯兰文化与中国传统文化共同参与的"褊狭"之路，他开始描写那些清洁的精神，开始颂扬那些孤独者的行动，直到叛逆的《心灵史》面世。《心灵史》的出现是他的第二次精神分野。他开始向伊斯兰文化的核心进发，并且，从中国的大西北沿着古丝绸之路，实际上也就是伊斯兰向进之路，向中亚、西亚探索。他已经明显地超越了国界，向着伊斯兰文化圈重新组织自己的读者。

如果说文学上真有什么"一带一路"式的作家（但显然他不大同意如此来界定文学，因此，也权且从政治家那里借来一用），张承志显然是第一人，而且也是唯一围绕这个文化圈写作的作家。他的每一次选择，在中国内地文学圈的人来看，是"偏执"的进一步结果。事实上，他自身的文化中心从原来身居的北京转向西海固，然后又转向辽阔的伊斯兰世界（中亚、西亚及阿拉伯世界）。

有批评家也许还幻想，张承志能否回来？其实，我们的批评家从未想过，张承志之所以偏执地选择一路向西，是因为他在批评家所幻想他回来的那个世界里再也找不到信仰，找不到可靠的道德、礼行、语词。他用《清洁的精神》一册早已告别了那个世界。

从这个意义上来看，偏执的也许不是张承志，而是我们那些自以

---

[1] 张承志：《圣山难画色》，见《相约来世》，作家出版社版，2013年，第26页。

为宽容大度但又容不得异质文化的批评界。而这样的偏执恰恰是文学的偏执。文学有时需要这样的偏执。甚至，历史有时候也需要偏执，将滚滚之车轮搬向另一个轨道，比如鲁迅的偏执。

心的新疆

这本散文集，显然是精心挑选的，名为《相约来世》，后面又写下四字：心的新疆。既然选择了伊斯兰文化，为什么还要用儒释道所信仰的轮回观念？既然写的是新疆，文章也全是关于新疆地理文化的散文，为何又要加一个修饰语？难道新疆埋藏着他的信仰？他的精神？

张承志的散文、随笔乃至小说，至少可以从以下几个维度去看。当他向当代世界寻找精神资源时，他自觉不自觉地选择了远方：内蒙古、新疆、宁夏、甘肃，他未曾向他身居的北京以及上海、广州等文化中心寻求精神上的护佑，这方面的代表作主要是前期的小说。当他在向世界强权文化进行对抗时，他选择的是第三世界的文化，即中国文化与伊斯兰文化的结盟。因此，我将他称为中国的后殖民主义代表。这方面的代表著作有《清洁的精神》《荒芜英雄路》《鲜花的废墟》等散文集。当他在中国这个话语国度时，他又选择在他看来弱势的伊斯兰文化，其实也是他认为的真理性文化，来对抗现代性文化与整个历史。代表作自然是《心灵史》与我面前的这部散文集《相约来世》。

我常常想起他的三篇散文：《清洁的精神》是以中国传统文化为基石，向当代文化发起批评的一篇代表性文章；《告别西海固》是鲜明地选择以伊斯兰文化为信仰的一篇代表性文章；《夏台之恋》则是少有的以宽容的心态来对待各种文化的一篇代表性美文。当然，《荒芜英雄路》也可以看作他在未进入伊斯兰精神书写前的宽容大作。

散文集《相约来世》中的很多篇什我早已读过，但每天晚上入睡时，我还是忍不住一页页重新翻过。吐鲁番、火焰山、夏台、汗腾戈里峰、伊犁草原、天山、阿勒泰……多么辽阔的新疆啊。我才知道，张承志早在1975年就来昭苏草原了。他在那里遇到"白音宝力格"，看见黑骏马，也看见长卷般的天山和天山上的日出。从那时候起，他就不断到新疆考古。他以为历史和考古能告诉他真理，然而，他最终才幡然醒悟，真理并非在地下，也不在历史中，而在他接触的那些少有的信仰者的生活里，在他们心里，在他们坚定的信念里；甚至，在喀什噶尔小城里，在日常生活里涌动着，在姑娘的神情里，在小伙们的脸庞上，在一个个令他亲切的语词里；在风里，在雪线上，在辽远的荒漠中。

从1975年到现在，已经整整四十年了。夏秋之际，他几乎每年都远赴西北，盘桓一个季度。他说："我更愿意在寂静的冬天，在任何一个时刻赶赴那里，哪怕有一个瞬间的缝隙，哪怕判断一丝微弱的呼唤。"[1]他愿意做一个喀什噶尔的小伙子，弹着琴，为一个用陶壶背水的姑娘弹琴歌唱。他将此愿约定为来世。他想象着来世：

> 会有一个太平时代，会有一种深沉的和平，会有自然的秩序，更会有正义的降临。那时人将懂得敬重他人。那时文化如同清甜灌水浇灌的"古丽斯坦"，蔷薇的花园。
>
> 那时的小伙子可以不再为思想而痛苦。他可以学一种自然的技艺，比如打馕、镶嵌、木匠或者铁匠。白天让汗水出得酣畅，晚上拿上一把琴，热瓦甫或是吉他，到姑娘家住的深深巷子里去，一直唱到月亮中天。[2]

很显然，他的心有一半留在了喀什噶尔，而其精神的疆域早已越过帕米尔高原，漫游于整个清真寺连接的古大陆上。

故而，他在序文《心的新疆》中写下如斯言：

---

[1] 张承志：《相约来世》，见《相约来世》，作家出版社2013年版，第347页。
[2] 同上，第348页。

新疆是什么?

对我来说,新疆不是开土拓边的标志。所谓新疆,就是心灵的向往,是高尚的人心,九死不悔一定要抵达的境界。

不,唯独对心灵而言,新疆一语方能成立。[1]

文化共和中的偏执之失

开篇已经说过,文学是讲个体之性情的,文化是讲普遍的道德与格局的,很多时候它们是矛盾的结合体,就像一个人与一个国家之间的矛盾。但文学的评论者往往可能从两方面进行评论,容易忽略个体性情,当然也容易从文化的角度来理解作家所写的那些文学。

张承志自《心灵史》以来的文学恰恰就面临这样的难局。事实上,对于张承志本人来讲,他也一直面临痛苦的舍弃。而这种痛苦,不是文学性情的抒发,而是文化信仰中的冲突。也正是因为新的选择,所以便面临与整个原来世界文化的解体。不单单是抛弃,而是以他新的原则与法度来批判甚至对抗原来的文化世界。

显然,他曾经渴望有人为他辩护,而后来因为长久的失望而绝望了。如今,他不需要有人为他辩护了。他自足了。

写下这篇小文,一则为他迟到的辩护,二则也是与他迟到的争辩。

当然,不是单单为他辩护,而是为文化共和的人类未来。

张承志太想为回民以及整个伊斯兰文化而辩护了,比如《心灵史》,比如《告别西海固》,皆为献身之作。因为弱小,也因为辩护,乃至抗争,所以,他不惜与他的过去、他的同胞、他的同行们,乃至他所接受的所有文化决裂。他像一位幸存的烈士徜徉于人世。

然而,有两个问题一直缠绕在我心头。一个是张承志选择信仰的伊斯兰文化为何不被大多数读者所接受?我想,这里的问题不是单独哪一方的问题。双方都存在问题。正如我上述所讲,张承志太想为自

---

[1] 张承志:《相约来世》,作家出版社2013年版。

己的哲合忍耶教派辩护，故而将除哲合忍耶教徒之外的几乎所有读者都划在了世界之外。这种文化的对立首先是自我树立的。反过来，其实我们生活的汉文化世界里，很少有人真正地去了解过伊斯兰的信仰世界，尤其是中东部地区的人们。但这也不是主要的，最主要的是，在我们的文化世界里，连中国传统的儒释道都未曾真正地恢复，更何况处于边缘地区的伊斯兰民族文化。中国的汉文化生活者对伊斯兰文化是陌生的，甚至由于历史的原因，我们都不愿意触及历史。汉文化强大，且有儒家的恕道、佛道两家的空无观念，容易克服文化记忆中的仇恨；但是，伊斯兰文化弱小，历史上的伤痛则容易记住。

集体无意识在面对历史的苦难时，其实是克服苦难的良方之一。这是东方佛道文化的智慧。但是，我们在接受了西方文化时，现代西方文化中的集体无意识批判观念便成为我们否定自我的一个尺度。历史的伤疤被揭开，被记住，然而，在被揭开和记住以后，我们到底如何去抹平这伤痛？难道让它永远停留在心上，让世代受苦吗？然后是以各自的立场复仇吗？还是选择宽容的方式和平为上？耶路撒冷几千年战火未断，全都是因为张承志所说的"思想的痛苦"，而这个"思想的痛苦"又来自于强大的信仰记忆和宗教对立。我不知耶路撒冷的战火何时能熄灭。所以，只要不选择遗忘，那么，历史的伤痛必会以文化的记忆传至后代，同样变为仇恨。

显然，张承志选择的是向历史讨个说法，为历史重新立传。更为显然的是，这是一种单向度的方式，并非以和平的观念去寻求解脱之法。所以，在这个意义上来说，张承志触犯了中国文化的和平底线。倒是从后来的写作中，我们看到一个寻求文化和解的张承志。比如我面前这部散文集的最后一篇文章《相约来世》，那种平和的心境，多少抹去了偏执的戾气。

这是《心灵史》以来的偏执过失。它已经超越文学，与文化甚至信仰连为一体。

我生活的兰州是一个回民聚居地，几乎每天都要与信仰伊斯兰的人们相遇、工作或生活。当我们中间有一个穆斯林朋友,我们吃饭的时候就必定会尊重他的习惯,而我们常常做的方式就是与他一起去清真餐馆。我们总是尽量尊重他们。今天的世界是一个需要文化共和为理念指导的世界,彼此的尊重是必需的,否则,结果便是争执与战争。文化信仰间的宽容、包容精神,越来越成为文化共和的主流价值。

故而我要向张承志提的另一个问题便是,面对世界文化共和的新局面,伊斯兰文化如何完成现代转型。《双联璧》中,他写到读甘肃张家川上磨乡的马良骏阿訇写的一部《考证回教历史》的感受,当他读到张治中将军在序中写的一段话而至今震撼。那句话是:

真主的仆人在路上小心翼翼地走着,蒙昧的人呼喊他们,他们回头答曰:和平。[1]

那么,何为和平?是以真主的立场来对待世界上所有的异教徒,还是尊重异教徒的文化信仰?这是今天世界共同的命题。基督教文化世界在看待其之外的世界时产生了文化上的霸权主义,所以伊斯兰世界才起来反抗它。伊斯兰文化与中国文化都是被压抑的文化,可否建设新的文化共同体?当他们在面对强势文化基督教文化共同体时,是否能有效地既反抗又保护了自己的文化,既借鉴又革新自己的文化,使自身文化能够成为人类共同接受的大文化?

我想,这是张承志与我们所有人共同思考的问题。

---

[1] 张承志:《双联璧》,见《相约来世》,作家出版社2013年版,第126页。

《甘南纪事》：失乐园的隐痛

甘南在青藏高原东北边缘与黄土高原西部过渡位置，是中国十个藏族自治州之一，辖合作市和夏河、舟曲、玛曲、碌曲、临潭、卓尼、迭部七县。甘南境内草原辽阔，雪山静谧，河流密布——从甘南各地的名字就能看出来：夏河、舟曲、玛曲、碌曲分别是大夏河、白龙江、黄河、洮河。临潭县最早置于唐代，相传县址临近水潭而得名。合作是1956年才改的名字，原来叫黑措，藏语意为羚羊出没的地方。卓尼是藏语"觉乃"的音译，比较普遍的说法是"召相"的转音，意为两棵马尾松。这些地名中最有意思的是迭部，我在一篇散文中这样写过：

迭部的藏语意思是"拇指"。传说很久以前，神飘到了这里，一股莫名的美好油然而生，他是神，知道自己该做什么。于是，他伸出右手拇指，轻轻一摁，一块美丽的地方横空而生，有雪山，有草原，有河水，有森林，有雄鹰，有人……传说又一个神到这里时，一切已经造化天成，神忍不住伸出拇指赞叹："迭部！"神舍不得离开。传说古代的汉人来到这里，一眼望不尽的山峦重重叠叠，汉人从来没有见过如此景象，说："叠州！"有关迭部的传说太多了。

有据可考的一件事情是，20世纪初，探险家、植物学家、地理学家和语言学家约瑟夫·洛克曾到迭部为美国采集树种，他在迭部时曾经写信给朋友："迭部是如此令人惊叹，如果不把这块地方拍下来，我会感到是一种罪恶。""我平生未见如此绮丽的景色。如果

《创世纪》的作者曾看见迭部的美景,将会把亚当和夏娃的诞生地放在这里。"

许多人认为迭部是甘南自然景观最美的地方,可见不同种族的人面对荒蛮美丽而神秘的自然时的感受是一样的:这种异乎寻常的美是和神有关的,而这样的地方就是人间天堂。杨显惠《甘南纪事》中所记之事的发生地就在迭部,大多是在迭部的扎尕那。杨显惠第一次进入扎尕那是2006年,我也在那一年第一次去扎尕那,那时的扎尕那仿佛一个静谧的世外桃源。我将它介绍给了很多作家,有时也陪同一些师友再访那里。扎尕那是石匣子的意思,是一座天然壮美的石城,离迭部县城很近。要进入扎尕那,先要进入一道天然绿色长廊,长廊尽头两道垂直的石山伫立,是两个天然的门柱,中间是神斧辟开的石门。迭部的藏族人叫它"纳加石门"。进入石门后豁然开朗。石城北面是高大的光盖山,山上有奇石怪峰,冷傲奇崛。从山顶到山脚,动植物的分布都不一样,在海拔四千多米的扎尕那山顶,感觉人已经远离红尘,那里只有凛然的鹰。扎尕那石城中有寺院和四个纯正的藏族小村庄,《甘南纪事》中的事情大都发生在这里。虽然杨显惠在文章里说过,迭部的措美峰比扎尕那更加奇美,但是扎尕那却因为杨显惠的原因而声名更大。这个曾经极少有汉族人进入的地方现在已经成为甘南第一景点,游客量已经超过了拉卜楞寺,也是许多艺术家摄影和写生的地方。

《甘南纪事》是杨显惠"命运三部曲"的最后一部。前两部《夹边沟记事》和《定西孤儿院纪事》因其对当代历史上极端的苦难的关怀和书写引起极大反响,杨显惠本人也因此被一些批评家称为"中国的索尔仁尼琴""文学圣徒",但是当他写甘南时,却成了一个行走者、一个藏族文化隐痛的雕刻者。

《甘南纪事》延续了杨显惠一贯的非虚构风格,所记之事仿佛完全是真事,细读时却发现叙述方法和语言都特别考究。杨显惠的"命运三部曲",第一部用"记事",后两部用"纪事",据作家本人解释说，《夹边沟记事》特别讲究真实，记的是真事，所以用言字旁的记。到写作后两部书的时候，就更讲究艺术，不特别强调事件的真实性，所以用绞丝旁的纪。《甘南纪事》确实比较讲究叙述视角，里面有以作者为第一人称的叙述，有第三人称的叙述，有全知全能的叙述，也有以主人公为第一人称的叙述，各种叙述视角共同运用，又随时转换。怎样讲好中国故事在杨显惠的非虚构中竟然呈现出一种新的可能性。

书中共记事十二件。第一篇《恩贝》是惊心动魄的复仇故事，杨显惠说在排序上他没有太多的考虑，但第一篇的内容要有冲击力，要把读者抓住。复仇的故事是古老的，但恩贝的悲剧却不完全在人，更大程度上是因为对待命案的不同方式。按照藏族的古老法则，闹柔杀死恩贝丈夫后只要赔命价就可以，但这有违国法，闹柔没有赔命价，被判死缓，后来又被释放。恩贝在三个儿子长大后天天唠叨要他们为父亲报仇，于是方法只能回到最原始的方式。三个儿子杀了闹柔后一个被枪毙，两个被判了有期徒刑。悲剧又一次延续，恩贝的大儿媳又成了寡妇。

这让人想起美国法人类学家埃得蒙斯·霍贝尔有关原始法律的研究，血亲复仇是人面对难以解决的事情时的一种原始方法，后面出现了逐步以赔偿金代替了血亲复仇的方式。然而，这些方法在现代文明的法则中不允许，甘南的原生态的生活法则被现代文明的法律所取代，这给人们带来了新的痛苦和矛盾。《白玛》的字数很短，却讲述了白玛和女儿两代人因爱情和背叛而起的复仇故事，读罢难以平静。《一条牛鼻绳》中班玛旺杰因一条牛鼻绳丢了性命，按古老的赔命价方法处理，但为了躲避公安的追查，杀人者逃亡异乡。《连手》中的吉西道杰酒后误杀自己的连手，也就是最好的朋友后，虽然以赔命价的方式解决，但公安局一直追踪，最后也在痛苦中死了。

在迭部的纯下藏族村落中，牛羊被盗后他们不报案，仍然是以原始的方法处理。《"狼狗"》《尕干果村》讲述的是两个村长带领追回被盗的牛羊的故事。两件事情的过程复杂艰辛，情节堪比当下流行的侦探小说，但杨显惠突出的不是离奇的故事情节，而是村长在藏族村落中的责任和义务。在甘南藏区，当村长要付出很多时间和精力，但没有任何经济上的回报，虽说乡政府每年给每个村长七百二十元的误工费，但那还不够上级干部来检查工作时喝茶的招待费。在这里当村长唯一的收获是，讲明当选者有办事能力，有雄辩的口才和高尚的道德品质。这样的人是受人尊敬的，书中的丹知和班代次力两位村长都是这样的人。丹知虽然找回了被盗的牛，却没有抓住盗牛贼，他为此很失落，主动辞去了村长职务。村里的调解委员会不能成功追回被盗物时，就用村里公共积累的钱赔偿。

《甘南纪事》中的甘南已经受到来自不同文明的冲击和影响。《图美》中图美讲述的扎尕那与阿来《空山》中的机村很像，市场经济的浪潮也席卷到此地，宗教信仰的地位受到影响，迭部到处都在伐木，许多人外出赚钱，原本在寺院里念经的僧人不想念经了，放弃了修行。图美从甘南到拉萨，又辗转到印度学会了一些本事，最后又回到甘南开了酒吧。他的人生很特殊，他喜欢的是西方文明，酒吧也是按照西方人的喜好开办的。

杨显惠也表现出对于当地女性的关注和同情，比如《小妹的婚事》《沉默的柴垛》中的女性遭遇的不公命运。卓玛因为牛病而遭丈夫抛弃，召吉草被丈夫背叛，最后无奈下只能接受丈夫往返于她和另外一个女人间的命运。《甘南纪事》中也有相对来说不那么沉重的故事，比如写万考一家的日常生活的文字，《给奶奶的礼物》中藏族老人对现代文明与新事物的不适应。更堆群佩给奶奶买了保暖内衣，奶奶虽然心里欢喜，但不习惯穿保暖内裤，这样的小事背后是两种文明的冲撞。我们很难确定在藏区到底哪一种文明更有优势。因为强势群体不假思索就以自己的标准来定义他人，并给任何不同于自己的人贴上异类的标签，而每个少数民族之所以与其他民族不同就在于他们拥有自己独特的文化。在现代文明进程中，一个重要的事情就是要对不同的文化保持一种认同，正如齐格蒙特·鲍曼指出的，文化与认同感的建立是而且也只能是同时出现的。

《甘南纪事》侧重发掘与呈现藏民族在大的文化转型时代的文明隐痛。2008年，杨显惠在《甘南纪事》的后记中说："以兰州为根据地，三年来我多次进出甘南的草原和峡谷，进出藏民的牛毛帐房和沓板房。我试图了解他们独特而灿烂的文化，他们特有的生活形态，他们从传统走向现代化的身影，他们血脉的跳动……但我不知道是否已经摸准。"时隔七年之后，杨显惠准备写《甘南纪事》的续篇，他想真正进入藏族人的生活并且把它写下来。因为《甘南纪事》，扎尕那成为甘南的旅游胜地，老万考的儿子更堆群佩家里现在搞农家乐了。但是有些游客不愿意去他家住，因为老万考不洗澡，身上有味道。年纪大一些的藏族人认为身上的垢甲越厚越好，这样人才活得长久，让他洗澡就是受罪。于是，新的矛盾又产生了。

扎尕那只是甘南的一个小小村落，这里的人一步步走向现代文明之时，正是他们失去祖先留下的灵魂乐园之时。这一过程中，他们势必要经受一次次的文化隐痛，这也是许许多多的安多藏区人经受的或者正在经受的隐痛。

写作是一个悲喜交加的过程
——杨显惠访谈录

一 如何正视并雕刻民族苦难

张晓琴：杨老师好，非常感谢您接受我的访谈！您的创作自始至终充满一种巨大的力量，敢于正视20世纪这个国家的民族苦难，并且以文字雕刻出来，这是您创作中最闪光的一部分。是什么样的原因使您将笔力挺向民族苦难？您创作的初衷是什么？

杨显惠：这是一个很大的问题。我出生在1940年代，饥饿是我成长过程中一个重要的体验。从上小学到初中，一直饿肚子，这个饥饿是忘不了的。虽然我没有在农村待过，可是城市里的人也是吃不饱。当时城市的每一家门口不断有从乡下跑来要饭的，一个进来走了，过一会儿又一个进来了。能够跑出来要饭的人都是有一定勇气的，很多没有要饭的人饿死在乡村，这个事情我们都非常清楚。我是1965年主动申请上山下乡的，上山下乡时父亲不同意，我是从家里偷跑出来的。我也没有直接到农村，而是到生产建设兵团。在我的印象中，永远在饿肚子。在我们兵团，真正不饿肚子是到七十年代了，农场里面自己种的粮食够吃了，我们才不饿肚子了。可是这个时期，甘肃定西等地的人跑到我们兵团要饭还在继续。全国人民吃饱肚子是在土地承包的第二年，这一年开始大家就吃饱了。就是这些经历，包括"文化大革命"不正常的年代的经历促使我的写作发生了转变。在中学时期我就喜欢文学，所以我对上山下乡抱着一种非常乐观的态度，我觉得自己将来能当作家，无论是在哪里劳动，无非是像高尔基的童年一样经历一段艰苦，然后我一定会走向写作的道路。在上山下乡之前我就有这样的思想准备。

张晓琴：您刚才提到您的家庭和父亲，家庭的文化背景有没有对您的创作产生什么影响？

杨显惠：基本没有，我基本不写个人的事情。

张晓琴：对，您确实很少写自己。饥饿体验本身是个人生活经验，而您把生活经验转变为生命经验，以"我手"写"他心"。

杨显惠：写自己无非就是自己偶尔去了哪儿一趟，知道了一些什么事，以自我的形式写一篇散文。

张晓琴：您的"命运三部曲"，尤其是前两部，触及了当代历史上极度敏感的话题，这样的写作无疑需要巨大的勇气，您的勇气来自何处？

杨显惠：古话有一句，无欲则刚。

张晓琴：您的创作不得不让人想起阿多诺的那句话："奥斯维辛之后，写诗是野蛮的，也是不可能的。"一些评论家把您称作"中国的索尔仁尼琴"，古拉格和奥斯维辛确实是人类苦难史上的标记，《夹边沟记事》的创作是否受到《古拉格群岛》的影响？

杨显惠：肯定有影响，《古拉格群岛》《日瓦格医生》这些作品我都是反复读过的。在我的心目当中，中国的作家全体加起来，其重量也不如《古拉格群岛》作家的重量。

张晓琴：当代中国作家往往被指认出与外国作家的相似性，20世纪80年代中国的先锋小说作家往往被人称作"中国的博尔赫斯""中国的卡夫卡"，这样的判断往往是因其文学形式与外国作家的相似性。您与索尔仁尼琴的相似性是建立在怎样的基础之上的呢？或者说您本人是否愿意认可这种指认？

杨显惠：索尔仁尼琴敢于写一个民族的苦难，我觉得我也可以。至于写作的技术层面，我没有学习他的任何技巧。

张晓琴：您认为自己的创作与索尔仁尼琴的区别何在？

杨显惠：我是一粒沙子，索尔仁尼琴是一座大山，没有任何可比性。《古拉格群岛》不要说其内容，光是他的书的质量就是一大堆，很厚重，我只是写了那么一个薄薄的小册子。

张晓琴：索尔仁尼琴当然只是您精神资源中的一个，在他之外还有哪些作家、哲学家构成了您的精神资源？

杨显惠：我哲学著作读得很少。对我影响最大的作家实际上是肖洛霍夫，可是我的作品当中又没有肖洛霍夫的味道。俄罗斯文学对我的影响很深，俄罗斯文学厚重，场景宏大，作家对生活的热爱也是力透纸背的。高尔基是苏联时期的著名作家，实际上他在十月革命之前已经成名。他的作品不能完全归在第一个阶段——苏联文学阶段，他早期的作品是属于俄罗斯文学的。他的三部曲是经典，后期的高尔基已经贵族化了，成了斯大林的座上宾。

张晓琴：当代文学史上书写民族苦难的作品并不罕见，比如张贤亮、余华、严歌苓作品中的苦难就让人非常难忘，您认为您对苦难的雕刻和其他作家有何异同？

杨显惠：我认为张贤亮对中国文学有很大的贡献，他除了描述自己经历的生活和那个时代的苦难之外，文笔也非常漂亮，他是很有才气的一个人，我很钦佩他。严歌苓也一样，她有几本书写得很好。我们都在写同一个时代的事情，我们各自用自己的办法写，没有互相借鉴。我在写一个东西时，拒绝读同一题材的东西。我读张贤亮时，我才刚开始写作，张贤亮是我的老师。我读严歌苓的作品是在见到她本人之前，可是等到我去写这些东西时，我是不读他们的。

张晓琴：您雕刻苦难的终极意义是什么？

杨显惠：我希望整个社会都来反思我们历史当中的一些错误，我希望今后不再有这种事情出现。如果我们今天不把过去的事情进行反思，进行批评，那么我们将来可能还会走回头路。

二　如何面对采访与写作的伦理

张晓琴：您的"命运三部曲"中有些人的名字与现实中的一样，这确实给人一种非常"真实"的感觉。但是这种"真实"的人物和事件中往往会有一些与普遍的道德伦理相左的事情，比如发生在夹边沟"右派"身上的事情，从情感上来说是完全可以理解的，也是值得人同情的，但是从道德伦理上来说则是不合理的。我们当然明白道德伦理的标尺不能用来衡量文学作品，但是您在采访和创作时如何面对和把握二者之间的关系？

杨显惠：有些作品中的人物名字和现实中是一样的，但绝大多数都换掉了。文学写作是要突破一切框架的，当你写这个故事的时候就是衡量的标准，你怎么衡量，你就怎么来写这个东西，你不要管那些道德伦理的东西。你要按那些来写的话，什么真实就都出不来了，写不真实了。作家创作实际上是在表达对世界的看法，而不是固有的传统的看法。你必须与别人不同，所谓的与别人不同，不是你故意做作的，而是你的心灵就是这样。你要心灵非常自由，你如果心灵没有自由，你创作就没有意义。

张晓琴：情感与道德矛盾的典型例子是《李祥年的爱情故事》，李祥年与俞淑敏的爱情悲剧及其后的艰难"团圆"非常打动人，但是从道德方面来看很难让普通人接受。我有一个疑虑，就是您的采访对象、您作品中的人物原型是否乐意您把他们的故事写出来，写出来后会不会对他们的生活产生负面影响？

杨显惠：咱们就谈这个李祥年，李祥年是真名，没有用化名，他自己跟我说，你一定要用我的真名。但是其中很多东西我都改变了，尽管我写的是他的生活，但在里面必须做很多改变，这就是虚构。比如说，李祥年的女朋友不是在石家庄，在另外一个地区，可是我把她写在石家庄了，我不能把他们的秘密暴露出去。

张晓琴：作品发表出版后会不会对李祥年本人产生负面影响？

杨显惠：没有。李祥年自己要求用他的真名。被采访者本人不说用真名的时候，我绝对不用他的真名。

张晓琴： 您在采访中有没有遭遇过拒绝？

杨显惠： 当然遇到过。比如说，当年在夹边沟待过的有很多人还活着，我知道的是夹边沟有三千余人，活着出来的有五百余人，在我开始做这个工作的时候，活着的还有一二百人。在我和他们接触的时候，有些人就坦坦荡荡讲述，有些人则不愿意，或者说干脆不见我。我在农场的时候认识一个知青，他后来调到武威当图书馆的副馆长。他看到兰州的《都市天地报》转载《上海文学》发表的《夹边沟记事》的时候，就对我说："你不是调查夹边沟的事情吗？我的几个朋友是夹边沟待过的，你到武威来，我给你引荐他们。"我就从兰州坐车到武威，到朋友家，朋友去叫人，结果一个人都没有叫来。遭遇拒绝是经常发生的事情，也有的人见了却不愿谈，采访十个人，能够成功采访三个人就是最高的比例。

张晓琴： 在您的采访过程中，最让您难忘的经历是什么？

杨显惠： 我最难忘的是为《定西孤儿院》做采访的时候，通渭县有一个妇女谈到她们家人饿死的过程，我忍不住了，说暂停暂停，咱们不要说了，我休息一下。我跑到外面站到院子里头哭去了。

张晓琴： 您作品中对人性最残忍的书写就是"人相食"，也就是"吃人"。当然，这里的"吃人"与鲁迅所说的"吃人"还是有区别的，您作品中的人是在极端的饥饿状态下"吃人"，其中最残忍的给人印象最深刻的是母亲吃自己的孩子，这样的历史实在是让人不忍直视。您是如何面对这样一种极限的采访的？

杨显惠： 我觉得我好像是专门为此而去的，所以我能够面对。

张晓琴： 我想问一个更深入的问题。张纯如得忧郁症和结束自己的生命都与她调查南京大屠杀有关，书写人性失衡残忍血腥的历史的过程也是一个考验写作者内心是否强大的过程。您的著作，尤其是前两部，面对的是人性变形的历史，在极端的饥饿和政治磨难中，人往往失去了常性，显现出残忍、血腥、恶劣的一面。您采访并且把这样的历史和人性写出来时是否有强烈的愤怒和悲痛？这样的情绪时间久了对您本人的生活和心理有没有影响？

杨显惠：张纯如的东西我没读过，她精神出问题那是她自己太脆弱了。

张晓琴：您的采访与写作对您本人的生活和心理有没有影响？

杨显惠：写作是一个悲喜交加的过程。喜是我觉得我挖掘到了很深的东西，悲则是我们经历过的这种历史确实令人发指。你看到我写得不动声色，这其实是我的一种追求，我写作的过程就是一天到晚哭鼻子抹眼泪的过程。有时候我在我的书房里，我夫人在外面客厅里都听见我在哭呢。

张晓琴：您的部分采访对象是旁观者、他者，但是更多的采访对象是苦难的亲历者。对于大多数人来说，重述一次自己的苦难史是需要勇气的，同时也是灵魂的又一次考验，您在采访中有没有关怀安抚他们的灵魂？

杨显惠：能把自己的苦难讲出来的人都是很坚强的，这个时候去安慰他，我觉得是不合时宜的。

张晓琴：甘南有许多地方仍然保存了比较原始的文化和民间意识形态，但是一旦遭遇现代法律就立刻产生矛盾，显现出无力与脆弱。《甘南纪事》里还有一些读来令人心生难过的事情，比如不合恒常的道德标准的事情，当事人似乎也很无奈，但是只能接受，您在写作时是如何看待这些矛盾的？

杨显惠：有关这一点还可以写得更加深入。虽然我一直在考察甘南，但还是带着外来者的东西，我还在继续考察，还想更深入。

三　如何抵达真实及新的走向

张晓琴：您的创作被看作是跨文体创作，是什么促使您选择了这样一种文体？

杨显惠：选择这种文体，首先是因为我好多年都在写小说，尽管我写的很多都是真人真事，可是我把它写成小说的形式。小说是文学表达里边的一种很好的方式，可以进行一定的虚构，某些东西我可以删掉，某些东西我可以加强，有些东西不够时我可以从别的地方拿来补充一点，我很喜欢小说写作。

张晓琴：您的作品虽然被看作非虚构的代表，但以我的阅读经验，您的作品恰恰是充满了虚构色彩的，文体和叙述方式的选择上都极为考究，"命运三部曲"中叙述视角各有不同，语言也各有千秋。您认为自己的创作到底是虚构还是非虚构？

杨显惠：我很感谢你说这样的话，有些人在读我作品的时候觉得是真实的素材打动了他们，实际上，我在写作时非常重视结构和语言。

张晓琴：您认为文学创作的本质是虚构还是非虚构？

杨显惠：这个问题是一个不好回答的问题。因为我写的很多是真事真人，只有局部的补充或者减弱，可是整体上来说，还是以真实为主的作品。

张晓琴：从这一点上说，文学究其本质而言意义何在？

杨显惠：文学的意义就是抵达真实。

张晓琴：事实上我一直也很关注这个问题，去年还写过一篇文章就叫《抵达真实之路》。我认为文学的本质是虚构。但是无论是虚构还是非虚构，最终目的就是抵达人类内心的真实。

杨显惠：即使虚构也必须写出一种真实的本质出来，文学的本质就是，你用写实的办法写出来，或者用虚幻的办法写出来，你终归要抵达真实。

张晓琴："命运三部曲"的书名第一部用"记事"，后两部用"纪事"，您有什么特别的用意吗？

杨显惠：《夹边沟记事》特别讲究真实，我记的是真事，所以用言字旁的记。

张晓琴：记言立史。

杨显惠：到写作后两部书的时候，我就更讲究艺术，虚构的成分就有了。比较宽泛一些，不特别强调事件的真实性。这个时候，我就不用言字旁了，而是用绞丝旁。小说也可以叫作纪事，比如孙犁的《白洋淀纪事》。苏联一个大评论家办的杂志叫《祖国纪事》，里面有许多虚构的东西。

张晓琴：我觉得您的作品，表面看起来好像很纪实，实际上结构、叙述、语言都特别考究。我看到一个有趣的细节，您在《甘南纪事》一书提到最早去扎尕那是在《一条牛鼻绳》中，这篇开头中写您的经历是真的吗？还是虚构的呢？您把这篇放在了第三篇，而书中第一篇却写恩贝，第二篇写白玛，两个惊心动魄的复仇的故事，我相信这样的安排是有用意的，用意何在呢？

杨显惠：《一条牛鼻绳》的开头肯定是虚构的。至于排序方面倒没有特别动脑子，我认为第一篇的内容一下子要给人一种冲击力，当别人拿到一本书，一般都是从前边看起，第一篇就要把读者抓住，让读者一晚上把这本书读完，就是这样。

张晓琴：您的作品叙述视角都很丰富，《甘南纪事》尤其如此，里面有第一人称叙述（作者"我"），有第三人称叙述（比如《恩贝》《白玛》中的讲述者达让），也有全知全能的叙述，各种叙述视角共同运用，又在随时转换，您在创作时是怎么考虑设置它们的呢？

杨显惠：两种原因，一是你不能给读者一种审美的疲劳，要不断变化；二是怎样才能讲好故事的考虑。同样的故事，哪种办法讲出来效果好就用哪种。

张晓琴：您的创作真正实践了文学的田野精神，完全不书斋化。在考察甘南之后，您的下一个考察目标是哪里呢？

杨显惠：下一个？（笑）我已经七十岁了，不会再开辟下一个战场。

张晓琴：您肯定还有许多采访的资料没有写出来，比如"右派"们平反后的人生，他们的未来；比如定西孤儿院中人物的更丰富的人生；比如甘南更多的人和事，您下一部要写的作品是什么呢？

杨显惠：今后的几年我准备先写完《甘南纪事》的续篇，再写上二十万字。素材都已经有了，需要再沉淀一下，明年开始动手写。我想真正进入藏族人的生活并且把它写下来。要深入。

张晓琴：《甘南纪事》里侧重藏民族在大的文化转型时代的文明

隐痛，您在续篇中的侧重点会在哪个方面呢？

杨显惠： 我会写得更深入。我举一个细节：我第一次去扎尕那是2006年，当时那里没有一个汉人。

张晓琴： 我第一次去扎尕那是2006年秋天，第二年夏天又陪朋友去过，当时甘南的朋友还指着一个村庄，说：杨显惠先生最近一直住在那里。那时确实没有见到汉人。

杨显惠： 可是今天扎尕那已经成了甘南的第一景点，游客量已经超过了拉卜楞寺。

张晓琴： 游客们看到的只是大概，很难深入细部。

杨显惠： 扎尕那有这样的小细节，《小妹的婚事》中的更堆群佩家里现在搞农家乐了。我对他说，让你爸爸洗洗澡。有些游客不在他家住的原因是更堆群佩的爸爸身上有味道。更堆群佩说让我劝，我也劝不了。年纪大一些的藏族人认为身上的垢甲越厚越好，这样人才活得长久。更堆群佩的爸爸老万考认为让他洗澡就是受罪。

张晓琴： 这与《礼物》中他们家阿婆的保暖内裤的故事异曲同工。

杨显惠： 我要写一篇关于这个老万考的故事。我第一次去扎尕那时住在他家，以后我每次去扎尕那至少要在他家住一晚上，我要不住，他就不高兴。他见我就说，你有新朋友啦，老朋友就忘掉啦！所以我到别人家住了以后呢，别人家房子即便空着，我也要跑到他家住一晚上。

张晓琴： 您在他心中是重要的朋友。这种思维方式是典型的民间意识形态的表现，但这在现代文明进程中就变得脆弱，很容易受到伤害，《甘南纪事》中的甘南人正在经受文化隐痛。是否可以说您的创作在此发生了转变：由雕刻民族苦难转向揭示文化隐痛？而这一命题正是当下有良知的中国作家努力的方向。

杨显惠： 可以如此理解。

张晓琴： 杨老师，再次感谢您！期待您的《甘南纪事》续篇！

灵魂走过西藏
——论马丽华《走过西藏》

今天的西藏已经成为世界关注的热点，其神秘的宗教文化与同样神秘、神奇的自然生态让整个世界为之惊叹。如果说1990年代之前大众对西藏的了解，多限于人们对其神秘而又神圣的佛教文化的向往的话，那么，从1990年代之后，人们便开始向往西藏的自然生态了。当陈丹青的《西藏组画》发表后，那一幅幅画犹如一扇扇窗口，把西藏如梦如幻的香巴拉美景和与古老信仰相伴随着的人文风物亮给了世界。是，无数的画家、摄影家纷纷踏上西行取经的道路。当电影《红河谷》把镜头对准西藏，李娜用天上的声音引出青藏高原，韩红用高亢嘹亮的歌声把一条"天路"开凿，亚东用那略带野蛮的原始声音把草原之门打开后，大街小巷都有西藏的风飘着，无数的人们正准备行装踏上西去的列车。在这个时候，我们应该想起马丽华。

西藏生态的第一次全面发现

1990年代初，马丽华的长篇纪实散文《藏北游历》《西行阿里》《灵魂像风》陆续发表后，立即在全国引发了一场"西藏热"，后来这三部作品合集为《走过西藏》，被称作"走过西藏"三部曲。《走过西藏》奠定了马丽华当代散文家的地位。人类学家格勒博士在为马丽华《西行阿里》的序中写道："马丽华充分利用了散文的这个特点，以她亲眼所见、亲耳所闻的第一手材料和一颗对藏民族文化深深眷恋之心，努力向人们展示出一个远离近代文明但又绚丽多姿的古老文化世界里人与自然、人与人、人与超自然等错综复杂的关系，相互叠压、渗透、交错，构成多样、多重、多层的立体文化结构，令人眼花缭乱、目不暇接。我们一个多月的考察固然不能总揽其全貌，但《西行阿里》筚路蓝缕，功在开辟，第一次向人们较为全面地传达了我们各一代人对于这一陌生地区的发现和认识。毫无疑问，作者这一开掘之举是成功的。"[1]

在这里，我们禁不住要发问：马丽华，这个出生于山东的汉人为什么会到西藏？为什么会在那里生活和写作二十年？周星在《灵魂如风》的序中这样分析马丽华："最初或许只是追求自己的人生、爱情以及梦幻，才奔上这雪域高原的，而不是基于一种要去了解异文化的理性动机。正像谢冕评价的那样，马丽华抵挡不住草原那种种神秘的诱惑，并终于体验到了死亡之际绝顶的激动与快感；当时她的作品，与其说是写世界，不如说是写自己。"但是，这个怀着梦想和激情的女青年一经踏上陌生的西藏后，陌生的文化与依然陌生、辽阔、神奇的自然就将她紧紧地抓住了，冲击着她的灵魂。

可以想象，一个接受过无神论思想和科学教育的女青年，在最初，对藏文化只是抱着好奇、距离和探究，而对西藏的自然山川却充满了热爱。所以，对于马丽华来说，西藏的自然生态先进入她的灵魂是顺理成章的。

人们在阅读马丽华的散文时，一般都不大注意她后面出版的一部作品——《青藏苍茫——青藏高原科学考察50年》[2]。这部作品从各方面来说当然不及前三部，但是，这是一部真正的描述西藏自然生态的作品。翻开其目录，一些远古、渺茫、诗意而又神奇的地理与人物就闪电般将人击中：石器时代、希罗多德、贡嘎山、珠穆朗玛峰、青藏之子孙鸿烈、冰川、阿扎冰山、青藏高原时空、那曲、阿里、英

---

[1] 参见马丽华：《走过西藏》，作家出版社1994年版。
[2] 马丽华：《青藏苍茫——青藏高原科学考察50年》，上海三联书店1999年版。

雄女神之地、羌塘……这部书就自然生态而言，更纯粹。与一般的科考人员写的科考报告完全相异的是，这部书完全是一位诗人的心灵飞翔。在这本著作中，诗人领着我们游历了青藏高原的远古大地。

从一个个五十年来精心绘制西藏地图和发现西藏的科学家开始，一条条西藏之路由此开凿，一片片西藏的地理凝结由此解开，一桩桩西藏往事由此讲起。这是不寻常的讲述。科学探险者走过的那些崎岖之路，一般人难以企及，只能想象了。马丽华在后记中写道，为写此书，其艰辛是难以言表的，一方面，其采访时间长达五个月之久，多达八十多人，涉及几十门学科专业；另一方面，这些描述与表达超过她本人的极限。这是真实的。任何一个作家面对这样的历史、地理，能不低下头来？

即使如此，在前三部散文集中所一脉相承的对生态的关注、反思、批判在这部作品中仍然存在。每写一处，作者都情不自禁地表达自己的看法。这正是一个作者之所以为作者的价值所在，也是一个对生态长期关注、思考的人类学者的态度。如她在采访研究黄河的学者时有这样一段描写："从地理学角度划分，兰州为黄河上游—中游的分界处。而上游地区对于黄河多么重要，上游之水多么清澈：它提供给黄河60%-70%的少含泥沙的水量；而中游黄土高原为它提供其余水量的同时，也泥沙俱下，黄河80%-90%的泥沙来自黄土高原……黄河，是大自然给予中华民族炎黄子孙的生命与文化之水。对于黄河形成的研究既是青藏研究中的学术问题，同时也为治理黄河提供基础资料——可是为什么需要'治理'我们的母亲河呢？黄河浑浊，黄河断流，本不是黄河之过。"这段文字表明了马丽华的生态观点：自然的形成有它自身的原因和规律，它是我们人类赖以存在的必要条件，我们不能去改变它，真正需要改变的是我们人类自己，最重要的是处理好人与自然的伦理关系。人不要把自己树立为自然界的暴虐之王，不要随意地戕伐自然，否则，自然会反过来惩罚人类。现在，黄河断流、黄河水的污染就是自然对我们的警告和惩罚。

不过，对于这个生态伦理的认识定然是仁者见仁，此一时，彼一时。在人类与自然尚处于对抗阶段，特别是人类的童年时期，还没有多少办法来对抗自然时，人类对自然的改造便是非常重要的，如大禹治水。现在，人类的数量和发展的速度已经超过了地球的承载力，人类到哪里，哪里就被破坏，人类应该还自然以原始生命力。从这个意义上来讲，作者的生态观是合理的。

但无论如何，《走过西藏》三部曲再加上这部《青藏苍茫——青藏高原科学考察50年》，马丽华当之无愧地成为当代文学中第一个全面发现西藏生态的作家。

个体意义的西藏

有人称马丽华是原生态散文的创立者之一，意指从马丽华等人开始，中国当代散文改变了过去"杨朔式散文"的局面，而开始了摹写人类原生态散文的新阶段。他们还认为，原生态散文具有两个鲜明的特点：一是强烈的现场感，二是最大限度地提供和发现原生态的人文精神和文学品质。[1]马丽华的散文的确最具这样的特性。也正是因为这样的特点，马丽华的散文虽然在最本真的原则上为读者呈现一个真的西藏，但由于她的精神参与，便使这个西藏成为一个个体意义上的西藏。作者的文化修养、信仰立场、道德观念甚至其日常习惯都在影响她所要表达的内容。如在西藏，信仰佛教的人所看到的西藏定然是一个圣地西藏，处处都流淌着信仰的痕迹，那积雪覆盖的高山，那静静流淌的湖水，那草地，那山坡的牛粪，都是那样圣洁，不可亵渎，这就是一个有佛教信仰者的西藏；但在一个无神论者看来，那世界上最高的山峰珠穆朗玛峰是用来征服的，那罕有矿石是用来攫取的，那牛粪是肮脏的，那草地是可以随意开垦的，神性在这里不复存在，而是一个支离破碎的、充满冷漠的、落后的，当然也无比奇异的西藏。西藏到底是一种什么样的存在呢？在马丽华这里，又变成了一个可以

---

[1] 杨献平：《原生态散文十三家》，百花文艺出版社2007年版。

无限开掘的精神之地,一个将信将疑但又让她充满敬意的信仰之地,一个她赞赏但似乎永远走不进的西藏。虽然在那里生活了二十年之久,但到头来她并没有用信仰之身躯丈量过西藏。这就是一个接受过科学和无神论教育者内心的西藏。

牧人们笑起来的时候格外好看,这是值得信赖、令人感动的那种最善良淳朴的笑。越往西部走,草原越深入,越如此。他们远远地向你招手,再赔上满脸憨厚的笑。如果能与他们短暂交往一番,便会发现他们虽不善辞令但很坦诚。说起来,他们与外乡人不过一面之交,一旦分手彼此再难相逢,依然诚心相待,让你一辈子也难忘怀。

这是一个生活在物质发达地区的现代人在走进西部时的心灵撞击,是已经荒凉的心灵在遇见亲人时的感动。

那里的笑容比较持久,
那里的握手比较有力,
那是西部开始的地方。
……

"西部"一词神秘而响亮,是一面旗帜,有一种意味,成为辽远、坦荡、壮阔的代名词。越是偏远的未经现代文明熏染的地方,越富有人性味,这种西部精神值得全人类反思。

这是我随意翻开《走过西藏》时就怦然心动的一段。在这部散文集中,随时都能看到作者在西藏的漫步,随时都可以听到作者拿西藏的原生态生活与现代生活对比,这就是马丽华要告诉我们的西藏。

马丽华在高原上发现了人类的起源,她在长久的考察与思考中坚信,人类起源于青藏高原,而藏北就是人类的故乡。那里尚未见任何新石器时代遗迹,而新石器时代是人类转向农耕文明的标志。一万年前的藏北早已不适宜耕作种植,当冰期来临,人类便退却,而每当天气暖和时,人们又重返故乡。这里根本不适宜农耕,它永远只属于游牧。在这种陈述中,作家一方面固执己见,"在这块对于人类生活有着尚未被人们认识到其深远意义的地方,思考有关人之初最根本的问题,是合适的";另一方面,她又几乎是本能地亮出自己的生态责任感,"我诚恳地期待着考古成果早日证实这一假说,从而揭开'我们从哪里来'之谜。由此,我也诚恳地提醒所有生活于此以及来此旅游的人们关注脚下的土地和山岩,留心发现我们祖先留下的蛛丝马迹"。

马丽华走进了藏北、那曲、阿里。她为我们打开了神秘的藏北。海拔高达5000米以上的藏北高原,距离死亡只有一步之遥。踏上这土地的第一个西方人是瑞典探险家、探测家斯文·赫定,这个"以死为侣"的探险家宣称:"每走一步对于我们关于地球上的知识都是一种发现,每个名字都是一种新的占领。直到1907年1月为止,我们对行星面上的这部分与对月球背面同样的一无所知。"八十多年之后,一个坚朗的中国女人又怀着好奇踏上了这片高原。她说:"斯文·赫定们的足迹被暴风雪扫平了大半个世纪之后,我也来了,也看见了——却被征服了。"她结束了人们想当然认为藏北是文化荒漠的说法。于是,藏北之于她,也之于我们,不再是一个地理概念,而是一种意味,一种境界,一种发现,一种未被认知的生态。

请看看这些小标题吧,它是多么充满远古而切肤的诱惑:

——神山圣湖之尊:念青唐古拉与纳木措——破译六字真言——金山羊的叹息——魔国的土地与子民——浑沌一团的古昔文化之谜:象雄——那曲人——强盗崇拜——靡费惊人的火葬——原始宗教之魂——海拔6000米处的游牧人——孔雀河畔的科加——本教、佛教——阿里——狮泉河、启示……

她发现了多少陌生的奇迹呢?斯文·赫定的感叹有理。但是,马丽华还把她的惊奇与感叹更深层次地传递给了读者。神秘的六字箴言、无人踏上的藏北无人区、难以企及的6000米高处的牧人的内心……捧着长达700页的《走过西藏》,暗夜里我的神思一夜夜飘移在西藏的山川,在圣山圣湖旁,灵魂出窍。在这本夹叙夹议的散文集中，作者给我们呈现的画面是多层次的，从外至内的；但是有关西藏，尽管马丽华描绘得那样全面，却仍然是她一个人的西藏。这正如梭罗记述的《瓦尔登湖》也只是一个心灵圣洁者的瓦尔登湖。所不同的是，梭罗认为自己在两年多的时间里找到了一种理想的生活模式，马丽华则在二十年的时间里始终认为，自己"是一个逗留得太久，热情也持续得太久的行吟诗人吧，是一个喜欢张望人家的生活情景、喜欢打探人家的人生之秘的好奇的旅人吧，是一个执迷投入但始终不彻不悟不知圣者为何物的朝圣香客吧"。

精神的西藏

假如我们把马丽华所描绘的西藏简单称为生态的话，容易被人曲解为作家为我们奉上的是一部有关西藏的自然生态史。有关"生态"这一概念，在生物学家和一些科学家那里，已经被简化为自然生命的存在状态，但是，在哲学家、艺术家、作家的眼里，自然与人往往合而为一，就像在真正的老西藏人看来，每一寸土地都充满了神奇与尊严，不可侵犯。这自然便变成了精神的。事实上也如此，一旦你深入西藏腹地，你就会发现，整个西藏就是一个精神与物质混合的存在。马丽华也是这样认识的，她写道："稍稍深入一下藏北，便会强烈地感到这里并存着的两个世界：现实的物质世界和非现实、超现实的精神世界。在后一世界里，至今仍活跃着丰富得不亚于人间的种群、神鬼、半神半人、半魔半人、水底生物……也争斗也杀戮，也爱情也生育，高尚的、卑微的、冷漠的、哀怨的……总之凡人间所可能有的全部情绪。这类传说的存在就如奇林湖的存在意义是一致的，是一种充实，一种美化，一种寄托。设想，要是没有奇林湖，这广袤的草原多单调；而没有了神话之光的照耀，游牧生活将黯淡许多。至少，人们会倍感孤独。"

生态，无论飘着炊烟的人的原生态生活，还是高原上的自然风光，无论是远古的怀想，还是当下的见闻，在马丽华笔下，都具有了精神性。这来源于作家的精神气质。当初她来到西藏就是因为好奇、神秘、激情、幻想，所以二十多年来，她始终是在这样一种诗人般的探索下生活、写作、询问、思考的。她来西藏是有所寻找，所以她也定然与一般的旅游者不同，也与漠然地在这里生活的西藏人不同。汉文化与藏文化的时时碰撞，无神论与有神论之间的永远的对话，信与不信之间的犹疑不定，现代与古老之间的种种差距，都在这样一个作家的内心里波浪兴作，没有停息。笛卡尔说，我思故我在。是的，马丽华走过每寸西藏之时，她都在场，彼时与此时都共存。

1976年，一个火热的年代，马丽华来到西藏。很可能是一个无神论者闯入西藏，并试图在那里建功立业，然而，诗人的禀赋使她慢慢地改变了。准确地说，是西藏的生态影响和改变了她。但首先是自然生态，然后才是精神生态。"在西藏，茅塞初开的年代，我首先发现了我自己。所以我首先成为了诗人。"发现自己之后，便又发现了西藏的原生态民生，然后在对比和探索中发现了人类，最后，她发现了整个西藏的人文精神。

接受和认识西藏，并非接受和认可西藏的地理，而是一种生活方式，一种西藏文化式的生活方式，一种信仰的方式。西藏对于她，就是一种信仰了。然而，在我看来，她有些犹疑不定。她已经不单单是一个怀疑主义者，而是一个神秘论者了。西藏的灵魂，对她已经若隐若现了。关于这一点，在她的《灵魂像风》这部散文集中表现得最为透彻。

她在开篇中就写道："近两年来，我这样穿梭奔走于西藏中部的拉萨、雅鲁藏布江山结水流之间，访问着越来越熟悉的村庄和人们。那些山野不再是一扫而过的彼此类同的，不再是纯粹客体的漠不相关的。某种共同和共通维系着我的情感和视线……意义不止于此。至少最终的和最高的意义不止于此……"最后她说：

更何况在这一过程中，能够有缘分与那样一些泥土里生长起来的人们相逢，从一些表象入手，一度参与了他们的生活。在那里，最神秘的也是最明朗的，最烦琐的也是最单纯的，最平凡的也是最神圣的，最无心的也是最难以忘怀的。

也终于走进了最神奇最玄奥的超验世界。

一度加入了群舞与合唱的行列。

但深入并非无限。我们举步走向大森林。我们只能深入到达一半的地方；余下的一半，则是精疲力竭的——"走出"。

从这一表述中，我们至少能发现三点：一是她已经从十八年前的那个"我"一次次蜕变成半透明的灵魂了，她的世界观、价值观、人生观都发生了数次惊天动地的巨变；二是她明确告知我们，她所认识的西藏，已经是一个灵魂的西藏，是一个精神的西藏；三是她非常明确地认识到了自己的局限。

正如格勒博士和周星所认为的那样，马丽华的身份已经不仅仅是一个单纯的作家，还是一个人类学家。这种身份在《灵魂像风》中可以说表现得非常充分。由于她拥有了人类学家的智慧，这就使得她的发掘和认识能够直抵本质。"对查古村古老的农耕礼仪的探寻，对前佛教时代乡土神系统的追索，对克珠活佛戏剧性人生的多重剖析，还有对为大地聚脂的仪式，都给我们留下了极为深刻的印象，也为我们展现了西藏作为人类学园地的巨大前景。"

正是这样的视野和智慧使得马丽华为我们展现了一个非常神奇、远古而又精神的西藏。

马丽华的困惑

马丽华是带着探寻走遍西藏山川的，但是她只走了一半，余下的一半，则是精疲力竭地走出。这种感觉在她为作家出版社出版的《走过西藏》的自序中也表达了出来："不意我现在竟然想要结束这一阶段了，有些心急，急不可耐……急于结束的是什么呢？位置？视角？形态？思想方法？包括生活方式？也许还是潜移默化地接受了生命轮回的观念，所不同的只是，想要在今生实现，使每一阶段的人生都不同于前，使这一辈子享用性质不同的几回人生？"

这也许是马丽华后半生要回答的问题，但也恰恰是她的困惑。这仍然来自于文化的冲突。事实上，这种困惑在其散文中无处不在。"凡是来过藏北的人，都不免生出一种极简单的念头：能够生存就不容易了，至于发展，就别谈了吧。自从我见过了、接触过了那么多的藏北牧民，我就不再像一般的外来人那样看问题。那些牧人们或许还能记得在某一个夏天里或某一个冬季里曾见过一个不知名的汉族女人，但他们无从知道我对他们的深刻的同情和无法一言以蔽之的感慨，或者知道了那种同情也不以为然；也许对于我早已经淡忘，但我仍然一厢情愿地认为我因为见过他们就该负有某种责任，而我所能尽到的最主要的义务就是让世界知道藏北的存在和怎样的存在，让世人对于藏北人的生存状态略知一二，使他们在自己优裕的或不太优裕的、匆忙的或不那么匆忙的生活之外，了解在同一地球上，同一类别中，还有另一番天地在。因此，我想以文字为藏北游牧人作一番勾勒……"一方面，她始终强调自己是一位汉人，想改变西藏的贫穷落后，但另一方面她又觉得他们生活得非常富有。人的幸福与富有和金钱无关，在最低的生存线上，我们发现了最幸福的人类。"他以他祖先的姿势坐在那里……"他们以为，自己的祖先就在那里生活，那样坐着，他们也一样，命中注定，天经地义。甘愿甚至欣然接受命运所赐予的一切幸与不幸。他们生活在一个由超验世界为主导的现实世界，身体是属于现实世界的，而灵魂和精神早已给了超验世界。这就是他们幸福的源泉。

不错，你愿意破坏他们那个超验的世界吗？一旦那个世界被破坏，幸福就再也不回来，于是，生活在世界最高也最寒冷的高原之上的人们就永远地失去了他们的精神生态。而一旦这精神生态失去，他们也就永远地失去他们赖以存在的自然生态。这是人类起源的故乡。这似乎在预示着我们人类的生态末日。

但马丽华在描述这些的时候，她往往是犹疑的，甚至是怀疑的，她仍然想改变之。这是人类的误区。人类始终有一种哲学，以为物质生活与精神生活是等价的。其实不然。在高原之上，假如马丽华是一位有着坚定信仰的佛教徒，也许她的文字会变成另一种景象，那将是人类精神高地的一幅圣景。可惜，我们看到的是一幅正在被改变着的现世悲剧。我们不得不再次提起梭罗。这位像野人一样的圣徒，自认为无人光顾的瓦尔登湖就是他的精神栖息地，也是人类"诗意地栖居于大地之上"的一种证明。也许在另一位佛教圣徒的眼里，那世界最高的地方，也正是人类最初的诗意栖息地。

马丽华缺的是后半段路。她没有走完。对于她的困惑，周星看得很清楚："《灵魂像风》则大体上可以反映作家在浪漫主义与相对主义之后和之上的困惑。或许是由于作家的诗人气质和人类学教养，在《灵魂像风》中，马丽华女士仍没有放弃她的浪漫，却仍然坚持了文化相对主义，但她确乎陷入了一种严重的危机之中。作家以她独自的方式所达到的这种困惑，与人类学家的困惑位于同一高度。"

当然，必须强调，作家本人始终是清醒地意识到这种局限与困惑的。

然而，无论怎样讲，马丽华的《走过西藏》，不仅代表了当代散文的某种高度，而且给我们展示了陌生而又神奇的西藏，给我们提供了另一种精神的营养。

人对自然的初心正觉
——周涛散文走向一种

有人说周涛的"灵魂如此自由地腾挪",有人说他的散文"飞扬跋扈",绿原则说周涛"把中国文坛大小泰斗们精心构制的栅栏一下子就给撞开了。他们的栅栏有这么一种本事:就是把活蹦乱跳的野生动物变成俯首帖耳的羔羊。而你一下就拆散这种栅栏,放它们到深山老林里去,让他们恢复神圣的野性。"周涛就此写下《没有大地便没有大文章》来表明自己的创作观念,他说:"没有大地便没有大文章。你不占领一个大土地、大的领域,小小一岛,四处漂浪,走遍世界也雄大不了。"[1]他的文章总是与大地紧密相连。在大西北辽阔雄浑的自然中,周涛获得了一种对自然的初心正觉,并由此揭示出大地的疼痛,成为当代散文重要的一笔。

对周涛来说,人首先要进入自然,只有在自然中才可能找到一种初心,由此成正觉。他对1920年诺贝尔文学奖获得者克努特·汉姆生的长篇小说《大地的成长》情有独钟,他在《还是应该常去看望一下土地》中引汉姆生的话作为题记:"在荒山旷野中的这些创业者实在干得不错;对,连他们自己也认为这是一种奇迹。"周涛发现,人类可以说是地球的不孝之子,可是也恰恰因为了这一点,人类成了地球的灵物和骄傲。他一再申明:"尽管如此,我认为,还是应该常去看

---

[1] 周涛:《没有大地便没有大文章》,见氏著《山河判断:大西北札记》,学林出版社2000年版。本文中引文均出自此书以及周涛的散文集《阳光容器》,作家出版社2009年版。

望一下土地，这对我们有好处。""还是应该常去看望一下土地。这是一味恢复天良的、苦口的中草药，它可以帮助人们恢复一些初心正觉。去浮躁，祛病邪，补元气，正心力。如果说这世上真有什么功法的话，土地是最大的功法，是真正的原始之尊，万物之母。"汉姆生的作品让他每每读来妙不可言。周涛说："我很喜欢这部书，包括它的书名。所以我在今天说这种话稍微有点显得不合时宜，但我还是想再重复一次，应该常去看望一下土地，就像看望母亲或情人，太频繁既然不可能，一年一次，还是很有必要，大有益处。"

周涛本人也正是带着一颗初心来对大西北进行一次新的山河判断的。在他的眼里，新疆的每一座山、每一条河都有自己独特的形貌和气质，而生长于其间的大树更是充满了灵性与智慧。《河与沙》是一篇带有哲学思考的文章，他对新疆的河流的情感也融在其中。"在新疆生活的这么多年月里，我非常幸运地见识了它的那些著名的河流。的确，我非常幸运。""伊犁河、巩乃斯河、喀会河、塔里木河、孔雀河、额尔齐斯河、玉龙喀会河、叶尔羌河、多浪河……河流给人留下的往往是永难磨灭的记忆，是丝缕一般柔长的诗情。虽然水和水几乎是完全一样的，奇怪的却是河与河完全不一样。""叶尔羌河完好地保留了一副古代河流的面貌，在洪水期，它宽阔的河床里流泻的仿佛不是水，而是永无休止的、奔腾拥挤的骆驼群；额尔齐斯河有着令人惊异的风采，它水量的充沛和纯净近乎神话，它的浪涛如同众多大块的碧玉倾泻翻滚；还有塔里木河，那是一支忧伤的歌，它以伤感的情调告别一个又一个绿洲，然后义无反顾地走进沙漠……还有呢，还有伊犁河和巩乃斯河啦，那是和我青年时期的生活紧密联系的河，我已经好多次写到它们，但始终不能真正表达出它们的神韵。"巩乃斯河则是一条忧郁的河流，"它从另一个国家流过来，像一支忧郁的古歌，静静地在巩乃斯大草原伏行、扭动，好像是一个同时爱上了两个人的美丽少女，满面忧伤，一肚子不可告人无法诉说的痛苦。只有到冬天，她才能硬下心肠，凝成大理石一般的宽敞冰面。"（《忧郁的巩乃斯河》）河流如此，山更是如此。在周涛看来，山也与人一样，有着自己独特的相貌与气质。在《天山的额顶与皱褶》中，他将天山看成是一座有着突厥人面型，生就蒙古人、匈奴人、斯基泰人骨骼和血脉的伟大山脉。"若是你登天池，便可一睹其浓眉秀目。美少年，眼神一晃，摄人魂魄。若是乘飞机飞临乌城呢？千万记得坐在左舷窗边。降落前一刻钟，可以真真切切得窥天颜。的确是天颜啊，那是神的面容神的脸。"在周涛眼里，天山是美少年，眼神一晃，横亘在蓝天摄人魂魄。天山的鼻梁是高峻的，眼窝果然是深陷的，而嘴，总是紧闭着掩藏在浓须之下，一言不发。最伟大者，乃是它的额头，晶莹闪亮的白岩石上一片高处的坦阔，是智慧的额，是勇士的顶。人只有在面对自然的博大与深邃时，才能反观个体的内心。"如此才体现了人对自然的初心正觉，才显现了人对自然的尊重。"所以，"任何人夏日来到这里都会变得活泼开朗起来，像是童年的灵性重新回归了躯体"。

自然中的大树是周涛心仪的事物，他发现"每一棵树其实都是一根伟大的'魔杖'——就像古老的神话中传说的那样。"他为此专门写下了《大树和我们的生活》，由衷地赞美"一棵大树，那就是人的亲人和老师，而且也可以毫不夸张地说，它就是伟大、高贵和智慧。"在他心中，大树给人以启示，超越哲学。"我其至觉得没有什么哲学比一棵不朽的千年老树给人的启示和教益更多。同样是生命，树以静以不言而寿，它让自己扎根大地并伸出枝叶去拥抱天空，尽得天地风云之气。"他在《和田行吟》中描述过五百高龄的无花果王，他认为，人类对大树的了解远远不够。在周涛这里，梭罗的影响显而易见，《和田行吟》的题记就是梭罗《瓦尔登湖》的句子："因为我觉得一个人若生活得诚恳，他一定是生活在一个遥远的地方了。"而和田正是梭罗所说的"遥远的地方"。

周涛对于季节的思考同样是带着初心的。《春天对于我们意味着什么？》一文中对于春天的思考完全是一颗初心："春天对于我们意味着什么呢？——宇宙的褒奖，自然的恩赐，创造的开始，生命的欢畅。而且还意味着：梦想是可以降临的。春天不会遗漏我们。"

这种初心正觉不仅仅是面对外在的自然，同时也要面对人的内心与肉体。他在评价维吾尔族画家克里木时，说："毫无疑问，我们今天的文化不是完美的，而是问题很多的，由于历史的和现实的种种原因，文化中不仅有病菌还有不良的基因。特别是一些活跃的艺术门类，发展得相当畸形，市场经济给艺术注入了动力但是失去了方向。凡此种种，有必要回归初心正觉，以人为本。"在《谁在轻视肉体》中，周涛开篇就发问："谁在轻视肉体？而且我不能理解那些人为什么要这样虚伪地对待它？"在他看来，那些对肉体始终保有初心正觉的人是可爱的，也是值得尊敬的。他们是儿童、青春期的恋人、艺术家，本质上的诗人、画家、音乐家。因为"肉体是人类最本质的宗教。肉体是人类精神的伟大神庙。除此之外我们没有更值得信赖和膜拜的教堂了。这一点毫无疑问"。我们每个人理应把自己的"庙"从里到外，修好。

在周涛的世界里，草原、海洋、大山这些博大的东西，它们的生命呼吸都与整个宇宙息息相通，《阳光容器》《天空》堪称这方面的杰作，一个人在自然间拥有了宝贵的初心正觉。

与这种初心正觉密切相关的是对大地的疼痛的雕刻。《二十四片犁铧》是一篇沉痛的代表作。

拖拉机以坦克那样沉重、不容商量的样子行进着，它的履带的钢齿碾过覆盖了绿草鲜花的草原，像一个性欲强烈的蛮横的男人在少女的胴体上留下的牙印。它是粗暴的、阴郁的，它在某种性欲表象之下执行着一种冷漠的钢铁般的命令。它对草原的强暴里不含有一丝一毫的性成分，没有一点一滴的热情和冲动，更不含有玩弄和欣赏，它是严肃地、一丝不苟地强奸了草原，破坏了巩乃斯草原与牧人之间保持了很久的青梅竹马之情而后仍然保留着的贞操。

作为工业文明产物的拖拉机，以一种征服者和统治者的姿态来到了巩乃斯草原，它冰冷、漠视一切，没有丝毫情感。它所牵引的二十四片犁铧，像钢刀，像利爪，是破坏巩乃斯草原的利器。拖拉机无情的魔爪伸向了"草原"这个无辜的少女，草原像一位女性一样被工业文明和统治者的象征——二十四片铧犁，给"严肃地、一丝不苟地强奸了"。作者将现代农业对于自然的破坏等同为男性对女性毫无感情的施暴，其笔触之下犁铧的粗暴行为令人触目惊心、不寒而栗。

草原有着天然的女性气质，女性可以生育，可以养育生命，草原也一样。但是，二十四片犁铧无情地破坏了巩乃斯草原，毁坏了许多动物的家，扼杀了许多无辜幼稚的生命。但它"依然昼夜兼程，在春天的整整一个月的时间里，它不停顿地推进，从草原的这一头一直犁到了天的尽头"。草原与无辜的少女一样无力反抗，她与她之上的栖息者们只能承受这一划时代的灾难，无声无息。"除了马达从远处传出的低沉轰响以外，这里的一切都如过去那样宁静、寂寥。"

女性和自然一样，都承受着父权传统的压迫。女性和男性、人类和自然呈现为二元对立。在这种二元对立的模式下，女性和自然都处于边缘的地位，被认为是没有自我意识的被统治物。草原就像一个可以随心所欲统治的物件一样，只能眼睁睁地看着统治者对其施暴，而其中使用的"强奸""疼痛的撕裂声""尖叫和呻吟"等词语，则体现了施暴者的残忍无情和被施暴者的痛苦。草原和女性、拖拉机和男性作为不同阶级的象征出现，拖拉机对草原的"强奸"就是男人对女人的"施暴"，是一种控制。而这种控制所产生的结果，将会是草原的枯竭和生态危机的加剧以及人类世界的毁灭。

草原会痛，大地也会痛，当破坏达到一定程度的时候，被统治者无情的报复将会让施暴者无法想象，到那时将不会仅仅是疼痛的问题。日益严峻的生态问题正在说明着这一切，人类也日渐看到了自己需要一个和平、平等、和谐的环境。实现这一切，就要求人类要从统治者的宝座上下来，男人要从父权制的皇位上下来，重新审视自然和女性，以一种平等、和谐的态度去和她们交流，共生存。周涛散文中那些跟随犁铧翻食耕作出来的小动物的漂亮鸟类所展示出的凶残，就足以给自以为是的人类上一堂很好的生态课。"这时候，所有的鸟原形毕露，露出了一个生命凶残贪婪的一面"，原本"外表高雅优美的大鸟"也表现出凶残的一面。那么推而广之，随着对生态环境破坏的日益加剧，会有什么样的后果，可想而知。

拖拉机一鼓作气犁遍了周围的草原，在这无情的施暴中，周涛让一个哈萨克老妇人出场了。她从毡房里出来，一手拄杖，一手牵着小孙子，在离毡房两米处站定。她一言不发，面色冷峻，她看着眼前发生的这一切，自始至终沉默着，没说一句话。

草原上的风掀起她的白发，露出她的额角上一道道苍老的皱纹。她向二十四片犁铧投过一道目光，那目光里凝缩了七十个冬天的寒冷！

那不是愤怒，而是藐视。

那样一个眼神扫过之后，二十四片犁铧突然不再闪闪发光，它们在一瞬间变得铁锈斑驳了，好像一指头就能弹碎。二十四片犁铧可以剖开草原的肌肤，劈斩无数种生命，切断草根、土地和顽石，但是它受不了这位老妇人沉默而又寒冷的目光，它受不了这种无言的、高贵的藐视。

游牧者的异样的沉默间的一瞥，使二十四片犁铧像二十四颗苍老衰弱的牙齿一样可怜。

哈萨克老妇人牵着的那个小孙子，是她自己生命的延续，也是游牧文化延续的希望。她的出现以及她冷峻和绝望的目光令那犁铧失去了光芒，并且衰弱可怜。这是生存绝望的一瞥，当生存面临灭顶之灾的时候，什么样的入侵都将变得胆怯、站不住脚。这不禁令人想到生态女性主义对于女性的生理角色的重视，"性别统治和男权是最古老的压迫形式，在发展的规划中，它以新的和更加暴力的形式表现出来。男权主义把破坏当作生产，导致了人类的生存危机。他们将被动性视为自然和女性的天性,否定了自然和生命的活动。因此可以说与现代化进程相伴的是新形式的统治。"[1]在生态女性主义者看来,是女性发展了关怀的伦理,这一伦理原则对于重新界定人类与自然的关系是很重要的。《二十四片犁铧》中的哈萨克老妇人是对抗男权和人类施暴行为的唯一希望,它暗示着只有女性才有可能成为男权中心与人类中心统治的解放者,只有将道德观建立在关心、爱护和信任上,把人(包括男人和女性)在私人、家庭和政治上的关系视为平等,也把人类与非人类的自然视为平等伙伴,而不是控制和统治的关系的时候,[2]女性和自然的边缘地位才会得以解放,并最终实现整个生态(包括自然的和社会的)的和谐发展。

---

[1] 李银河:《女性主义》,山东人民出版社2005年版,第86页。
[2] 金莉:《生态女权主义》,《外国文学》2004年第5期。

刘亮程的龟兹别志

龟兹古国、苏巴什故城、克孜尔千佛洞、库木拉佛窟、鸠摩罗什、库车老城、铁匠、驴车、坎土曼、古币、割礼、巴扎、麻扎、小巷、托包克游戏……

——这是刘亮程笔下的龟兹。

二十世纪末，散文集《一个人的村庄》给刘亮程带来很大声名，安静的书写态度与敬重生命的立场让他与众不同，一些批评家因此称他"乡村哲学家"。2001年起，刘亮程开始关注龟兹－库车地区，这里古老深厚的宗教历史文化和现世的民族生活成为他关注的焦点，他写下了大量的散文，这些散文大多收录在散文集《库车行》中，后来又增补了一些篇目，结集为《驴车上的龟兹》。《在新疆》的第二辑"半路上的库车"和第四辑"月光"也是写龟兹－库车这个地方。这些文字共同构成了一个充满特殊气息的世界。

龟兹的许多事物都能让人停下来，回到古老的时间。

鸠摩罗什在这里出生，他把佛教重要经典译成汉语，佛教在中国的传播离不开他。

龟兹石窟历史悠久，除了历史最早、最富盛名的克孜尔石窟，还有库木吐拉石窟、森木塞姆石窟、克孜尕哈石窟、玛扎伯哈、托乎拉克埃肯石窟、台台儿石窟、温巴什石窟、托乎拉克店石窟、亚吐尔石窟等大小石窟。

后来，万事变迁，文明升沉，佛教在这里遭到灭顶之灾，被伊斯兰教取代。

龟兹乐舞古老独特,龟兹铁器名闻遐迩……

龟兹古渡安静地等在那里,渡口蒙面的维吾尔族妇女同样安静,就像这个地方一样。历史的面纱之下是龟兹的现世,刘亮程就是那个揭开面纱的人。

刘亮程一次次进入库车,他发现一切都没有过去,只有自己的年华在流逝。他开始一点点接近那些古老的事物。当一些人致力于关注宏大的历史时,刘亮程却更关注于他眼中所见的普通生命。他对库车最早的兴趣就是这里的四万头毛驴和家家都有的驴车。库车人口四十万,有四万头毛驴,它们造就了一个完整的手工业产业。因为驴需要钉驴掌,驴车上有铁件,所以铁匠铺一年到头铁活不断。驴车需要皮具,养活了一些做驴拥子做套具的皮匠,还有打制驴车的木匠,等等。这个手工业链条就靠这几万头毛驴在维系。库车大巴扎在龟兹河床上,河水从一旁的渠道引走,整个宽阔的大河滩成了天然的大巴扎。每当巴扎日,有上万辆驴车聚集在那个大河滩上,非常壮观。《龟兹驴志》由龟兹普通的驴起笔,写龟兹驴的传说、驴的历史,最后写到宗教,驴驮过佛经,也驮过《古兰经》。今天龟兹路上骑着毛驴手捧《古兰经》的阿訇和古代骑着毛驴手捧佛经的鸠摩罗什的样子没啥区别,毛驴的悠久鸣叫竟然与诵经的声音非常相近。"无论佛寺还是清真寺,都要召唤人们到一个神圣的去处,不管这个去处在哪儿,人需要这种召唤。散乱的人群需要一个共同的心灵居所,无论它是上天的神圣呼唤,还是一头黑毛驴的天真鸣叫。"

在龟兹老城,一半是麻扎,一半是居民,死者与生者就这样在一起,互不相让又相融如一。生与死在这里如此平静。每个人最终到达的是同样的地方。

在这样一个快的时代,刘亮程却以慢的方式展开自己的叙述。他聆听着这里每个人的声音,在某一刻,他就是这里一个贫穷的青年,一位深爱女儿的父亲,一个最后的手艺人。他甚至已经死去,坐在一颗明亮的星宿上,遥望自己生活过的地方和尘土中劳忙的亲人。

祖先坐过的驴车、祖传的药铺、一把坎土曼、一本民间日记,都能让刘亮程停下来,用心去观察,去记录。在明江的访谈中,他说:"我崇尚万物有灵。作家得自己有灵,方能跟万物的灵交流。这便是灵气。我喜欢那些不会改变的旧事物。就像'锄禾日当午',过去千年了,这首诗歌里的锄头、禾苗、太阳、正午、汗滴、土、辛苦、盘中餐等等,一件都没有消失,原样地保留在诗歌中的大地上。"克孜尔哈石窟仅有的两棵榆树之所以能活下来,就是因为守佛窟的人一直从七八里外的地方拉水浇灌,这两棵命运未卜的榆树成了刘亮程到克孜尔哈石窟最为关注的事情。而木塔里甫的割礼则由不同的习俗引向一个汉语人与一个维吾尔族人的生与死的比照。古币贩由贩卖而喜欢上古币,成了古币收藏家,最好的古币成为她生命的一部分。古老的托包克游戏与人生,五千个买买提有相同的名字和不同的人生。

热斯坦巷的早晨从有信仰的早礼拜开始,一个汉族人发现这里的人朝自己不知道的一个方向推开了窗户,享受着他看不见的阳光雨露。库车的大巴扎里有世上最小的生意,但卖主认真,在她的菜叶上洒上清水。巴扎里还有维吾尔族女性用来打扮的奥斯曼草,虽然已经有了加工后的眉笔,但库车女性还是喜欢用新鲜草叶,因为自然的东西机器加工后变质了。一个男性作家能够关注到这些生活细节,真是让人感叹,但他最后关注的仍然是时代的变化。龟兹的一切都在变化,有十三代打铁历史的铁匠吐迪家族的铁匠炉只剩下一个烟囱在冒烟,不知道能坚持多久。

龟兹是刘亮程的精神故乡,他的长篇小说《凿空》也是以龟兹为背景展开的。然而,小说中的象征性和对现代文明的焦虑是显而易见的。且不说张旺才挖的地洞,小说中那个高高的井架就是一种象征。驴师傅阿赫姆和他的驴被井架下的"石油人"赶了出来。刘亮程在散文《无法说出》中表达了自己的焦虑,他惊异于库车的新城,它与老城的实际距离不足两千米,却仿佛遥隔多少个世纪,也遥隔着贫穷和富裕。新城不准驴车进入，新城的汽车却可以在老城随意行驶。新城老城的区别就像汽车和毛驴车一样。不久的将来，库车老城也会变得和新城一样，谁也无法阻挡它的发展。这个时候，刘亮程发现自己找不到家园了。还在不久的过去，人们有无数条道路可走，但现在只有现代化这一条路了。

当一些事物消失时，他们的心灵是否还在？刘亮程期望自己能够贴近这里的古老心灵，他更加期望这里的文化不要消失。他说："两千多年都过去了，我们仅仅用二三十年的时间，就让很多古老的事物从我们身边消失掉，总觉得是一种遗憾吧。我们都在讲保护文化，保护文物，驴和驴车就是一种活态文化和文物。驴车文化完全可以申遗。不要等到一种文化成死文化了，进博物馆了，我们才去保护它。我们应该保护活态文化，已经被我们祖先延续了几千年，作为一种生活形态传承下来的文化，更有价值。"

《驴车上的龟兹》一书是这样结束的："我希望听到这座老城自己的声音。那些沉默的嘴，迟早会说话。我希望一个地方，最终被它自己说出来，我宁愿做一个虔诚的倾听者，而不是代言人。"事实上，刘亮程既是倾听者，又是记录者，在龟兹－库车的古老文化尚未完全消失之前，他写下了这些文字，它们成为龟兹的一份地方别志。

大地逝世的悲歌
——于坚诗歌的一个侧面

于坚挚爱着自己的云南故乡,"故乡天堂云南,能够出生在这里,我要永远感谢上帝和我的父母。青年时代我开始在云南大地上漫游,它使我成为一个永远不会迷信20世纪流行的什么'生活在别处'的人。云南大地有一种超越历史的各种意识形态的氛围。它至今依然时常会令人想起世界的开始之地,'未来'的种种迷信使人类正在日益远离他的故乡,而云南常常令我返回到基本的故乡。"[1]在他心中,"滇池是昆明世界的灵魂,昆明的灵气所在。"它是美丽平静的,又是原始混沌的,"它的苏东坡、梭罗尚未诞生。""滇池容纳的是生命,不是历史、文化,它使人强烈感受到的是大地的身体、气味、波浪、色彩,而不是怀古之幽清。"正是这样的一个滇池使于坚获得对于世界、人生和宇宙的领悟,这使于坚在青年时代从未想到滇池会死去。"那怎么可能呢?如果滇池会死去,那么人生将失去意义,世界将失去它所倚赖的。它是最后的,永远的。关于永恒的意义,我不是从书本上,而是从故乡滇池获得的。"不仅如此,滇池还是于坚生命深入到大地体内的唯一媒介。"我少年时代对滇池的迷恋到了迷狂的程度,那水、那天空、那水生植物、那阳光、那湖畔的乡村、那池塘里的莲花和白鹅、那些在水草和芦苇中漫游的生物、水面

---

[1] 于坚:《云南这边》,陕西师范大学出版社2002年版,第247页。

上废弃的木船、船舱里紫红色的浮藻……使我的生命深入到大地的体内。"[1]

人是自然的一部分，人只有与自然共呼吸时才能获得一种更高意义上的存在。所以，于坚在诗歌中不止一次写到滇池。1983年，于坚在《滇池》中赞叹："在我故乡 人们把滇池叫作海／年轻人常常成群结伙在海岸／弹着吉他 唱'深深的海洋'／那些不唱的人／呆呆地望着滇池／想大海的样子／恋爱的男女／望见阳光下闪过的水鸟／就说那是海鸥／从前国歌的作者／也来海边练琴／渴了就喝滇池水／他从来没有想到／有一天他的歌／会被海一样多的人唱着／故乡许多人小时候／都在滇池边拣花石头／一代一代人／涌来又退去／滇池的花石头／永远也拣不完／有的人还学会了游泳／学会了驾船／后来就到远方去了／在轮船上工作／当过海员的人回到故乡／仍旧把滇池叫作大海"[2]。他说，"昆明人总是从海的意义上来理解滇池，他们把滇池叫作海。这不是说它有多宽，多深，而是它暗示着那永恒的、包容一切的、基本的、开始的、也是最终的东西。……我心怀对大地对故乡滇池的感激，热泪盈眶"[3]。

于坚很清楚地看到，自明洪武以来500年间的历史进程中，昆明受到汉文明带来的文化上的冲撞，在语言中被遮蔽起来了；但汉文明是为人生的，是讲究天人合一，而不是改天换地，它没有给大地带来灾难。所以，大地依然保持着原样，滇池依然是一个美丽洁净的湖泊。然而，现代化的工业文明给滇池带来了毁灭性的灾难。1976年，滇池被严重污染，但表面上清澈无比；1986年，滇池发出臭味，于坚下决心不再在滇池游泳。"这对于一个从小在这湖泊里学会了游泳，喝着它的水长大，从它那里获得了诗歌的灵感和对永恒的人生领悟的

---

[1] 于坚：《滇池是昆明的灵魂》，见《老昆明：金马碧鸡》，江苏美术出版社2000年版，第144-147页。

[2] 于坚：《滇池》，见《于坚的诗》，人民文学出版社2000年版。本文所引诗歌均来自此书。

[3] 于坚：《滇池是昆明的灵魂》，见《老昆明：金马碧鸡》，江苏美术出版社2000年版，第147-148页。

人是多么痛苦！"[1]

于坚从来没有想到滇池会死，但是就在于坚写《滇池是昆明的灵魂》的最后一段的时候，昆明宣布因滇池水质恶化，从2000年7月17日起，昆明市民不再饮用滇池的水，而这竟然是"被作为一个特大喜讯来发布的"，于坚终于清醒地意识到了滇池的死亡。事实上，早在1997年，于坚就宣告了"大地的逝世"的悲剧。《哀滇池》即于坚为他深爱着的滇池唱的一支沉痛的哀歌。于坚问道："怎么只过了十年　提到你　我就必须启用一部新的词典／这些句子　应该出自地狱中文系学生的笔下"，于坚思考过无数死亡可能出现的方向，却怎么也没有想到它竟然出现在一个让自己领悟了永恒的湖泊——滇池！"永恒　竟然像一个死刑犯那样／从永恒者的队列中跌下／坠落到该死的那一群中间／哦　千年的湖泊之王！／大地上　一具享年最长的尸体啊／那蔚蓝色的翻滚着花朵的皮肤／那降生着元素的透明的胎盘／那万物的宫殿　那神明的礼拜堂"。这种死亡是多么令人悲痛！"这死亡令生命贬值／这死亡令人生乏味／这死亡令时间空虚／这死亡竟然死亡了"。于是，诗人痛切地质问：

世界啊　你的大地上还有什么会死？
我们哀悼一个又一个王朝的终结
我们出席一个又一个君王的葬礼
我们仇恨战争　我们逮捕杀人犯　我们恐惧死亡
歌队长　你何尝为一个湖泊的死唱过哀歌？
法官啊　你何尝在意过一个谋杀天空的凶手？
人们啊　你是否恐惧过大地的逝世？

滇池是于坚故乡的代名词、地理意义上的故乡、精神意义上的故乡。滇池死亡，大地逝世，于是，世界上最宝贵的一切都开始随之

---

[1] 于坚：《滇池是昆明的灵魂》，见《老昆明：金马碧鸡》，江苏美术出版社2000年版，第151页。

消逝：生命、人生、时间，代表着永恒的大地在人类所谓的文明中死亡。大地是我们人类一切的基础，它是"上帝造的物"，它的意义不仅仅在于"足以供养三万个神""足以造就三万个伊甸园""足以出现三万个黄金时代"。对于一个诗人来说，大地是诗歌永恒的承载者，大地的逝世就是诗歌的死亡。面对一个死亡的滇池，诗人只能唱起哀歌。"诗歌啊／当容器已经先于你毁灭／你的声音由谁来倾听？／你的不朽由谁来兑现？"但是，诗人对诗歌容器的毁灭却几乎是无能为力的。"诗人啊／你可以改造语言　幻想花朵　获得渴望的荣辱！／但你如何能左右一个湖泊之王的命运／使它世袭神位　登堂入室！／你噤声吧　虚伪的作者／当大地在受难　神垂死　你的赞美诗／只是死神的乐团！" 唐欣对于坚《哀滇池》一诗之评价极为准确："他的挽歌，竟也注入了激情澎湃的力量和排山倒海般的气势，但他还是清醒地终止于现实和自嘲：'我醒来在一个新城的夜晚　一些穿游泳衣的青年／从身边鱼贯而过　犹如改变了旧习惯的鱼／上了陆地　他们大笑着　干燥的新一代／从这个荒诞不经的中年人身边绕过／皱了皱鼻头钻进一家电影院'。"[1]失去了滇池那大海般的教育的一代，当然只能是干燥的一代，他们穿着游泳衣，却无海可入，只好钻进电影院。究竟谁是荒诞不经的呢？是那个中年人，还是他们？

于坚是这样的一种诗人，他的根在大地之中，他的灵魂与大地的灵魂融在一起，他的灵魂是诗歌的灵魂。所以，对大地逝世的忧患是于坚诗歌中一个重要的组成部分。除滇池之外，他还在诗歌中以大量生命死亡的事实来对现代文明提出质疑，其中不乏深切的痛心。他诗歌中的棕榈与滇池的命运极为相似。1989年的春天，于坚曾经写过一首名为《阳光下的棕榈树》的短诗，诗中的棕榈和人一样与诗人进行了情感上的交流。"那些绿色的手指"（它的叶子）抚摸着"大理石一样光滑的阳光"，抚摸着"我"，在它的抚摸中，人与自然获得了

---

[1] 唐欣：《于坚诗歌简论》，见《光芒涌入　首届"新诗界国际诗歌奖"获奖诗人特辑》，李岱松主编，新世界出版社2004年版，第486页。

共同的永恒：

> 修长的手指　希腊式的手指
> 抚摩我
> 使我的灵魂像阳光一样上升。

人只有回到自然，才能消除孤独，才能获得与自然同在的意义。然而，时隔不久的1995年，于坚却写下长诗《事件：棕榈之死》。"十年前我初次看见它　在南方／红色高原上的外省　旧昆明的下午"，"阳光　经过复杂的折射"才能穿过阴影照到它，"大约一分钟　整个街区　只有它处于光辉之中"。诗人"不由自主地暂停　万念俱灰　只把它凝视"，诗人领悟到，"它早就是一棵棕榈树"，"开始就在那里　本来就在那里"。也就是说，棕榈树先于那些把它包围了的木料水泥和电线杆存在于世界之中。但是，它仍然难免遭到毁灭性的命运，因为"它种植在一个要求上进的街区　革命已成为居民的传统／天天向上　破旧立新　跟着时代前进／这是后生的愿望　长辈的共识"，而这棵棕榈树"像一个保守党的遗老"，"固执于过时的木纹　与环境格格不入"。终于有一天，"在众目睽睽之下　工人砍倒了这棵棕榈"，"它的根部翘向天空　叶子四散　已看不出它和木料的区别／随后又锯成三段　以便进一步劈成烧柴／推土机开上去　托起一堆杂石／填掉了旧世纪最后的遗址"。张新颖说："棕榈之死并不是多么令人惊动的事件……但是诗人却把它醒目地标明为'事件'，并由此来透视时代的变化和人的普遍意识的盲区。当时代没有反省、没有制衡地追求'发展''前进''刷新'，并且诸如此类的观念成为个人无力反驳和避开的社会意识形态的时候，那些被忽视、被遮蔽、被牺牲和毁灭的人、事、物及其与之相联的一切，谁来关注他们／它们呢？——诗人称之为'事件'，诗把这样的'事件'呈现出来。"[1] 一棵棕榈死于人类的进步、文明和发展之中，而这一过程中死亡的自然

---

[1] 张新颖：《棕榈之死》，见《默读的声音》，广东教育出版社2004年版，第99-100页。

万物又何止千万棵棕榈树？人类甚至要把自己的一时"开心"建立在牺牲其他生物的性命上。《蓝色甲壳虫》是于坚的一篇散文，文中描述了火车行进过程中来了一位新乘客——蓝色的甲壳虫，在于坚的眼中，它长得完美无缺，光滑、结实、充满汁液。与此同时，列车上的另外三名乘客也发现了它，于是他们合起来抓住了它。其中一个人的手把蓝色甲壳虫"捏住不放，直到估计虫子已经窒息昏迷的时间，才松开手"。蓝色甲壳虫"周身乌黑，已失了先前的灵秀，全部脚都缩进了身子，像断了履带的坦克"。于坚接着写道："这只手把虫子转让给另一只手；另一只手用拇指和食指捏住它，又有一只手过来张开两个指甲，形成钳状，开始把虫子缩着的腿钳出来。八只小腿躲闪着、蠕动着，像一群刚被翻开的蚯蚓。终于有一只后腿给钳住了，咔嚓一声巨响，它给折断了，虽然那时火车正发出巨大的轰鸣，我听来，虫子断腿的声音仍然超过了火车的响声。三个陌生人发出了会心的大笑，这虫子立即被进一步肢解，八只腿全扯断了。然后是翅膀、头须；最后他们掐断了它的头，白色的浆液从那乌黑的肉体里喷出来。瘪掉的尸体随即被手一扬，抛下了列车。"这三个人杀死了一条生命后，没有新一轮的"开心"，便进入了长时间的昏睡。火车到一个站时，"我"走出抑闷而拥挤的车厢，要透一口气。[1]使于坚抑闷的不只是这节火车车厢，还有人类的文明列车在"向前"行进时，人类在其他生物面前巨大的优越感；他们可以杀死一只蓝色甲壳虫，也可以杀死许许多多的生物，在杀死其他生物的同时，人类也失去了自己。

　　于坚甚至在他的大量口语诗中也涉及了大地逝世后一切的变化与死亡。写于1985年6月的《那人站在河岸》是独特而深刻的。"那人站在河岸／那人在恋爱时光"，这样美好的时光，其背景却不是美丽洁净的，而是臭烘烘的河流，"那人的爱情／一生一次的初恋／就在这臭烘烘的河上开始"。面对这臭烘烘的河流，他只能选择沉默，

---

[1] 于坚：《蓝色甲壳虫》，见《人间笔记》，云南人民出版社2004年版，第211－212页。

因为"他还不敢对他的姑娘说／你像一堆泡沫／臭烘烘的泡沫"。虽然"臭烘烘的河流／像从前一样流向远方／臭烘烘的河岸／要像往昔一样长满爱情",但是这样的爱情是沉默的。人类在大地逝世的时代连爱情都失语了,人类只能越来越孤独,最后,像那人面对爱情时一样,失去了存在的基础,失去了表达的话语和能力。

2004年发生了造成南亚数十万民众死亡的印度洋海啸,当时中国也发生了反对在虎跳峡建水电站的环保运动,中国知识界和思想界就人类是否应该敬畏自然展开了讨论。于坚也参与了这场讨论,他认为,人类创造自己历史时的努力仿佛西西弗斯,把巨石推向山顶,但它仍然要滚下来。进入工业文明以后,人类认为自己就是让巨石停留在山顶的神话的终结者,这无疑是一种自以为是的想法!于坚明确指出:"印度洋海啸令人类再次意识到自己西西弗斯式的命运,我们的一切努力无非是把巨石推向山顶,最后它还是要滚下来,那就是复活。""你要修建水坝,那就是一个水坝,你已经把巨石推上了山,你不要同时把巨石推上山,又信誓旦旦说什么这石头永远掉不下来。"[1]

"中国昔日最伟大的诗人都是自然成就的。"于坚如是说。于坚生活于一个自然难以成就伟大诗人的时代,因为这是一个大地死去的时代。他说:"道法自然,也是道发自然,自然毁灭,道也就没有存在彰显的地了。大地死去,道将隐匿。"[2]于坚的伟大就在于:他勇敢地宣告了大地的逝世,并力图通过自己的有限努力让人类从一个自以为是的噩梦中醒来。如果那一天真的到来,那将是一个大地复活的时代,一个于坚梦想成真的时代。

---

[1] 于坚:《关于敬畏自然》,《天涯》2005年第3期。
[2] 同上。

穿透时间的方式
——彭金山其诗其人

他是一个苦行的诗人。驻足于时间之岸的那一刻，他看到水去云回之恨，悟出历史轮回之理，心中激荡燃烧；然而，他将那些火苗强行压下，并且让其归于低落沉静，浓缩成一个能量的佳种，落入尘泥，然后不紧不慢地发芽，最后开出语言的杂花，结出秋光中低头沉思的果实——一个浮躁时代的清火良药。

这不是说彭金山的诗没有激情，没有自我，而是说他的诗中的自我已经被吸纳，被静化，恰若顾随语："文人是自我中心，由自我中心至自我扩大至自我消灭，这就是美，这就是诗。"从1980年代至今，彭金山先是以诗人的形象登上文坛，后又涉足诗歌理论与批评、民俗学研究，但他在每一个领域都走得很从容，履印深刻而清晰。

无论如何，彭金山首先是一位诗人。他的诗歌中贯穿了一种以个体生命为基石的时间观念，这在早期作品中就已经呈现出来。面对二百余万年前的黄河古象化石，他洞穿了时间的亘古与生命的短暂。"我的羽毛已十分疲惫/每一片都挂着三十个月亮/明天啊""在波光与干渴之间/矗起历史的双峰坐标"（《象背上的童话》）。《渡》显然是这种思考的果子："每天 你必须去趟一条河/这河水和昨天一样冰凉或温煦/待你感到不能再下水的时候/彼岸就向你漂来。"羊皮筏子也是"从历史摇来的"，"轻轻叙说着过去"（《夜，在桥头》）。这种迷蒙的时间观念逐渐演变成清晰的生命意识，彭金山把自己的生命注入一切入诗的"物",于是,内心的探索与外物的呈现融为一体,"心"成为"物"。早期《沉重》《如果你进山》《有根的石头和无根的山》之独特就在这里。诗作《故乡的石头》有了一定升华。诗人把矛盾的情感物化在石头这一意象上,令人心惊的是,"看风景的人不会知道/这些石头深刻的孤独"。

彭金山的诗中也有存在之思。《草原初识》《等等我》《夜晚,你走过玫瑰花丛》是一些较为直白的诗篇,《短暂的客人》却是出人意料的,"父亲 永远生动的只能是那些麦子/主宰土地的也只能是那些麦子/麦子以不变的面孔迎来送往/我们都是它短暂的客人"。写作这首诗时,海子的诗尚未蔓延到西北,彭金山以少有的敏感看到了麦子、土地与人的特殊关联。麦子的意象在这首诗中所指甚丰。这似乎是受了唐祈等九叶诗人的影响,当然,更深处则是冯至的影子,就生命来说,它们存在的本质是相通的。"物"可化成我们的生命,而我们也可化为"物"的生命。在这种思考的背景下,就有了"物"在诗中的复活与重生。"回望来路/你和山都感到轻松/你们虽然无语/心已淙淙/流得很远"(《如果你进山》),岂不就是"相看两不厌,唯有敬亭山"。甚至,诗人羡慕了神性降临处的木片,眼见它们"躺在佛光里晒暖""自在","永远坐在日子的头顶/聆听"(《聆听》)。

彭金山与诗歌结缘的地理位置特殊。1970年代初,一个中原青年随着命运之神抵达西部,西部的广袤雄浑震撼着他的心灵,"岁月在这里把我耕种成一个写诗的人"(《望中原》)。1978年,他参加高考,以灵台县文科状元的身份考取西北师范大学中文系。在学校幸遇九叶诗人唐祈、孙克恒等先生。1980年创建学校青年诗歌学会,并创办《我们》杂志。此后以诗为旗,师道相传。一方面,他的诗中有浓烈西部高原气息,《烽火台》《春到高原》《崆峒山道》《夜访黄河母亲》《九寨沟拾零》等篇目盖是如此;一方面,他于陇原恩泽桃李。大学毕业后,彭金山一直工作在大学工作,经常和学生们在一起谈诗写诗,待学生如子侄,许多曾经焦躁的文学青年在他安静如水的指引中成长。他的学生中走出不少诗人作家,以至于有学生把他当作成长路上的"精神父亲",对此,他深感不安。

作为学者的彭金山更为沉潜,在诗歌研究与批评和民俗学领域都独树一帜。前者的代表性成果是《中国新诗艺术论》,继承了中国传统诗学的精要之论,通过自己的创作之得与诗学之思,对长期以来存在争议的、模糊的概念和范畴做出了新的阐释,且做到了整体性诗论与微观诗学的结合。其中关于给散文诗"归队"的学术观点也极为大胆,有探索价值。《陇东风俗》则是一部全面系统地研究陇东地区民俗的专著,"弥补了各地方志中记载过少过简的缺憾"(柯杨语),文化参考和研究价值很高。

理解任何一个人的精神世界都无比艰难。认识彭金山先生至今已经二十年了,其间结师生缘,又似忘年之交,但为先生写下有关诗歌的文字却是首次。我不知道这些有限的文字对于他来说是否有叙述的意义?我却坚信他的诗和他所做的一切一定会是新时期以来陇原诗歌不可或缺的一个部分。彭金山是静默的、宽阔的,更是素朴的,在品尝过众多的词语之后,素朴尤显其伟大。他必须远离喧嚣,以生命和存在穿透时间,因为他深知:

穿透时间的还是那些水
让历史抖动不已

从生命的记忆到思索
——牛庆国诗歌简论

在这个喧哗浮躁的时代能够拥有一个自己的世界是一件艰难的事情。曾经看到一个走在上学路上的小学生,他一门心思走向学校,沿途有一些对小学生来说充满诱惑的商铺,但他顶多只是看一眼,然后,继续走向学校,脸上全是专注的神情。看到这个小学生时,我的内心情感变得复杂,有欣赏,有羡慕,也为自己悲哀。然而,当我看到牛庆国的诗歌时,竟然产生了类似的感觉。在诗歌的路上,牛庆国正是一个抗拒了沿途种种诱惑而努力拥有自我诗歌世界的一位诗人。当我们面对牛庆国的诗歌时就会发现,一些与生命密切相连的诗歌,它本身就是一种必要的存在。

一 但是水、水

> 我从荒野里
> 回来,我
> 只想着一件事:水,水……
> ——海子《但是水、水》

牛庆国最初的诗歌源于他的生命记忆。这位诗人来自干旱的黄土腹地,黄土腹地是贫瘠且少水的,所以,当他出生于这片土地时,就意味着对水的渴望必将成为他生命记忆的一部分,而且,是其中尤为重要的一部分。在名为《黄土腹地》的这首诗中,对于水的渴望如在眼前:"拔一棵小草／草尖上喊渴／草根上也喊渴……这么多年了／在那里意守丹田／而丹田 就是那／红红的毒日头。"黄土腹地上对于水的渴望不仅仅是表面的,处于土地之中的草根也是缺水的,之所以意守丹田,就是由于渴望水,渴望能有雨水的降临;而这么多年来,那丹田竟然就是那红红的毒日头,这样的日头让人无奈,甚至让人愤怒。是的,在这样的日头下,我们只有渴望,渴望一场大雨,哪怕让大雨浇灭太阳!这种强烈的渴望同样在村小画字的学生身上,他们画下了几点雨,然而,雨却怎么也不来(《村小:黄土上画字的孩子》)。在不同人的意识中,水的意味不同。在城市人的生活中,水不只是能提供基本需要的一种物质,它还可能意味着一种享受,比如说用它做香薰浴什么的;甚至在一些都市人眼中,普通的水还不够好,要用纯净水或矿物质水才会益于人的健康。但是,在黄土腹地如此少水的环境中,水,仅仅是普通的从天而降的雨水,就意味着一切,最重要的是,它意味着生命。所以,在《水》这首诗中,诗人体悟到:

> 一窖水
> 就是白花花的
> 一窖银子
> 你信不信
> 攥住吊水的草绳。
> 就是攥住
> 我细细的命哩
> 你信不信

第一次读这首诗时,分明感受到了一种力量,它足以震撼我们这些生活在都市中对于生活中拥有的一切早已麻木不仁的心灵。我们每天沿着黄河走的时候,已经听不到黄河的水声,更想不到这条河为什么是母亲河，它与我们的生命曾经有着怎样密切的关系。但《他看到了黄河》一诗中那位爱写诗的农民，看到黄河时"泪流满面／一句话也说不出来"；只有明白水对于生命重要的人才会面对河水时产生这样的感动。"那真是好大好大的水啊"。这位爱写诗的农民的感动其实就是诗人的感动。我们也就不难理解《在海边》一诗中，诗人为什么在海边会发出"这么大的水／足够我的黄土高原／喝上一辈子了吧"的感慨了。

黄土腹地上对于水的渴望不仅仅局限于这片土地上的生灵，就是这片土地本身也对水充满了无限渴望。《春天的一场土》中就表现了黄土腹地上的一切对水的渴望的极致："春风一起／土也就起来了／就像我们此刻的心情……土是豁出去了／因为 土疼我们／土要替我们说话……土就是土／能让土听话的／只有雨。"可以说，牛庆国早期的诗与他在故乡时的生命记忆无法分割，黄土腹地及其上的所有生灵对水的渴望由作者主动承担，主动倾诉。他的诗集《热爱的方式》第一辑《在黄土腹地上》最能体现出其特点并且令人震动的就是这一类型的诗。我从第一篇开始读，读到这首《春天的一场土》时，就感到自己已经身处干旱无雨的黄土腹地，嘴唇干裂，环顾四野，却找不到一滴水，甚至嗅不到一丝水的气息。于是，作者对水的渴望就成了读者的渴望。

面对牛庆国如此众多与水有关的诗，你不能不意识到：只有真正热爱生命的人才会如此理解水的重要，在离开缺水的故乡后依然能如此感同身受地渴望水。所以，当许多诗人赞美春天的一场雨时，牛庆国说起了春天的一场土；所以，菲利普拉金说："如果要我／创建一种宗教／我要用水"时，牛庆国说："攥住吊水的草绳。就是攥住／我细细的命哩／你信不信"。水就是命，你信不信？

二　一朵花投射春天

一朵花的内部

> 藏在几个好大好大的花园
> 影子一直投射到
> 好远好远的春天
> 　　——牛庆国《花的重量》

　　臧棣在评论诗人赵野的诗歌时曾经说："记忆就是诗歌的想象力。甚至远不止于此，记忆（回忆）也是诗人的一种命运，虽然不一定那么普遍。"读完牛庆国的大量诗作后，我发现，这样的话在牛庆国这里竟然同样合适。牛庆国在《我的经历，我的诗歌》中说过这样的话："有朋友问我是怎么搞起诗歌创作来的，我竟一时答不上来。接着又问，我的第一首诗是怎么写出来的，我还是答不上来。也偶尔有朋友约我写点创作经历或创作谈之类的文章，更是让我颇为犯愁。而往往每遇到这样的情形，我脑海里总是浮现出一些零零碎碎的生活片段。如果说这些生活与诗有关的话，那就是关在笼子里的鸟是最幻想飞翔的鸟，而这鸟一旦飞出来，就会拼命往高远处飞，哪怕这笼子被叫作'故乡'。当这只'鸟'栖息在远方一棵叫作城市的树上，喘着粗气，回望故乡时，心里涌起的那种东西就应该叫作'诗'"。对于一个诗人来说，个体生命零碎的片段也是诗歌记忆的一部分，但事实上，就牛庆国的诗歌世界而言，记忆并不仅仅是脑海里浮现出的"一些零零碎碎的生活片段"，正如前面所说的，对于水的执着记忆与渴望仅仅是他生命记忆的一个部分。除此之外，牛庆国用来表达生命记忆的诗歌还有两类：一类是表现出了强烈的叙事特征的诗歌，比如《杏儿岔》之一、之二，以及《三个杏儿岔人的消息》等许多回忆故乡、回忆诗人在故乡的生活的诗歌；还有一类却是与人类历史紧密相连的属于集体记忆的诗歌，诗集《热爱的方式》第三辑《走遍秦砖汉瓦》中有绝大部分诗歌都属于这一类。

　　从《我念过书的学堂和我的堂叔》开始，牛庆国创作了大量的回忆故乡人、回忆故乡事的诗歌。这类诗歌可以看作是诗人一次次在内心回到故乡的心灵笔录，它们将故乡的好、故乡的坏一一摆在读者面前，我们不得不和诗人一起，面对他的故乡，面对他的记忆。

那个小小的村落——杏儿岔是牛庆国最为熟悉的地方，所以，他就从这里开始了他的记忆之行。这一部分诗歌是诗人最基础的一些生命记忆的表现："背对着是背景／转过身来是故乡／冰草绳般的一条山路／把我从很远的远方／吊回自家的炕上"（《回乡偶记》）。这里有诗人青春年少时的记忆："一排年轻的白杨树下／坐着20岁的我／和58岁的校长"（《那时 我在乡下当教师》）。直至今日，诗人年少时的敏感内心生活的记忆仍然占据了很大一部分记忆空间，比如发表于《诗潮》2005年5-6月号的《旧情节红红的背心》。但是诗人对于杏儿岔的村落生活的记忆似乎占据了更重的比例。《杏儿岔》之一很有代表性："左边是山 右边还是山／像大地的两条腿／穿在风的裤子里……有人默默地从岔里出来／然后又默默地回去……"这个处在两条山中间的杏儿岔是牛庆国记忆的一个基础背景，这里的人、这里的事乃至这里的一切都是他记忆中重要的一部分。"有一些我熟识的人 不在了／他们走时的情形／我能一一想象得出来"（《一年》），"男娃女娃生了一大群／一辈子没白活的七奶／老了却只有几十根白头发／像冬天屋顶上的白冰草／风中白着"（《七奶》）。然而，杏儿岔留在牛庆国记忆最深处的还是他的亲人，他们无一例外地成为牛庆国与杏儿岔无法分离的一个纽带。这方面的诗歌有《想起父亲》《奶奶》《雨天：纳鞋底的母亲》等，其中最让人感动就是那首有名的《字纸》：

一个不识字的母亲
对她的孩子说 字纸
是不能随便踩在脚下的
……
那一刻 全中国的字
都躲在书里
默不作声

在中国西北乡村，到处都有任劳任怨的妇女，她们默默无闻，为家庭为孩子奉献着自己的一切。但《字纸》中的母亲更令人肃然起敬，她并不认识字，可是她对文明有着一颗敬重之心。有这样的母亲，我们就不难理解为什么在中国西北的一个小小村落杏儿岔，会出现一个牛庆国这样的诗人了。

牛庆国的乡土记忆是从杏儿岔出发的，但又不仅仅局限于杏儿岔。他的记忆是一步步放大的，从他最亲的亲人和家开始，到亲人们生活的小村落杏儿岔，再到整个黄土腹地，也就是中国的大西北，"长城进去／黄河出来／一只远走高飞的鹰／再飞　也飞不掉／满翅的雪和沙子"（《大西北》）。大西北是牛庆国生命记忆的一个必经之地，他对这里的风物有着互通心灵的熟悉，这里的沟、梁、塆，以及一切都是作为个体的牛庆国需要并且存在的大背景。换句话说，整个大西北对于牛庆国有着不可或缺的意义。如果他一直停留在一种个体的、零碎的记忆片段的表达的层面，那么他不会成为一个好诗人；只有他超越了个体的记忆，才有可能成为一个好诗人。

牛庆国是幸运的，他从杏儿岔开始回忆，却把目光投向了大西北，并且在此之后进行了一次诗歌主题的转移，这就是诗集《热爱的方式》第三辑《走遍秦砖汉瓦》中诸如《石锄》《古塔》《古城墙》一类貌似怀古的诗。这一类题材的诗不如他以乡土为题材的诗那样引人注目，甚至不被一些人看好，但是，这类诗恰恰是牛庆国诗歌中非常重要的一部分，它们是牛庆国一次比较成功的冒险的标志。历史上留下的一切都有可能是诗人打开记忆之门的一把钥匙。五千年以前的庄稼卫士之所以复出，是因为人的心里有草，而且"有些草的根／的确长得太深了"（《石锄》），《古塔》中的古塔则是"历史的锥子啊／能把我的诗行／戳出血来"。这一类诗使牛庆国具备了挣脱他原有的那种貌似乡土诗歌的样式，并且走上一条更为宽阔的诗歌之路的可能性。就这一类诗而言，记忆开始拥有了一种超越个体的特点，它开始属于集体，之所以这样说，是因为牛庆国的这类诗明显没有停留在物象的盲目迷恋上,所有的物象都是他深化记忆主题的中介物。由于历史的存在,这些诗使牛庆国达到了复苏集体记忆的目的,并且开始从生命的记忆走向了思索的道路。题为《秋天》的两首诗中的句子应该引起我们的注意:

我是说在这个清冷的早晨
有好多好多的树叶
我要把它们扫到一起
就像我读过的那些旧书
要归拢在一个角落里
——《秋天》(之一)

多少疼痛
都已颗粒归仓
——《秋天》(之二)

这两首诗在牛庆国的诗歌中是相对沉静的,重要的是它们提供了一种启示。当记忆进行到某个时刻,它就开始隐退,正如秋天的树叶,被诗人扫到一起,而许多深刻的重要的记忆,则是秋天那些颗粒归仓的疼痛。当它们颗粒归仓后,诗人就有了一种思索的可能性和必然性。当诗人有意识地结束了他的记忆之旅后,他必然地退回心灵,但是思索的心灵世界的空间是无限的,《花的重量》恰恰说明了这个问题:

而且我还发现问题
一朵花的内部
藏在几个好大好大的花园
影子一直投射到
好远好远的春天

诗中的花大致可以看成是诗人的象征,诗人的内心正如这一朵花的内部,而他对于生命的思索正如它的影子,可以投射到好远好远的春天。"投射"这个原本普通的词语用在这里是再合适不过的,它暗示的,正是诗人自己的一种状态。牛庆国诗歌的变化是微妙的,却又是显而易见的。同样是写杏儿岔,最早写那里的诗歌是一种生命记忆,而后面写那里的诗歌却更多地属于一种思索型的。比如他写于2005年的《在杏儿岔的一天》,就与写得较早的诗歌不同:"这一天 离杏儿岔的历史／只隔一天／这一天 离杏儿岔的明天／只隔一夜／这一天 我在杏儿岔写了一首小诗／这一天 再重复几次／我会写出一本诗／但这一天 如果重复一辈子／我就会一句话也写不出来。"

对牛庆国来说,杏儿岔进入他的诗歌是从记忆开始的,它曾经作为一种想象力的源泉而存在。但是到了《在杏儿岔的一天》这一类诗中,杏儿岔则成为他进入思索型诗歌的一道独特的门。他仍然在写杏儿岔,可是却将诗歌的内在视角进行了很大转移,顺着这个独特的视角,我们看到的杏儿岔就不再是杏儿岔了,而是一面镜子,透过这面镜子,我们就能看到一个诗人所能思索到的生命主题和人生底蕴。这样,《在老家对面的山冈上》中赫然立于眼前的句子也就具备了接受的可能:"奥蓝的天空下／谁在北风里念经／一只黑蚂蚁／在和尚的额头上爬行。"这样的诗句也可以看作是狭义的场景的展现,但是其中明显多了一种对于人生生命的思索,与诗集《热爱的方式》中的诗相比,变化是比较明显的。诗人明白,一个人不能永远停留在生活的领地。他找到了一个更为广阔的空间,诗在他的心里是非常崇高的存在,所以,在他进入思索状态时,诗歌成为无法替代的思索生命及人生的方式。

三　收获就是遗憾

是啊　一切都收获了
如果没有这点遗憾
秋天就真的什么也没有了
——牛庆国《一切都收获了》

牛庆国从来没有标榜自己是个什么样的诗人，他只是说过这样的话："如果让自己说说对诗的看法和体会的话，我只能说诗在我心里一直很崇高"，"我所要达到的目的，只是我曾全身心地努力过了，努力到力尽汗干的程度了"。但是由于牛庆国创作了大量乡土题材的诗歌，所以，他被一些人看作是乡土诗人，加之他以乡土为题材的诗歌大部分都凸现着鲜明的叙事特征，所以似乎"乡土加叙事"就是牛庆国诗歌的全部，倘若对牛庆国的诗歌进行一次总体的观照，我们就会发现，这种理解可能存在着一些片面性。

诗歌中的乡土发展到今天已经难以表述，在一部分人的意识中，乡土是一个充满了梦幻的美丽田园，它是现代人逃避现实远离都市的一个相对单纯的空间形态，若是找不到更好的题材，就可以写乡土诗，造成这种乐观态度的还有当代诗歌史上的一些原因，比如在第三代诗歌之后，有那么多的诗人把土地和麦子当作是诗歌创作的法宝，在他们眼里，乡土能够更有力地安慰心灵。而另外一些人却将乡土诗看作是一种老套的前途难料的诗歌类型，他们更乐意去进行诗歌文体实验，而不是守住一个虚幻的空间。这样，乡土就处在了一个比较尴尬的位置。在这种时候，牛庆国以乡土为题的诗提供了乡土的新的可能性。

牛庆国对世界的看法常常更像个小说家。而不是诗人。他对乡土的态度与中国1920年代出现于文坛的乡土小说流派有着极为相似的地方。当时的乡土小说作家大都是从乡土进入都市的，他们寓居在都市，却心怀故乡，一面思念着自己的故乡，却又一面批判着故乡中落后的人与事。牛庆国从苦甲天下的故乡会宁来到相对发达的省城兰州，他同样是一面怀念着故乡的美好，一面却又为其贫瘠落后而痛心，他批判的方式正是他热爱的方式。尽管牛庆国在诗歌中极力地隐忍节制着他对故乡的情感，但我们还是看到，故乡的一切都疼在牛庆国的心口。他为故乡的贫瘠而疼，他说："所谓我的诗歌，在我眼里就是雨天的脚窝里长出来的一朵朵苦苦菜"。他的诗歌中频频出现的"苦"是一个比较重要的意象，比如《饮驴》中："生在个苦字上／

你就得忍着点"，这首诗里的"苦"还是与苦水联系的，但是《杏花》中，面对村中"最粉红的杏花"时，想起的还是一口的"苦"，即使是村人最尊敬的教书先生堂叔在我的眼里，也是那棵"最苦的杏树"（《我念过书的学堂和我的堂叔》），这所有的"苦"恰恰来自于诗人对于故乡的爱。牛庆国在《热土》中最直接地表达出了他对故乡的情感，他对故乡之爱、对母亲之爱是"心尖上的那一点亮"。但牛庆国对故乡的爱并没有让他失去理性，他同样看到了故乡的另一面，《闲话》一类的诗写出了乡村生活的琐屑无聊的一面。

牛庆国乡土题材的诗常常让人感受到一种意想不到的力量，比如在一些人笔下光芒四射的麦子在牛庆国这里是一种真实的与性命攸关的粮食，他们诗歌中只有麦子，而牛庆国的诗歌中多了背麦子的人，《背麦》就让人看到了黄土腹地上人生存的艰辛。他们歌颂麦子时，牛庆国歌颂土豆，他写道："揣一颗土豆上路／心窝里踏实／我写下的那些小诗／都是土豆粉嘟嘟的花哩"。

作为一个真正尊重诗歌的诗人，牛庆国使乡土这个常见的主题在诗歌中得到了新的意味，并使诗歌中的一切显出真实。牛庆国的诗让人意识到，任何诗歌素材都可以经过加工进入到诗的情境中来，牛庆国写乡土本身并不独特，他通过乡土开辟出了一种新的自觉思索的诗歌道路，这才是他的独特之处。

牛庆国不是一个初涉诗坛的观望者，他也没有像一些诗人那样把诗歌作为一种文体实践甚至人文实践，或是像有些诗人对诗歌充满怀疑，他更多地对诗歌表示出了信任，诗歌在牛庆国这里更加忠实于心灵，忠实于思索，正是在这一点上，牛庆国才能在喧哗之中找到一个自己的世界，并拥有了一种沉静的气质，这使他有成为一个优秀的诗人的可能。真正的诗歌理应具备沉静的特质，沉静在某种程度上不仅仅是一种气质或者氛围，它是诗人对于自我存在的一种思索而产生的，只有这种思索触及哲学意义时，沉静才是最真切的，因为当诗人站在诗歌的路上时，他发现，一切收获都是遗憾："是啊 一切都收获了／如果没有这点遗憾／秋天就真的什么也没有了"。也许这首诗会让人产生一种无奈、虚无乃至荒诞的感觉，但是这里的收获意味着结局，也意味着开始，它本身就蕴含着戏剧化的张力，加之诗人设置了一个收获等于遗憾的情境，使我们看到了生活本身，这样的情境暗喻了人生的多种可能性，而诗歌就是诗人洞察生活的最恰当的方式。收获就是遗憾的认识并没有让诗人变得消沉，却让他对世界有了更深的体悟，"那么亮　谁拿着一个小镜子／在山坡上晃……在一个孩子的想象里／所有能亮的事物都已经亮了——"诗歌是诗人的一面镜子，只有它才能在较高的地方彰显出独特的意义，烛照诗人的心灵世界。

　　说了这么多，突然想起了"子非鱼"的典故，也许这就是每一位读者和评论者的处境。但是，无论如何，我们应该看到牛庆国对诗歌的敬意热爱及执着追求的精神，他的诗是与生命有关的一种本真的存在，本身具备内省的能力。

离离的迷与痛

从未见过离离,但看到这名字,就感受到一种隐约的痛。一种触到中国文化神经的痛,一种与大地永难分离的痛。一种苍茫,一种远离,一种孤独,一种迷离。也许正是带着这样一种先入为主的意识进入她的诗歌的,从组诗《越来越小》《一个人的北方》等到《离离诗歌及随笔》,我看到的,仍然是她的迷与痛。

离离的诗让我重新回到一个最根本的问题:诗歌是怎么产生的?有人说,诗歌产生于劳动,这是把经济活动看得高于一切;也有人说,诗歌产生于巫术,因为最早与文字和艺术以及一切神秘的现象有关的人是巫师,从巫师那里还产生了宗教,这是从人类现有文化历史来讲的。其实,我以为,这些都是诗歌产生的一些原因,但还有一些原因并不引人注意,比如娱乐与自然而然的心理活动。达尔文说,人类与动物的区别之一是思维与信仰,而思维又来自于人天生就有回忆的机能。回忆使人产生经验,也总结了教训,所以人类能发展。回忆使人产生丰富的想象力。人类最早的诗史《吉尔伽美什》就是回忆与想象产生的,《荷马史诗》也一样,所有的神话传说都一样。回忆使我们有了历史,也有了精神图腾。因此,回忆、想象这些人类的本能便是诗歌产生的原因。还有自然而然的精神活动。人类并非无时无刻地在劳动,也不总是在祈祷。人有交流的需要,人与人的交流产生了社会的史诗,人与自我的交流产生了更为丰富的诗歌与其他艺术。所以,诗歌可以是纯叙述的,叙述自己的所有内心。这是我在读离离的诗时一种情不自禁的印证。离离写作的时间很短,但一切入诗歌,她似乎就抓住了诗歌的神韵。我相信她根本就没想过诗歌是什么，也根本没想过诗歌能给她带来什么，她就是想写，在黑夜里情不自禁地把自己倾倒。诗歌就是这样自然而然地从生命中流淌出来的。在组诗《越来越小》中，她完全地在写自己，写自己的出生、自己的声音、自己的童年：

> 她是中国众多村庄中的一个
> 祖辈们叫她陆一村，我也这么叫她
> 这么多年来
> 我把她填进表格，写进档案
> 她代表我的出生，血缘，姓氏和立场
> 这么多年，我带着她远走他乡
> 有时候是车站的入口
> 有时候她在背包里，一趟就是一季
> 我的陆一村，我多想叫你一声姐妹
> ——《村庄》

然后她写自己的声音：

> 我都是你的，属于厚重的鼻音
> 僵直的舌音
> 我背着这些沉重的
> 月光一样浑浊的你
> 走了这么多年
> ——《乡音》

这些"我"的确是越来越小，越来越具体，具体到它使人沉重，使人卑微，使人痛苦，使人伪装自我。"只有在夜晚，我亲爱的故乡啊/我才能放开嗓子/把信天游一遍一遍地唱"，而一旦想到这些，便使人痛苦。上古人类的痛苦也许是对茫茫白昼与黑夜里的恐惧，对隐隐产生的情感的无奈,以及对大地、高山、宇宙的崇拜中的怀疑。今天,这一切仍然是人类的痛苦,但对于文明人来讲,社会世俗的偏见、异化所带给人内心的痛苦也许更为深切。所以,与海子一样,村庄与麦子成为很多从大地上走出的诗人的痛苦的根源。

> 你若想到我
> 和我的亲人
> 你一定要到大地的伤口里走走
> 它们现在一定带着每株植物的姓氏与疼痛
> 我看到的每一眼
> 一定落在叶子上
> 落在她们停滞的生长期里,一定
> 你的目光里有泪水
> ——《假想敌》

这种痛苦并非价值,因为价值是超世俗的,于是,在诗人的内心深处,必然会产生用价值来对抗世俗之痛的行动。这也许就是诗人为诗的原因之一。当然,诗人全部的诗歌仅仅是保存价值,或者说还没有完全意识到这种保存与对抗时的一种迷离与痛苦。因为是世俗的、日常的,所以,这种痛苦也便更为广大,而要对付它往往是徒劳的。这世上绝大多数人是世俗的、合流的,否则就没有世俗,因此,想要与绝大多数对抗便意味着冒险、独特、精神的流浪、孤独、无奈、彷徨、呐喊、对抗,或者便是呻吟、苦诉。这种现状对于现代人来说便是灾难,而且越来越深重。

很显然,离离深知这种痛苦,但她不一定知道彻底摆脱这痛苦的方式是什么。她在努力地与现实和日常和解,与世俗和解。她一点点地放弃,然而总有不能放弃的。

> 只要路面潮湿,就证明雨来过
> 这已经足够,大地在舒展

花要大朵大朵地开
还要一片嫩绿的草原
我可爱的羊儿咩咩地叫着
对它们来说，这就够了

一片叶子，就够了
一朵云彩就够了
一只可爱的蜻蜓，她的翅膀下有美丽的遐想
只看一眼，就够了
我对生活的要求不多
能预见黄澄澄的收成
我已满足
　　——《这就够了》

我想贴着大地坐下来
我想摸一摸小草，树根
和眼前的亲人

想亲手摸一摸深深的绿
一年又一年
旧了又换新的衣裳

我就想这么低矮地
和他们生活在一起
　　——《低处》

　　这种最低的要求——一个生命的本然要求，事实上在这个异常强大的日常社会里，也是很难实现的。我不知道离离是如何与生活和解的，但从她的诗歌中可以看出一种矛盾：一方面，她拒绝被日常异化，她在努力地坚守最后的阵地，哪怕是黑夜里的一角；另一方面，她又尽可能地站在日常的一边，努力地说服自己，让自己与日常同在，甚至与日常合流。我仿佛看到一道道伤口，一颗伤心欲绝的心，一双流泪的眼睛，一个蜷缩的身影。与愤青的70后相比，她并没有那么多咆哮；与叛逆的80后相比，她也没有那么多的残酷忧伤。她有的只是实实在在的人生之痛，一种与永恒之存在相背离的价值相弃之痛。

所有童年、少年、青年时期建立的价值纷纷解体，所有的梦想次第幻灭，通向世界的所有道路都在浑然不觉中迷失了方向，最后断向天涯。当这个理想的世界在诗人心中破灭之后，另一个建立在日常与世俗基础上的生活的世界也慢慢矗立起来了。

> 拥有一天，也是幸福的
> 她在白纸上画圈，小小的房子
> 被铅和蹩脚的手艺伤害的
> 生活，如此安静
> 她继续画着翅膀，剪刀一样的刃
> 从果树下经过的
> 两个人和他们的孩子
> 是上帝遗忘的三只鸟
> ——《如此生活》

这是无奈的，是含泪的，但依然是神圣的、永恒的。日常的神圣与永恒在这里被诗人突然发现了，当然，她还不完全确定，她只是隐约感觉。所以，她迷离，仍然在寻找。

> 身在西北，我不能说幸福
> 也不能说　不幸福
> ……
> 身在西北，我不能说爱
> 也不能够说　不爱
> ……
> ——《身在西北》

不仅仅是她的道路迷离，事实上，她的诗歌本身就是迷离的。起初读她的诗时，一种支离破碎的感觉弥漫着我，我甚至很难捕捉到她到底想写什么，说什么，道出什么秘密来。她的所有的诗歌语言都显得不稳定，你看不到哪一首诗像熟透了的苹果自然地掉下来，纯粹、单调、透明。你刚刚为她的一句诗拍案叫奇时，下一句她又让你不知所从，就像她最初给我的感觉一样：迷茫、痛苦、孤独。

她需要整合。假如从王国维等所说的艺术人生三境界来讲，她正走在"衣带渐宽终不悔"的第二阶段。但我希望她是幸福的、确定的，因为人生本来就是追求这种幸福和确定的，所以也希望她能快一些走进"灯火阑珊处"。

金理兄在邮件里说，这本书的后记要自述学术成长心路。当意欲回顾自己的学术成长时，我发现自己此刻最需要的是一张地图，尤其是一张能够清晰呈现广袤高迥的西部的地图。只有面对这张地图，我才能找到自己所在的位置，才能说清楚为什么走在文学批评的道路上。因为多年读书的同时，我也在读西部大地。

真正对文学产生兴趣，并将自己对作品的理解诉诸文字是读大学之后的事情。最早迷恋的是中国古典文学，那时的古典文学和古代汉语老师都要求我们背诵经典古文，诵读那些古老的篇目时，总有光芒入怀，仿佛童年时一束强光照进黑暗的屋子。我想表达，表达对十五国风、对李义山诗的感受，对《世说新语》的理解，还有《红楼梦》带来的伤情。然而，除了每学期交给古典文学老师不像样的文字，我收获的是徒劳。表达的困境让我把目光投向了文学理论与文学批评，于是，开始听文学批评与西方哲学的选修课，去图书馆生吞活剥尼采、叔本华、海德格尔、福柯、弗雷泽、弗洛伊德、荣格等人的经典著作。今天看来，当时的阅读仍然是兴趣型的，但这样的阅读与梳理却打开了一个全新的世界。那个时候，沈从文和张爱玲在中国大陆被重新发现评价，我们的《中国现代文学史》教程中沈从文只占了很小的一节篇幅，张爱玲更是只字未提。这两位恰恰是二十岁的我喜欢的作家，于是，我产生了一种尝试性的冲动。当时没有电脑，我只能在图书馆查资料，用钢笔写，终于写了一篇关于张爱玲的小论文。这篇文章在我大学毕业后不久发表在了学校学报上，学校学报也是核心期刊，而当时我连研究生都没有上，这件事情在今天看来简直不可想象。这

后记

件事情使我萌发了研究现当代文学的念头，我在母校读了中国现当代文学硕士。真正的学术起点应该是从这时开始的。

硕士期间又接触到德里达、杰姆逊、萨义德、舍斯托夫等人的思想，但对我触动最大并直接使我走上文学研究道路的是勃兰兑斯，第一次读到他的《十九世纪欧洲文学主流》时极为惊叹，久久不能平静。这套书的中文版上世纪末已经出版了，而我那时才读到，实在有种相见恨晚之感。文学与历史在其中被如此完美地结合在一起，十九世纪上半叶西欧文学所反映的人类心理的轮廓被清晰地勾勒出来，文学由一个巨大的时起时伏的思想运动在主导，让人看到一个民族特定时期的精神和思想史之上生长出这个民族的文学。第一次发现原来文学史可以这样写，既不乏宏大的历史，更有活生生的人。

和诸多在高校从事当代文学研究和批评的写作者一样，我们有着简单、持久又殊途同归的求学经历。我在硕士毕业后到兰州大学攻读了中国当代文学博士学位。博士毕业工作后，先在北京师范大学做访问学者，后在北京大学中文系博士后流动站学习。凝视自己在所热爱的研究领域里一路走来的点滴成长，我总是很乐于把它们归功于与师长、同仁们在恰当时间里的幸运相遇。彭金山老师让我对当代文学产生兴趣并开始写诗，写诗让人懂得对语言产生敬畏之心；雷达老师将我带入更为广阔的文学批评世界，对文学思潮的整体把握与长篇小说的文本细读让我看到了批评世界中广阔与幽微的撕扯和较量；张清华老师的存在主义诗歌研究和精神分析研究同样让我受益良多；陈晓明老师强大的理论思维和敏锐的学术视角又为我开启了一个全新的批评空间。此外，在受聘中国现代文学馆第三届客座研究员期间，从李敬泽、吴义勤等师友那里得到了莫大的支持和启示，在与同龄同仁的切磋砥砺中获得了一道同行的温暖与情谊。

漫长的求学过程中，一直想寻找恰当的方式面对文本。很长一段时间里，西方哲学与文艺理论在中国大陆无处不在，它们难免被套用在中国当代作家文本上，有时很适合，有时却有削足适履之感。再读纳博科夫的《文学讲稿》、茨威格的《与魔鬼做斗争》、昆德拉的《小说的艺术》，突然想到，无论如何，首先要直接面对文本，理论不是为指导文学创作而生的，它本身也是一种创作。面对文本，意味着从文本细读入手，发现文本自身的特质，然后方能找到适合它的批评方式与话语。批评本身意味着选择，选择文本，选择文本后更深远的背景。

西部是一本大书，此书恒大。身在兰州，你不能不在高原上漫游。向东，是西海固那片无鱼的旱海，旱海中游动的鱼是人，他们信仰伊斯兰教。向南，甘南遥远神秘，草原辽阔，雪山静谧，藏传佛教在这里兴盛如初。天水则在东南方向，人文始祖画卦的山还在，麦积山石窟千年屹立。向北，内蒙古阿拉善如苍天，巴丹吉林沙漠浩瀚，沙漠中的海子清澈，水中的小鱼精灵，而沙漠深处的海子旁有庙宇，虔诚的人总能从远方把信仰带来。向西，是青海和河西走廊，青海湖水天际而来，祁连山脉终年积雪。青藏高原静穆，几乎听见拉萨寺庙的钟声。祁连山脉绵延在河西走廊之南，从乌鞘岭到当金山口，从凉州到敦煌，从天梯山石窟到莫高窟，千余年来，神没有离开过这条走廊。出阳关、玉门关，再向西，是新疆，新的疆土，也是心的疆土。当然，还可以再向西，两千多年前，汉武帝从长安将丝绸甩出去，一条人类历史重要的道路就此开启。两千年后，一个叫李希霍芬的德国人从历史的尘埃里挖出了这条旧大路，将其命名丝绸之路。古道漫长而神圣。今天，或许我们应该再次走过这条古道，只有这样，我们方能找到作为一个国家文化整体的新的疆域。

事实上，人类对自身所在的地理疆域的整体观自古有之，《山海经》就是中国古人探索九州大地的地理、动物、植物、物产、民族、民俗、宗教、巫术等的一部奇书。在西部，常常想起"大荒西经"中的句子："西北海之外，大荒之隅……大荒之中，有山，名曰大荒之山，日月所入。有人焉三面，是颛顼之子，三面一臂，三面之人不死。是谓大荒之野。"今天的历史文化学者经过考证，大多认为"大荒西经"记述的是红山文化区域的物事。还有曹雪芹《红楼梦》中的大荒山，学者们也为这大荒山到底是不是长白山而不时争论，其实，持各种观点者，都是被《红楼梦》这部宇宙之绝大著作征服的人。难道《红楼梦》里的大荒山非得是一个具体的地方，而不能是一种象征吗？所以，我用"大荒以西"来作为这本书的名称，书中的研究对象都在中国西部。中国西部的范围大致包括西北五省、西南五省以及内蒙古的部分地区，但这仅是地理学意义上的。西部更应该是文化意义上的，西部的自然环境、民俗信仰、历史人文，都是独特而深厚的。在西部，不由想到钱穆在北大讲授通史课时比较中西文化的比喻：

秦汉文化犹如此室的四周遍悬万盏明灯，打碎一盏，其余犹亮；罗马文化为一盏巨灯，熄灭了就一片黑暗。因为中国是一个文化国家，而非民族国家，中国人更强调文化的作用。几千年来，中国文化的力量不息，这力量不仅仅在文化中心，也在每一个疆域所及之处。

今天，提到文化中心，自然想到京沪之地，我们似乎忽略了遥远广阔的所在。或许我们可以放大视野，在当下的文学批评中重新进行一次山河判断。这样，我们才可能重温那些以文学的方式对文化进行了整合或汇合的作家作品。比如贾平凹、陈忠实、路遥等作家笔下农耕文明为主的西部文化范式，比如张承志、周涛、杨显惠、雪漠将伊斯兰教、藏传佛教、边疆遥远的民生等注入当代文学的精神血脉。他们以实际行动和文学创作两种方式同时向西寻找，最后，将此前汉语文学中所缺失的或者忽略的异质文化整合并且汇入中国文化这条大的河流。周涛以文字进行山河判断，张承志《一册山河》里说自己对地图有特殊的喜好，今天的批评同样需要一张地图，尤其需要一张向西的地图，因为文化意义上新的疆域与地理意义上的新的疆域同样重要。这是文学批评的中国视野，也是我心目中文学批评的理想状态。然而，意识到上述问题后我的批评与写作变得更加艰难。西部过于宏阔，每个作家作品都有具体的文化背景与创作的语境，面对一个作家时的经验在另一个作家那里完全失效，这让我在从事西部文学批评时既能收获与文本相遇的喜悦，又难免遭遇突如其来的障碍与挫折，而这种感觉就是一种灵魂的探险。

这本书可算作我在西部文学世界中灵魂探险的一个小小记录，也是自己对于文学批评视野拓展的试验。书中大部分文章是近几年的作品，但也有少数几篇写于读书时代，今天看来很是幼稚，但还是将它们收录进来，因为文章的研究对象是西部文学的构成部分，也是我在西部缓慢成长的一个见证。

感谢陈思和老师将此书列入"火凤凰"新批评文丛，感谢金理兄的细致与宽容，感谢刘文飞师弟的热情与耐心，感谢在学术道路上帮助过我的每一位师友，感谢在西部大地上遇到的每一个生命。

2016年2月20日